Über das Buch

Tag für Tag fressen sich die Braunkohlebagger weiter in die Landschaft und stehen bereits unmittelbar vor dem Dorf Klein Krams. Die meisten Bewohner sind schon weggezogen, aber ein Häuflein wild entschlossener Rentner harrt aus. Als sie eine gewagte Idee aushecken und ein Schreiben an die EU in Brüssel senden, passiert ein kapitaler Behördenfehler. Klein Krams wird zur autonomen Republik erklärt. Das Dorf rückt über Nacht in den Fokus der Medien, und das ungleiche Duell zwischen einer Handvoll Dorfbewohner und der Europäischen Union beginnt. Lars Sittig erzählt eine amüsante Geschichte über einen Kampf zwischen David und Goliath.

Über den Autor

Lars Sittig, geboren 1973 in Berlin-Mitte, verbrachte den größten Teil seiner Kindheit in Mecklenburg-Vorpommern und im Norden Brandenburgs. Nach der zehnjährigen Zeit an der allgemeinbildenden Oberschule absolvierte er den Zivildienst, legte das Abitur ab und arbeitete als Journalist für verschiedene Tageszeitungen (unter anderem *Die Welt* und *taz*). Seit 2007 ist er als Redakteur bei der *Märkischen Allgemeinen Zeitung* tätig.

Lars Sittig

Das Dorf

oder Autonomie für Anfänger

Eulenspiegel Verlag

AUSBLICKE

Die milchige Wolke stand am Horizont, ihre gewaltigen Konturen schnitten sich in die mondhelle Nacht. Die Flutlichter des Kraftwerkes strahlten den Dunst an, der die Ränder der Schlote umwaberte und dann langsam pulkartig aufstieg, so dass die Schwaden aussahen wie der Michelin-Mann mit Schlagseite, bevor sie sich in der Nacht verloren.

Manfred Reichmann sog tief die Frühlingsluft ein, sie roch schon nach Sommer. Er war wie so oft auf den Gramberg hinter dem Dorf gestiegen, wenn ihn am Abend wieder einmal der Berg rief. Auch ein kleiner, nur 54,8 Meter hoher Hügel konnte sehr laut rufen, die Umgebung musste nur flach genug sein. Reichmann wankte kurz, fing sich aber wieder, strauchelte erneut. Er kicherte, obwohl die Situation eigentlich nicht zum Lachen war.

Sie hatten Obstschnaps getrunken bei Hans-Jürgen Brunsendorf, ein hochprozentiges Heidelbeergesöff, das dieser seit Jugendzeiten zusammenbraute. Die dunkelblaue, süße, zähflüssige Masse schmeckte nach ihrer Heimat, nach der urwüchsigen Kraft der Erde, auf der die dicken Kulturheidelbeeren gereift waren. Er musste wieder an die Idee seines Freundes Brunsendorf denken, die genauso bizarr wie verwegen war und die sie nun schon seit Tagen elektrisierte wie das Kraftwerk am Horizont die Leitungen des Umspannwerkes. Irgendwie war das sogar ein passender Vergleich, dachte Reichmann, denn die Idee hatte ja eine ganze Menge mit der Dreckschleuder zu tun.

Er schaute auf den Tagebau, diese schwarze, schweigende Einöde, die sich nicht mal einen Kilometer entfernt in die Landschaft fläzte. Die Bagger hatten sich Kilometer um

Kilometer, Kubikmeter um Kubikmeter, Sandkorn um Sandkorn Richtung Dorfgrenze durch das Land gefressen. Mehr als dreihundert Meter wuchteten sie sich pro Jahr vorwärts, zerquetschten jedes Leben und ließen im Rückspiegel eine Wüste zurück: Hier hätten sie problemlos den Marsrover testen können, den die Nasa vor kurzem ins All geschickt hatte, schoss es Reichmann durch den Kopf.

Unten im Dorf jaulte und bellte Brunsendorfs Köter Helmut. Wahrscheinlich war wieder der Waschbär auf nächtlicher Tour. Jeden Abend sagten sich die beiden kurz Hallo. Das Gekläffe schallte durch die laue Dunkelheit.

Reichmann ließ sich auf der Bank nieder, die er Anfang der achtziger Jahre gebaut hatte und die längst passgerecht eingesessen war. Alteingesessen sozusagen. Er streckte seine drahtigen Beine aus, atmete tief den Brodem des Abends ein, so wie er nur hier riechen konnte, schloss – angenehm blau, denn die Trunkenheit umwogte Körper und Seele wie ein warmer Mantel – die Augen.

Brunsendorf war mit seinen dreiundsechzig Jahren immer noch ein verrückter Hund, genau wie sein Kläffer, sonst wäre ihm nicht diese Idee gekommen, die schräger war als der Turm von Pisa. Er wollte eine Republik gründen. Eine autonome Enklave. Um Klein Krams zu retten. Um die Umsiedlung zu verhindern. Es blieb nicht mehr viel Zeit, in der Sanduhr tröpfelten die letzten Körner durch den Hals, als wären es die Krumen ihrer heimatlichen Erde, die von allen Seiten abgefressen wurde.

Er blickte in die Ferne, wo sich Landschaft und Himmel zu einem monumentalen Stillleben vermischten, sah die feinen Konturen der Pappelreihen, die sie vor fast vierzig Jahren entlang der Gemarkung gepflanzt hatten. Das silbrig glänzende Land, der Weiher am Rande des Dorfes. Gott musste in Hochform gewesen sein, als er diesen Flecken Erde geschaffen hatte. Klein Krams war keine lästige Pflichtaufgabe, das hatte er nicht an einem verkaterten Montagmorgen mit Restalkohol hingepfuscht.

Doch schon konnte Reichmann, obwohl er auf dem linken Ohr nicht mehr besonders gut hörte, das Knirschen der Baggerketten vernehmen, hin und wieder Rufe, wenn sie der Wind herübertrug. Die beleuchteten Führerhäuser waren deutlich zu erkennen, der Gegner war längst sichtbar. Tag und Nacht arbeiteten sich die Kolosse voran. Am Horizont erspähte er die Kante des Tagebaues, die Frontlinie im Vernichtungskrieg gegen Klein Krams, dahinter lag die dunkle Fläche, auf der der Kampf des Menschen gegen die Natur tobte. Im Tagebau sah es aus, als hätte jemand eine Schiffsladung Unkraut-Ex ausgekippt und die Überreste verbrannt. Alles ex. Alles hopp. Solch ein vergewaltigtes Stück Erde würde auch von Klein Krams übrig bleiben in wenigen Monaten. Devastierung nannten sie die Zwangsumsiedlung, ein wolfiges Wort im Schafspelz.

Er betrachtete wieder die Wolke des Kraftwerkes, die jetzt aussah wie ein Flaschengeist.

Die Idee von einer Republik war vielleicht wirklich nicht so schlecht. Und Brunsendorfs Heidelbeerfusel war wirklich Teufelszeug.

Natürlich hatten sie sich gefragt, ob es nicht egoistisch wäre, wegen ihrer persönlichen Interessen den Abbau zu verhindern, an dem »ja auch Arbeitsplätze hingen«. Aber warum sollten sie aus ihrem Heimatdorf weichen? Nur weil die so dringend nötige Energiewende, die mehr Arbeitsplätze geschaffen hätte, von der Landesregierung erneut auf Jahrzehnte verschoben worden war? Damit noch mehr Kohlendioxid in die Atmosphäre gepumpt werden konnte?

Er schaute wieder auf die Dunstglocke über dem Kraftwerk. Die alte Dreckschleuder war erst vor wenigen Tagen von Umweltaktivisten zu einem der umweltschädlichsten

Kohlekraftwerke des Landes gekürt worden. Einen Besuch in diesem Moloch sollten sie als Pflichtveranstaltung in der Schule einführen, dachte Reichmann, am besten eine ganze Woche lang, damit die Jugend mal sah, dass der Strom nicht einfach aus der Steckdose kam.

In einer feuchtfröhlichen Nacht auf dem Balkon, als die Grillen zirpten und der Himmel sich nach einigen Obstschnäpsen zwar ziemlich drehte, aber nicht gerade voller Geigen hing, war Brunsendorf die Idee von der Autonomie gekommen. Nur die Autonomie könne Klein Krams retten, hatte er fantasiert, sonst baggerten sie ihnen »die Heimat unter dem Arsch weg«.

Er hatte mehr gelallt als gesprochen und sich bei dem Wort Autonomie fast verschluckt, damals, vor drei Monaten auf seiner Terrasse, und sich mächtig in Rage geredet nach ein paar Gläschen seines Obstschnapses.

Sie hatten dann noch herumgesponnen und sich das Gesicht des Sachbearbeiters in Brüssel vorgestellt, der einen Antrag auf Autonomie aus Klein Krams auf seinen Schreibtisch bekäme. Mit jedem Gläschen fand auch Reichmann die Idee passabler; der Schnaps wirkte wie eine Art Konsenswasser. Und dann hatte Brunsendorf tatsächlich diesen Antrag abgeschickt, und nun war diese merkwürdige Antwort aus Brüssel gekommen.

Im Dorf kläffte wieder Brunsendorfs Köter. Das Gebell schallte über die kleine Dorfaue und brach sich am Haus der Lorbergs. In den Ruhephasen hörte Reichmann den Entenfluss plätschern – Rinnsaal oder Flüsschen wäre angebrachter –, der dann in den Ententeich im Dorf floss. Ab ungefähr zwei Enten war der aber mehr Ente als Teich.

Eine noch größere Mogelpackung gab es drüben in Groß Krams: Der flotte Graben stand seit Jahren still wie eine Elite-Einheit bei der Militärparade. Flott war eigentlich nur eins an der brackigen Brühe: Fiel mal einer rein, war er flott wieder draußen.

Seinen Freund Brunsendorf hatte der Brief aus Brüssel in Schwung gebracht: Er war nicht mehr zu bremsen, seit das Schreiben eingetroffen war.

Sie alle hatten Brunsendorf belächelt, als er mit dieser wirren Autonomie-Anwandlung und seinem Brief an die EU kam. In einem Akt von Nachsichtigkeit stimmte die Dorfversammlung zu, den Brief abzuschicken. Eher schwamm Brunsendorf die Niagarafälle hoch, als dass aus Brüssel überhaupt eine Antwort auf diesen merkwürdigen Wisch zu erwarten war.

Und nun, urplötzlich, hielten sie ein hochamtliches Schriftstück in der Hand, mit einem Stempel und unterschrieben mit einem Namen, als habe sich der Erschaffer der letzten Neige einer Buchstabensuppe bedient.

Der Antrag war tatsächlich genehmigt worden, man hatte bestätigt, dass Klein Krams nun ein *autonomes Gebiet* war, *mit ausgeprägter regionaler Identität und Sonderregelungen, ohne Zugehörigkeit zur Europäischen Union noch nach Art. 3 Abs. 1 der EU zu deren Zollgebiet …* Unterzeichnet hatte das Dokument ein Luigi Maximilian Lallentare.

Aber handelte es sich um ein echtes Dokument? Oder um ein Täuschungsmanöver für die Versteckte Kamera? Um einen Streich ihrer Nachbarn aus Groß Krams? Kam gleich ein Talkmaster um die Ecke? Oder war da gründlich etwas schiefgelaufen auf den langen Fluren der Behörde?

Die verschwurbelte Amtssprache im Anhang, dieses umständliche Gemisch aus Substantiven, die eigentlich Verben waren, aber keine sein sollten – ein kafkaeskes Gemisch aus zwangsumgesiedelten Worten –, sprach allerdings für die Echtheit des Schreibens. So was konnte sich nicht mal einer von der Versteckten Kamera ausdenken und die aus Groß Krams schon gar nicht. Die waren froh, wenn sie den Entschuldigungszettel für ihre Kinder fehlerfrei hinbugsierten, dachte

Reichmann und lachte in sich hinein. Wie auch immer. Morgen hatte er einen Termin bei einem befreundeten Anwalt, der das Schriftstück auf seine Echtheit überprüfen sollte.

Eigenartig: Reichmann wunderte sich immer noch. Da hatten sie jahrelang mit allen juristischen Mitteln ohne jeden Erfolg um ihr Dorf gerungen, und plötzlich schien diese Schnapsidee zum großen Trumpf zu werden. Eigentlich aber war diese verrückte Nummer zu schön, um daran zu glauben. Gut. Morgen würden sie klüger sein. Erst wollte Reichmann das Gutachten des Anwalts über das Schriftstück einholen, und am Abend würde die Dorfbevölkerung über ihre Zukunft abstimmen. Abspaltung oder Abbaggern, das war hier die Frage.

Es würde jedenfalls keine Insellösung geben, die hatte nie ein Dorf bekommen. Stimmte die Dorfversammlung ohne Gegenstimme zu – jeder hatte Vetorecht –, dann waren die Weichen gestellt, um die Republik Klein Krams zu gründen. Dann galt unwiderruflich Plan A wie Autonomie, weil sonst Plan B wie Braunkohletagebau griff.

Reichmann schlurfte hinunter ins Dorf und schniefte müde, als wäre mit den Gedanken an den Rechtsexperten seine Energie verflogen wie leichtes Gas. Schorsch Becker hatte am Telefon sehr skeptisch geklungen. Selbst wenn das Dokument echt sein sollte, war nicht einmal sicher, dass die Unabhängigkeitserklärung die internen Hürden nehmen würde: Erst einmal mussten sich die Klein Kramser für einen Alleingang ihres Dörfchens, ihrer gerade mal zwölf Quadratkilometer großen Gemarkung entscheiden.

DIE PRÜFUNG

Der Motor summte friedlich, als Reichmann Richtung Südosten rollte, um in der Stadt das Gutachten zum Antwortbrief der EU abzuholen – den »Behördenschriebs ins Glück, hoffentlich«, wie sein Freund Brunsendorf beim Abschied gesagt hatte.

Der Asphalt schwitzte aus allen Poren, eine für den Frühling ungewöhnliche Hitze flimmerte über dem Erdboden. Die Landschaft flirrte vorüber. Rapsfelder, flache Ebenen. Die Architektur der kleinen Hügel stimmte, ihre feinen Linien wechselten sich im perfekten Moment ab, sanft geschwungen verebbten die zwergenhaften Berge in der Ferne. Der warme Fahrtwind patschte gutmütig gegen den Fensterrahmen, als Reichmann durch die todgeweihte Landschaft zwischen Klein Krams und Groß Krams fuhr.

Georg »Schorsch« Becker residierte am Marktplatz der sieben Kilometer entfernten Kleinstadt in einem lindgrünen Gebäude, das jeder Ökovereins-Geschäftsstelle zur Ehre gereicht hätte. Rechtsanwalt Becker, Reichmanns alter Schulfreund, mit den Fachgebieten Verkehrsrecht und Erbrecht, ein großer, massiger Mann, der aussah, als hätte er sich alle Paragrafen des BGB einverleibt, setzte erst einmal Tee auf. Reichmanns dunkle Augen musterten das Foto in der Schrankwand: Becker und er mit Ende dreißig, er reichte Becker mit seinen 1,78 Metern gerade mal bis zur Stirn. Sein hageres Gesicht war faltiger inzwischen, natürlich, aber sonst hatte sich nicht viel verändert. Sie hielten beide ihr Gewicht, jeder auf seine Weise: Becker eine kolossale Zahl von Kilos, Reichmann war noch genauso drahtig und agil wie damals.

Nachdem sie sich mit ein paar Floskeln, einer kurzen Fachsimpelei über den Profi-Fußballclub der Region, bei dem es überhaupt nicht lief, und mehreren Insidern aus der langen

Zeit ihrer Freundschaft warm gemacht hatten, kam Becker zur Sache.

»Ich habe so etwas noch nie gesehen. Das ist ein ganz eigenartiger Fall«, sagte er und erklärte Reichmann eine Reihe juristischer Sachverhalte, die dieser nicht so recht verstand.

»… also ist das Dokument jetzt echt?«, fragte Reichmann und kratzte sich nervös am Kopf, der eine Spielwiese hatte, die von kurzgeschorenem Haar und typischer Rentnerbräune von der Gartenarbeit kaschiert wurde.

Becker lehnte sich zurück und schaute auf den Marktplatz, auf dem vis à vis ein Springbrunnen plätscherte, als könne die Wasserfontäne ihm die Antwort zuflüstern.

»Aus meiner Sicht … ja … es ist echt«, sagte er dann. Es sei aber sicher, dass die Bundesrepublik die Entscheidung anfechten werde. Und die EU natürlich auch. Normalerweise stehe »EU-Recht über nationalem Recht«, was den deutschen Einspruch beträfe. In jedem Fall würde sich ein Rechtsstreit eine Weile hinziehen.

»Es ist nicht unwahrscheinlich, dass ihr eine Menge Zeit gewinnt, bis überhaupt mal eine Entscheidung fällt«, sagte Becker, »aber ich kann euch nur warnen … Diese Zeit kann auch sehr lang werden … und für euch sehr viel länger als für eure Gegenspieler. Es ist ganz schön vermessen, zu glauben, dass das Leben in der Autonomie oder einem juristischen Schwebezustand so einfach funktioniert. Ihr müsst zäh sein wie … wie Sportlehrer Drill-und-Brüll-Sergeant Krüger …«

Sie schauten sich an, grinsten bei dem Gedanken an Sportlehrer Krüger, damals, an der Penne in der Kreisstadt. »Ihr braucht eine Menge Glück«, fuhr Becker fort, »Fürsprecher … Irgendwie muss die öffentliche Stimmung auf eurer Seite sein, so dass sie sich kein hartes Durchgreifen, also keinen Skandal leisten können. Eure bloße Existenz ist ein heftiger Tritt vors Knie der EU. Gerade erst haben sich die Engländer für den

Brexit entschieden, das weißt du ja selber, also werden sie das restliche Territorium jetzt noch konsequenter zusammenhalten. Man wird euch bekämpfen, mit allen Mitteln ...«, sagte der Anwalt und quetschte seinen Teebeutel aus. »Sie können euch am ausgestreckten Arm verhungern lassen ... Okay. Ist ja gut ... Ich hör schon auf ... Ich will euch den Mut gar nicht nehmen ... Das Gute ist, dass ihr und speziell du ja materiell wirklich nicht anspruchsvoll seid.«

Becker hatte recht: größer, schneller, teurer, mein Auto, mein Haus, mein Ego gab es bei Reichmann nicht. Er war nicht gierig und trug damals wie heute gute, aber schlichte karierte Hemden, er fuhr immer noch den gleichen Wagen wie vor zehn Jahren, ein dunkelblauer Kombi, ein alter Schwede, ein typisches Lehrerauto, und teilte sich diesen Wagen seit einiger Zeit sogar mit seinem Freund Brunsendorf. Er brauchte keinen Rasierer, der so scharf war, dass er hinter Gitter musste – und so teuer, dass die Erzeuger eigentlich auch hinter Gitter gehörten ...

»Aber ich weiß nicht, ob man mit einer Frau solch ein Abenteuer starten kann, selbst wenn es eine Frau wie Johanna ist.«

Reichmann sah den Anwalt nachdenklich an. »Ich habe darüber auch schon nachgedacht und mit Johanna gesprochen. Sie will genauso wie Brunsendorf und ich, dass Klein Krams erhalten bleibt, und würde dafür auch einen unbequemen Weg gehen und Einschränkungen hinnehmen ... Aber du hast recht, wir werden gut auf sie aufpassen müssen. Danke«, sagte er, nippte an seinem Tee und nahm einen Schluck aus dem Gläschen mit Amaretto, den Becker für den verfeinerten Teegenuss serviert hatte. »Wir sind entschlossen, uns zu wehren ... das heißt, wenn die Dorfversammlung zustimmt.«

»Wie ist die Gemengelage? Ist es nur eine Formalie?«

»Ist alles ziemlich unsicher. Es gibt einen Kandidaten, bei dem man sich nur schwer vorstellen kann, dass er wirklich mitmacht.«

»Holger Lorberg?«

»Ja. Wir können froh sein, wenn wir ihn zu einer Stimmenthaltung bekommen, fürchte ich.«

»Ist das Projekt gestorben, wenn er Nein sagt?«

»Im Prinzip ja.«

»Wenn du mal ehrlich bist«, sagte Becker vorsichtig, »so ganz grundlos ist diese Skepsis nicht. Wovon beispielsweise wollt ihr leben? Eure Rente werden sie höchstwahrscheinlich streichen, ihr seid ja dann keine deutschen Staatsangehörigen mehr. Das Gleiche könnte mit euren Versicherungen passieren, da findet sich mit Sicherheit ein passender Paragraf. Sie könnten euch die Konten kündigen … und und und. Lorberg könnten sie als Nicht-EU-Bürger die Arbeitserlaubnis entziehen.«

Reichmann schaute auf sein Teeglas, auf das durch das geöffnete Fenster ein Sonnenstrahl fiel, der in einem grünen Streifen auf dem Tisch verebbte.

»Es ist schon klar, dass wir auch Opfer bringen müssen … Aber wir werden uns erst mal Vorräte zulegen … Wir wollen uns weitestgehend selber versorgen, ein Windrad aufstellen, Nutztiere anschaffen, die Ackerflächen bewirtschaften. Davon habe ich, ehrlich gesagt, öfter mal geträumt.« Reichmann hatte das Gefühl, wie ein versponnener Aussteiger zu klingen.

»Ich weiß, aber ihr seid eine Insel mitten im Feindesland, vergiss das nicht, ein Kaff mit ein paar Häusern und einem zahnlosen Hund, das sich mit einem 500-Millionen-Einwohner-Staatengebilde anlegen will. Das ist ungefähr so, als würde der Floh zum Elefanten sagen: Rutsch mal, das ist mein Platz.«

Reichmann dachte einen Moment nach.

»Ja. Aber wenn man sich die Platzverhältnisse anschaut, den winzigen Raum, den wir beanspruchen, dann ist es auch so, als würde der Elefant zum Floh sagen: Mach dich mal nicht so dick.« Reichmann nahm wieder einen Schluck Amaretto und schmunzelte. »Sobald die Autonomie beschlossen ist, werden wir einen Fünfjahresplan aufstellen, um die Bevölkerung zu versorgen.«

Becker lachte. »Okay, ich hör schon auf mit meinem Pessimismus …«

Sie klärten noch ein paar Formalien. Becker würde sie weiterhin juristisch beraten und eine Kopie des EU-Schriftstückes in seinem Safe verwahren. Sie waren sich auch einig darüber, dass bis zur offiziellen Bekanntgabe der Abspaltung absolute Geheimhaltung herrschen musste.

»Ach übrigens, das hätte ich fast vergessen«, sagte der Jurist und patschte sich gegen die Stirn, »heute ist ein Urteil gefällt worden bei euren Leidensgenossen aus dem Westen der Republik. Sie sind vor dem Bundesverfassungsgericht endgültig gescheitert mit dem Versuch, ihr Dorf zu retten: Schwerer als das Recht auf Heimat wiegt die Energieversorgung.«

Reichmann nickte. Es tat ihm leid für die wackeren Kämpfer in Immertreu, aber die Entscheidung überraschte ihn nicht. Unter dem Dorf, in dem 1500 Menschen wohnten, schlummerten etwa 1,3 Milliarden Tonnen Braunkohle, das Tafelsilber des ansässigen Energiekonzerns.

»Die Frage, die ich mir wirklich ständig stelle«, sagte Becker, »wie zum Teufel konnte es nur dazu kommen, dass sie euch aus Brüssel diesen Brief geschickt haben? Welcher Witzbold unterschreibt um Himmels willen solch ein Dokument? Da werden Köpfe rollen.« Er wedelte ungläubig mit dem Schriftstück. »Und dann dieser Name: Lallentare. Als hätte jemand sturzbetrunken Scrabble gespielt.«

Sie mussten lachen. Mister Lallentare, der Mann, der Existenzsorgen löste, der Staaten erschaffen konnte aus dem Nichts, würde, da waren sie sich einig, mit ziemlicher Sicherheit eine Menge Ärger bekommen.

Sie umarmten sich zum Abschied. Sehr herzlich, so, als würden sie sich für lange Zeit nicht sehen.

»Und weißt du was«, rief Becker Reichmann hinterher, als der schon durch den Flur eilte, »irgendwie bin ich fast ein bisschen neidisch, dass ihr noch mal aufs weite Meer hinausfahrt … Mann, das ist doch mal was anderes, als im seichten Wasser herumzuplanschen …«

Reichmann hatte bereits Groß Krams passiert. Jetzt wurde sein Heimatdorf größer, als würde er es langsam heranzoomen. Die Konturen wuchsen Stück für Stück aus der Landschaft. Er sah die ersten Häusergiebel: den seines eigenen Hauses, das sich am Fuße des Gramberges duckte und am höchsten lag, den großen, stattlichen von Brunsendorfs Anwesen direkt gegenüber und den schmalen Dachfirst des Gemeinschaftshauses, das in dem kleinen Park stand, der wie eine Art grüne, belaubte Empfangshalle vor den Häusern lag.

Reichmann musste an die Kindheit in seinem Elternhaus denken, die Jahrzehnte danach nur unterbrochen von der Zeit an der Universität. Er lebte mit dem Vater unter einem Dach, seine Mutter, eine Grundschullehrerin, war früh gestorben. Sie hatten Romy Reichmann wie alle Toten des Dorfes auf dem Friedhof am Rande des Gramberges beerdigt. Als sein Vater verstarb – das war jetzt acht Jahre her – ließen sie dessen Atelier, wie es war. Nur einen Platz für seinen Computer hatte sich Reichmann eingerichtet. Es roch immer noch nach Farben, nach Vergangenheit und Kindheit. Sein Vater hatte es als Heimatmaler zu einer gewissen Berühmtheit gebracht.

Das Ortsschild tauchte am Horizont auf, wie im Zeitraffer liefen die Meilensteine der Dorfentwicklung an ihm vorüber: Wie sie sich gegen die Okkupation durch Groß Krams gewehrt hatten und ein selbstständiger Teil der Amtsgemeinde geblieben waren. Der Bau des Spielplatzes, der Bushaltestelle, die Bäume, die sie gepflanzt hatten, voran das Flaggschiff, die Rotbuche am Dorfplatz. Sie hatten nie Förderung für Projekte bekommen, weil man in einem todgeweihten Landstrich nichts fördert, sondern höchstens in Sicherheit bringt. Genauso wie viele Einwohner, die sich in den vergangenen Jahren verflüchtigt hatten, nachdem endgültig feststand, dass Klein Krams pulverisiert und durch den Schornstein gejagt werden würde. Mehr als zwei Drittel der Klein Kramser waren – ähnlich wie im Kino – schon vor dem Abspann gegangen. Nur eine sechsköpfige Besatzung hielt noch die Stellung. Der verlassene, verfallene Teil der Siedlung, in dem Wildwuchs und Unkraut längst die Regentschaft übernommen hatten, assistiert von verrammelten Häusern, wirkte wie die schrundige, abgelegte Haut einer Schlange.

Reichmann & Co. hatten sich trotzdem nicht entmutigen lassen, sondern Projekte wie die Sanierung des Gemeindehauses – wo auch am Abend die Dorfversammlung beraten würde – selber bezahlt, hatten die Häuser und Gärten liebevoll gepflegt, wie bei einem sterbenskranken Angehörigen, bei dem man keine Kosten und Mühen scheut und die letzte gemeinsame Zeit besonders bewusst aufsaugt – und nie die Hoffnung auf eine Rettung aufgibt.

DIE VERSAMMLUNG

Der Himmel wölbte sich klar und rein wie eine Frischhaltefolie über Klein Krams. Die Sonne machte sich mit einem wilden Feuerschweif für den Untergang bereit. Aber es gab wichtigere Dinge, als versonnen mit einer Bierpulle auf dem Balkon zu stehen, der Sonne eine »Gute Nacht« zu wünschen und dem Mond »Hello again« zu sagen. Der Countdown für die Versammlung lief.

Man merkt an den kleinen Dingen, dachte Reichmann, wenn sich Großes ankündigt: Brunsendorf und Johanna Reichmann hatten anders als sonst Schreibblöcke mitgebracht, Willi und Mathilde Kirchhof ihre Alltagskluft gegen ihren Sonntagsstaat ausgetauscht – Kragen statt Kittelschürze. Ihren feinen Zwirn kramten sie sonst nur noch zu Beerdigungen hervor. Hoffentlich kein schlechtes Omen, was Klein Krams betraf. Sie saßen gleich ganz vorne links, jeder Meter weniger zählte. Mit Ende siebzig wurde Willi zunehmend gebrechlich, und beide Kirchhofs hörten schlecht. Mathilde hatte sogar Rouge aufgelegt, was ihr Mann nicht nötig hatte: Zeitlebens hatte er sich um den Korn in der Flasche genauso intensiv gekümmert wie um das Korn auf den Getreidefeldern. Beides macht chronisch rote Wangen.

Wilhelm Kirchhof klammerte sich an seinen Krückstock, als sei er die klemmende Türklinke eines Notausgangs und sie beide auf dem Sprung. In den zerknitterten, alten Gesichtern der Eheleute rangen deutlich erkennbar Unverständnis und Neugier, was diese Aufregung sollte, noch dazu um diese Uhrzeit! Dunnerlüttchen!

Und dann verzögerte sich der Start auch noch, denn dieser Holger Lorberg, der ohnehin nur Flausen im Kopf hatte, fehlte. Himmel, Herrgott, Sakrament!

Reichmann tippelte nervös im Türrahmen: Hoffentlich hatte Lorberg die Einladung überhaupt gelesen. Vielleicht war er auch auswärts unterwegs, seit gestern hatte ihn niemand mehr gesehen.

9.03 Uhr. Sie waren jetzt drei Minuten über die Zeit.

Nichts.

Reichmann schaute kurz in den Saal, wobei Saal übertrieben war. Wer immer den Raum »Saal« getauft hatte, musste einen visionären Moment erwischt haben. »Hundehütte für den gehobenen Anspruch« nannte Brunsendorf das sauber verklinkerte Backsteingebäude. Hier, in dem ausgebauten ehemaligen Gerätehaus, diesem Bollwerk der Gemütlichkeit und der Dorfdemokratie, hatten sie so manche Partyschlacht geschlagen, hier trafen sie sich nun vielleicht auch zum letzten Gefecht. Oder zu einem Aufbruch, je nachdem, wie das Votum ausfiele. Wenn sie denn abstimmen konnten, wenn denn Lorberg endlich auftauchen würde ... Reichmanns Blick wanderte instinktiv zu der Kuckucksuhr an der Wand, aber sie war schon vor Monaten stehengeblieben. Er sah wieder auf seine Armbanduhr.

9.07 Uhr.

Nichts.

»Und jetzt erklären Sie mir doch mal genau«, schrie ihn Mathilde unvermittelt an, zu deren Eigenheiten es gehörte, zwischen Duzen und Siezen zu schwanken wie Ebbe und Flut, »was überhaupt passiert ist?«

Reichmann setzte sich neben sie und wollte ihr vom Schreiben der EU erzählen, wurde aber gestoppt, kaum dass er die Lippen geöffnet hatte.

»Lauter, rede lauter, mein Junge«, rief Mathilde Kirchhof.

Reichmann formte die Hände zu einem Trichter und startete einen neuen Versuch. Offensichtlich erreichten Mathilde Kirchhof zumindest rudimentäre Elemente der Botschaft.

»Himmel, Herrgott, Sakrament«, krächzte sie, »und deshalb die ganze Aufregung?«

»Na, das ist doch ausreichend für ein bisschen Aufregung«, schmetterte Reichmann durch sein provisorisches Megafon.

»Ihr jungen Leute mit euren verrückten Ideen. Am Ende siegen sowieso die da oben, da beißt die Maus keinen Faden ab. Ich hab doch recht, Wilhelm?«

Es war Wilhelm eigentlich egal, ob sie recht hatte, es war ihm auch egal, was die hier für Bockmist anstellten: Er hatte mit dem Kapitel Klein Krams abgeschlossen, und es erleichterte ihm den Abschied sogar, dass der Fleck ohnehin von der Bildfläche verschwinden würde. Der Platz im Seniorenstift »Herbstträume« war fest gebucht. Barrierefrei. Endlich. Sie hatten die steile Treppe ins Obergeschoss ihres Hauses seit Jahren nicht mehr bezwungen. Im Seniorenstift gab es keine störenden Treppen, das war es, was zählte. Er wollte nun ohne Hindernisse ins Ziel rollen – und das galt auch für etwaigen Ärger mit dem Staat. Aber das alles sagte Wilhelm nicht, sondern brummelte ein »Jaja« in den Raum, das sich kaum von einem Räuspern unterschied.

Zum Glück tat sich draußen etwas. Reichmann ging zur Tür, hielt den Kopf etwas schräg. Er hatte richtig gehört, es näherten sich Motorengeräusche, dann hielt Lorbergs Wagen.

Holger Lorberg, vierzig Jahre alt, Typ noch nicht verkrachte, aber bereits sehr schwierige Existenz, innen und außen auf der Suche, zog sein T-Shirt über den Bund der Hose, die an den Taschenrändern leicht angespeckt war, während er sich einen Platz suchte.

Sein Gesicht verriet, dass er schon so manche Schlacht mit dem Leben geschlagen und verloren hatte. Als er sich gesetzt hatte, versuchte er, mit den Händen Linie in sein verwursteltes hellbraunes Haar zu bringen. Genauso gut hätte er einen Heuschober mit den Fingern kämmen können.

Am Kopf des Tisches thronte in einer Art Sheriffspose Brunsendorf, er konnte gar nicht anders: Sein großer, wuchtiger Körper und der eckige Schädel mit den nach hinten gekämmten, dünnen, aber immer noch dunklen Haaren wirkten respekteinflößend. Er hatte etwas Patriarchalisches, auch wenn keine Familie da war – zumindest nicht in nächster Nähe: Ex-Frau, Tochter und Enkel hatten sich in alle vier Himmelsrichtungen verstreut.

Johanna Reichmann saß vorne rechts, flankiert wurde sie nun von Holger Lorberg. Der Rest seiner Sippschaft fehlte. Seit dem Abschied seiner Frau und seines Sohnes war er allein mit einem Gartenzwerg vor dem Haus, der mit der einen Hand fröhlich winkte und mit der anderen eine Schubkarre schob. Was für ein Akrobat! Er hatte die Schubkarre in den Griff bekommen – Lorberg dagegen kämpfte darum, seine eigene Balance im Leben wiederzufinden.

Weil der Rest der Familie Lorberg nicht mehr offiziell in Klein Krams wohnte, waren sie vollzählig.

Ein Balanceakt war die Versammlung auch für Reichmann, der die Zusammenkunft als Ortsbürgermeister leitete, denn die Stimmung bei Lorberg war gewohnt fragil. Er war erst vor vier Jahren in ihr Dorf gezogen und immer irgendwie ein wenig für sich geblieben. Der Beschluss musste einstimmig – zumindest ohne Gegenstimme – gefasst werden, und Lorbergs Miene war auf Frost eingetaktet.

Reichmann erklärte in knappen Worten die aktuelle Lage und präsentierte stolz das Dokument der EU.

»Ist die Unterschrift echt?«, krittelte Lorberg.

»Die ist echt, genauso wie das Dokument, wir haben es prüfen lassen.«

»Ich weiß ehrlich gesagt nicht so recht. Ich bin auch noch gar nicht dazu gekommen, mir ein abschließendes Urteil zu bilden. Was ist beispielsweise nur mal mit der Müllabfuhr?

Müssen wir es wie Jürgen Grubo machen?«, fragte Lorberg und ließ ein kurzes Grinsen über sein Gesicht streichen, wie Reichmann erleichtert bemerkte. Dass sich Lorberg ausgerechnet wegen der Müllabfuhr Sorgen machte, kam unerwartet, als Ordnungsfanatiker galt er nicht gerade. Jürgen Grubo, die lokale Lebenskünstler-Legende aus Groß Krams, entsorgte seinen Müll zu fünfzig Prozent aus dem Fenster und zu dreißig Prozent im Klo, den Rest lagerte er in seinem Haus zwischen, bis er ihn vergessen hatte.

Ja, was war eigentlich mit der Müllabfuhr? Daran hatte Reichmann gar nicht gedacht. Er rang sich möglichst souverän ab, dass man »eine Lösung finden« werde.

Das war zu wenig Fakt und zu viel Konjunktiv. Lorberg runzelte die Stirn. Reichmann räusperte sich und trank zwei Schluck Wasser, das brachte rund vier Sekunden und eine leichte Stabilisierung seines Schlingerkurses. Es durfte nicht sein, dass die Gründung der Republik Klein Krams an der Frage scheiterte, wo sie ihren Mülleimer ausleeren würden.

»Also erstens: Wir werden ja … weniger Müll machen … deutlich weniger Müll, weil wir vieles selber anbauen wollen und keine Verpackungen mehr wegwerfen. Zweitens: Der Bio-Müll kommt auf den Kompost. Wir … müssen da überhaupt umdenken: Es wird überlebenswichtig sein, dass wir unsere Ressourcen konsequent nutzen. Kartoffelschalen beispielsweise sind Futter für die Karnickel«, schob Reichmann nach, »und deshalb muss der Müll ordentlich sortiert sein.«

Lorberg nickte zustimmend, wie die Runde dankbar registrierte, nur die Mienen der Kirchhofs befanden sich im Ruhemodus.

»… Und zweitens: Ihr könnt den übrigen Müll, den Plastikabfall zum Beispiel, zu mir bringen. Mal ehrlich: Eine Gemeinde, wo der Bürgermeister den Bürgern höchstpersönlich hinterherräumt, das ist doch was, oder?«

Reichmann hatte das Gefühl, sich angebiedert zu haben, aber dieses Sonderangebot wurde zu einem emotionalen Wirkungstreffer bei Holger Lorberg, dessen Dauerfrostmiene langsam auftaute. Seit seine Frau und sein sechzehnjähriger Sohn ausgezogen waren – seine Frau dummerweise direkt zu einem anderen Typen und sein Sohn in ein Fußball-Internat –, vergrub er sich zu Hause, verschlossen wie eine zugetackerte Blinddarmnaht. Das aber war vielleicht ihre Chance, ihn mit ins Boot zu holen: Jemand, der gerade mit Bleifuß auf der Überholspur durchs Leben bretterte, würde sich vermutlich nicht so einfach in ein Abenteuer stürzen wie Lorberg, der gerade auf einem zugemüllten Rastplatz hängengeblieben war.

Immerhin redete Lorberg heute mehr mit ihnen als in den vergangenen sechs Monaten zusammen, dachte Reichmann, und spielt uns keine Heiterkeit vor: Die Ehrlichkeit durfte auch ein muffliges Gesicht haben.

»Also, ich will nicht den Pessimisten spielen ... «, sagte Lorberg, »aber was passiert, wenn sie uns aus der Krankenversicherung werfen und wir mal krank werden?«

»Eine vollkommen berechtigte Frage, Holger. Dann wird uns Johanna behandeln. Sie übernimmt die medizinische Grundversorgung.«

Lorberg runzelte die Augenbrauen, scharfe Linien gruben sich in seine Mundwinkel. Man sah ihm an, dass er mit sich kämpfte, ob er eine direkte oder diplomatische Antwort geben sollte.

»Also ... nichts für ungut ...«, knurrte er und wandte sich an Johanna Reichmann, »aber du bist nun mal eine Ärztin ... fürs ...«

»Fürs liebe Vieh, sag es ruhig«, fiel sie ihm ins Wort und funkelte Lorberg mit ihren meergrünen Augen an. Johanna strich sich über ihren hohen Haaransatz und die schmale Nase, die schnurgerade war, als hätte sich ein fähiger Schönheitschirurg verewigt. Ihre zierliche Figur, die sie auch ihrer Tochter Romy vererbt hatte, sorgte wegen des bunten Kleides für einen krassen Kontrast zu den Kirchhofs, die in ihren schwarzen Festtagsmonturen vor sich hinschwitzten und mit internen Angelegenheiten befasst schienen.

»Keine Sorge. Ich habe mich bereits in die menschliche Materie eingelesen.«

Lorberg schaute skeptisch. »Was ist, wenn etwas Schlimmeres passiert … wenn jemand beispielsweise … einen Darmverschluss hat?«

»Ein Darmverschluss ist kein Problem, den haben Tiere auch manchmal, falls dich das beruhigt. Der Hund ist ein regelmäßiger Kandidat für eine Vollverstopfung«, sagte Johanna Reichmann und lächelte Lorberg entwaffnend freundlich an. »Im Übrigen könnten wir vielleicht auch humanitäre Hilfe nutzen, beispielsweise von Ärzte ohne Grenzen.«

»Dann sieht es ja auf unserem Gesundheitssektor gar nicht so schlecht aus«, gab sich Lorberg zufrieden.

Reichmann erläuterte weitere Eckpfeiler ihres Planes: Autark sollte ihr Ort sein, unabhängig und nicht erpressbar.

Holger Lorberg klapperte zielstrebig die nächsten potenziellen Problemzonen ab. Was war mit der Wasserversorgung? Mit Strom?

Reichmann fühlte sich abgekämpft und ermattet, zerfasert wie ein Fransenteppich. Die Versammlung kostete mehr Kraft, als jede aufmüpfige Schulklasse ihm je abverlangt hatte. Was machte man mit solch einem menschgewordenen Warndreieck wie Lorberg?

Reichmann übergab mit einer mehr erschlafften als souveränen Geste das Wort an Brunsendorf, der erklärte, dass man ein Windrad aufstellen und einen Brunnen bohren werde.

»Und was, wenn kein Wind weht? Müssen wird dann pusten?«

Es dauerte einen Augenblick, bis klar war, dass Lorberg einen Spaß gemacht hatte.

»Richtig. Dann müssen wir pusten. Oder wir holen deinen Cousin Klaus, der macht immer genug Wind. Wir wollen außerdem noch ein paar Solarzellen und im Entenfluss ein Wasserkraftwerk installieren«, sagte Brunsendorf und klopfte mit der Hand zur Bekräftigung auf den Tisch.

Das Geräusch war nicht besonders laut gewesen, aber es hatte genügt, Mathilde zu aktivieren, die sich zu Lorberg hinüberbeugte und ihn anschrie: »Du solltest dich nicht hier vor der Welt und dem Leben verstecken, Herr Lorberg. In diesem Kaff. Du solltest es so wie wir machen und die Gelegenheit nutzen, neu anzufangen.«

Lorberg verzog säuerlich die Mundwinkel. Der Gedanke war ihm auch schon gekommen – aber was bildete sich die Alte eigentlich ein, ihn als Lebensverweigerer und Feigling hinzustellen? Beim Abgang der Kirchhofs handelte es sich ja wohl um einen eindeutigen Fall von seniler Landflucht und nicht um einen Neuanfang. Er schluckte seine Wut herunter wie eine faulige Grapefruit und nickte nur. Er hatte keine Lust, sich mit Mathilde Kirchhof über seine Lebensplanung anzuschreien.

Da Lorberg keine Fragen mehr stellte, ergriff Brunsendorf das Wort und hielt ein feuriges Plädoyer für die Autonomie. Er schmetterte seine Worte wie eine Polka-Kapelle in den Raum.

Plötzlich zuckten sie zusammen und fuhren erschrocken herum: Der Kuckuck schob sich aus dem Häuschen der Wanduhr und krächzte müde in den Raum. Wer zum Kuckuck hatte die Uhr aufgezogen? Hatten die Wärme, der Bass in Brunsendorfs Stimme und das Geschrei von Oma Kirchhof dem Mechanismus einen letzten Funken Leben eingehaucht? Willi Kirchhof lachte glucksend und stampfte mit seinem Krückstock auf den Boden. Sapperlot!

Der Furor lockerte bei Lorberg doch noch eine Frage: »Wie sollen wir es anstellen, dass die bei der EU überhaupt merken, dass wir jetzt eine Republik sind? Die lassen die Bagger einfach weiterrollen.«

Reichmann kehrte zum Kernthema zurück: Ja, das habe er sich auch schon gefragt. »Also, wir werden ein Schild aufstellen am Ortseingang. Und an der Schäferkante, wo die Bagger die Ortsgrenze als ersten Punkt erreichen, Verbotsschilder ...«

»Schilder?«, unterbrach ihn Lorberg, der in Fahrt kam. »Und du meinst, das lesen die dann, drehen um und wir sind gerettet?«

»So viel Palaver um nichts, Dunnerlüttchen«, rief Mathilde Kirchhof unvermittelt, und nur das Pflichtbewusstsein, das ihr verschiedenste Obrigkeiten eingebläut hatten, hielt sie davon ab, sich ihren Mann, der vorsorglich »jaja« brummelte, zu schnappen und zu gehen.

Lorbergs Gesicht war nun wieder lang wie eine Werbepause.

Reichmann sagte beschwichtigend: »Wir werden natürlich die Öffentlichkeit mit einer Pressekonferenz informieren. Wir werden auch Briefe an die Braunkohle AG schicken, an den Amtsdirektor, an die Kreisverwaltung ... Immerhin haben wir hier ein amtliches Dokument!«

Lorberg nickte nachdenklich in die Runde, ließ den Blick von Gesicht zu Gesicht wandern wie bei einem Gesellschaftsspiel und sagte mit spitzem Ton: »Und was ist eigentlich mit eurer Rente?«

Reichmann lächelte den Einwurf inzwischen routiniert weg, bevor er sagte: »Nun ja. Wir wissen es nicht, jedenfalls nicht genau. Man muss schon sagen: Die Renten sind nicht sicher. Aber wir drei, Brunsendorf, Johanna und ich, gehen dieses Risiko ein.«

Das war schon ein beträchtlicher Selbstverzicht, Lorberg guckte anerkennend.

»Gut«, sagte er dann, »aber eine Frage habe ich noch: Was machen wir, wenn jemand aus dem Projekt aussteigen will?«

»Dann setzen wir uns zusammen«, erwiderte Reichmann, »beraten und stimmen ab. Wir sollten aber schon jetzt festlegen, dass nur jemand aussteigen kann, wenn sein Grund und Boden im Besitz der Gemeinde Klein Krams bleibt. Er darf nicht an die Europäische Union oder an einen Dritten verkaufen, sonst hätten wir eine Enklave mitten im Ort. Der Staat Klein Krams muss ein Vorkaufsrecht haben und zwar für den ganz normalen Immobilien-Preis. Für einen gemeinsamen Gesamtausstieg aus dem Autonomieprojekt schlage ich bei einer Abstimmung eine einfache Mehrheit vor.«

»Was würde passieren, wenn ich jetzt gegen die Abspaltung stimme?«, fragte Lorberg. »Ich habe doch Vetorecht, oder?«

»Ja, damit wäre die Geschichte gestorben«, sagte Reichmann und verkniff sich den Zusatz »und Klein Krams auch«.

Lorberg nickte.

Dann war der historische Moment gekommen, sie stimmten über die Gründung der Republik ab. Reichmann hob die Hand und schaute in die Runde. Brunsendorf und Johanna votierten erwartungsgemäß mit Ja, die Kirchhofs hoben den Arm, weil die anderen ihn auch gehoben hatten. Nur Lorberg meldete sich nicht.

»Enthaltungen?«, fragte Reichmann vorsichtig.

Es war spannender als das Konklave bei der Papstwahl. Holger Lorberg hob langsam die Hand.

Damit war die Entscheidung gefallen.

Die Ämterverteilung ging schnell über die Bühne. Manfred Reichmann, seit Jahrzehnten Ortsbürgermeister, wurde der Erste Mann der Republik Klein Krams, das erste Oberhaupt des jüngsten Staates auf dem Erdball. Das Dorfparlament war die oberste und einzig beschließende Instanz. Sie brauchten eigentlich keine Ordnungsmacht, sie kannten einander ja gut, Brunsendorf wurde trotzdem sicherheitshalber zum Abschnittsbevollmächtigten ernannt.

»Wichtig ist jetzt«, sagte Reichmann, »dass wir die Zeit bis zu unserer offiziellen Loslösung gut nutzen. In einer Woche wollen wir die Pressekonferenz abhalten, in der wir die Autonomie verkünden. Wir müssen eine Menge Dinge besorgen für die Zeit der Selbstständigkeit. Hier vorne liegt eine Liste aus, in die wir eintragen, was wir für die Dorfgemeinschaft brauchen. Seinen persönlichen Kram muss jeder selber besorgen. Und: Bis wir uns offiziell zur Republik erklären, muss absolute Geheimhaltung herrschen. Schwört es.«

Sie hoben ihre Hände und schworen feierlich. Dann machte sich die kleine Nation auf den Heimweg.

Reichmann und Brunsendorf hakten die Kirchhofs an beiden Seiten unter und führten das Ehepaar die Dorfstraße hinunter. Der Weg zu ihrem Häuschen am Rande des Dorfes war für die beiden Senioren ohne Hilfe fast ein Tagesausflug. Als sie Willi und Mathilde Kirchhof über die Schwelle bugsiert hatten, wurde Manfred Reichmann klar, dass es sich hier um ein Art letztes Geleit durch das Heimatdorf gehandelt hatte.

»Da hat man gar nicht mehr an eine Rettung geglaubt«, sagte er, als er sich von Brunsendorf verabschiedete, »und dann passiert so etwas. Das Beste kommt manchmal tatsächlich zum Schluss.«

Am Abend spazierte Reichmann noch einmal auf den Gramberg. Wer um Himmels willen war eigentlich dieser Mister Lallentare, dachte er, als er sich müde auf die Bank fallen ließ, der Mann, der ihnen den Arsch rettete vor den Baggern. Jener unbekannte Erschaffer ihrer Republik, mit einem Namen, als hätten ein Vorschüler und ein Zufallsgenerator zusammen Buchstaben sortiert. Und wie hatte es überhaupt so weit kommen können?

Signor Lallentare

»Mister Lallentare?«

Luigi Lallentare fuhr aus seinen Gedanken auf. Er hatte gerade durch die gläserne Außenwand auf die Skyline der Stadt geschaut, dieses glänzende, blinkende Gewirr aus Stahl und Glas, als ihm ein Mitarbeiter einen Stapel mit Formularen auf den Schreibtisch legte. Normalerweise hätte sich das Eckbüro durch die Sonne aufheizen müssen wie ein Sitzkissen unterm Heizpilz, aber die Klimaanlage kühlte die Temperatur des Raumes angenehm herunter.

Lallentare hatte flüchtig die Unterlagen betrachtet.

»Sind sie reif?«

»Ja.«

Sein Assistent lächelte süffisant.

»Reif« hieß im internen Fachjargon der Abteilung: Die Formulare waren stempel- und unterschriftsbereit. Lallentare würde nun seinen Stempel niederfahren lassen wie ein Fallbeil. Mit links ließ er das Signum – die vorletzte Hürde des Genehmigungsprozesses – herabsausen. Millisekunden danach zischte die Rechte herbei und hinterließ mit einem Dienstkugelschreiber die Unterschrift, die einen Antrag endgültig bewilligte. Bei Signor Lallentare wusste die Linke genauestens, was die Rechte tat. Zack-zack, pronto-pronto, die nächste bitte. Automazione bravissimo.

Luigi Maximilian Lallentare, der Chef des Ressorts für Regionalpolitik und Fonds für regionale Entwicklung bei der Europäischen Kommission, war ein Vollblutbeamter, ein mit allen Behördenwassern gewaschener Fuchs des Apparates. Er hatte sich angewöhnt, trotz seines enormen Mitarbeiterstabes, der für die Vorarbeit zuständig und teilweise ebenfalls zeichnungsberechtigt war, selber die Anträge zu unterschreiben und abzustempeln. Der Vorteil lag auf der Hand: So sah auch eine halbe Stunde Beschäftigung pro Tag draußen in der Welt nach viel Arbeit aus – ein uralter Trick, nicht nur in Brüssel, sondern überall dort, wo der Stempel das Sagen hat.

Auch an diesem Morgen wanderte seine Unterschrift unter die Anträge, in denen um ihr Überleben rudernde Nordseefischer um Unterstützung baten und säuerliche Milchbauern um Zuschüsse. Zack. Schschschsch, zack, schschschsch … Luigi Lallentare, vierundfünfzig Jahre alt, immer noch und vermutlich auch für immer Single, kam auf Touren. Seine Hand flog über die Papiere, beschwingt wie eine italienische Hochzeitsgesellschaft, danach krachte der Stempel nieder. Wenig später verließen viele Briefkuverts das gewaltige Gebäude. Eines sah aus wie das andere, aber einer dieser Briefe entkräftete das finale One-Way-Ticket, das für das Dorf Klein Krams schon gebucht war.

SO VIEL WIE MÖGLICH IST GERADE GENUG

Johanna griff nach Reichmanns Hand, der gedankenverloren seine Finger um ihre schloss. Er dachte über das Angebot eines uralten Bauern für einen genauso uralten Traktor nach, während sie über einen Parkplatz gingen, der fast so groß war wie Klein Krams. Sie stoppten in der Vorhalle des mit Neonlichtern beleuchteten Gebäudes, holten zwei Einkaufswagen und betraten den riesigen Heimwerkertempel, in dem trotz der frühen Vormittagsstunde geschäftiges Treiben herrschte. Johanna gab ihrem Mann einen Kuss, den er nur flüchtig erwiderte, er war in Gedanken schon bei der mehrseitigen Einkaufsliste, die sie nun abzuarbeiten begannen. Werkzeug, Baustoffe, Glühlampen, Fensterkitt, Holzlatten- und pfähle ... Vier randvoll gefüllte Wagen fuhren sie zwei Stunden später auf den Parkplatz und verstauten die Fracht im Auto und auf einem Anhänger.

In Klein Krams war nach der Versammlung ein Kaufrausch ausgebrochen: So viel wie möglich war gerade genug. Mehrmals pro Tag tourten die Reichmanns mit einem kleinen, in leerem Zustand hüpfenden Anhänger zu Hamsterkäufen in die Stadt oder in die umliegenden Dörfer, in denen es Agrarbetriebe gab. Sie lidlten, nettoten, hornbachten, edekaten und hellwegten unentwegt, schafften nach Klein Krams, was die Achse des Anhängers hergab, den Reichmann mit einer Plane bedeckt hatte, um die Fracht zu verbergen. Sicher war sicher, in Groß Krams hatten die Gardinen Augen.

Während sich ihre Vorratsräume füllten, schrumpfte das Guthaben auf ihrem Konto: Reichmann hatte kein Problem damit, einen großen Teil ihrer angesparten 60 000 Euro auszugeben. Sie waren Mitte sechzig, in einem Alter, in dem man sich von seinen Lebensersparnissen endlich einen Mercedes kaufen und jeden Samstagvormittag in die Waschanlage fahren oder mit dem Geld etwas Sinnvolles tun konnte.

Kellerregal für Kellerregal, Schrank für Schrank füllte sich. Sie bunkerten gefühlte sechs Zentner Tee, Kaffee, Konserven, Mehl und Zucker, Deo-Roller, Duschbad, Zahnpasta, Parfüm, Hautmilch – es war ja nicht mehr wie in jungen Jahren, als der Körper wartungsfrei vor sich hin schnurrte, das Jucken an den Schienbeinen musste bekämpft werden, sonst konnte es jede Autonomiebestrebung sprengen –, Kaffeeweißer, H-Milch, saure Gurken, Süßigkeiten für die Enkel, Gemüsebrühe in Großpackungen, 2000 Briefumschläge für die Korrespondenz; sie deckten sich mit Streichhölzern, Taschenlampen – die, wenn man kurbelte, selber ihren Strom erzeugten –, Akkus, Ladegeräten, Petroleum samt Lampen, Nähzeug ein; horteten

Saatgut; erwarben Brettspiele, darunter ein neues Risikospiel.

Mehrere wichtige Bausteine für eine autarke Versorgung gab es nun in Klein Krams, darunter das Equipment zur Herstellung von Butter und einen Ofen zum Brotbacken, der mit Holzfeuer betrieben wurde. Sie arbeiteten Stück für Stück ihre Liste ab, die lang war wie der spanische Sommer.

Manfred Reichmann ließ sich erschöpft auf einen Stuhl in der Küche sinken. Er hatte schwer geschleppt, die schmerzenden Füße machten ihm bewusst, dass sie zwar alle für ihr Alter sehr fit waren, aber eben nicht mehr die Jüngsten. Schweiß rann ihm über das Gesicht, die Tropfen suchten sich ihren Weg durch das feine Gewirr der Fältchen und Falten.

Er legte den Kopf in den Nacken und ließ den Blick durch den Raum schweifen: Sie waren eigentlich recht gut vorangekommen in den vergangenen Tagen. Nicht ganz so wie erhofft, aber sie hatten deutliche Fortschritte gemacht. Er betrachtete den neuen Kühlschrank. Seine größte Sorge war, dass solch ein Hightechgerät bei eventuellen Stromschwankungen, wenn sie demnächst vom normalen Stromnetz abgekoppelt werden würden, in Schwierigkeiten geraten könnte. Sogar Brunsendorf hatte seine geliebte alte Kaffeemaschine – »Kaffeebohnen-Sputnik« genannt – gegen ein neues Gerät ausgetauscht.

Es blieb noch ein wenig Zeit bis zur Sondersitzung, die Reichmann einberufen hatte, denn in einem wichtigen Punkt war er sich trotz allen Grübelns und Nachdenkens unschlüssig und wollte den Rat des Dorfes einholen.

Tack, tack, tack! In die nachmittägliche, dörfliche Stille drangen Hammerschläge von Brunsendorfs Grundstück. Parallel zu den Hamsterkäufen hatte eine Bautätigkeit eingesetzt, die jede Heimwerker-Reklame als lustlos erscheinen ließ. Sie machten das Dorf winter,- sommer- und krisenfest, als stünden die Hunnen und das Ende des Euro gleichzeitig vor der Tür: befüllten die Öltanks für ihre Zentralheizungen und installierten mit Unterstützung eines Fachmanns aus Groß Krams einen Hochbehälter für die Wasserversorgung. Es war ein Riesenvorteil, dass sie damals ihre Abwassersickergruben und ihren eigenen Brunnen behalten hatten. Auf den Sonnenseiten ihrer Häuser ließen sie Solaranlagen montieren. Für den ganz großen Notfall standen nun im Haus der Reichmanns und bei Brunsendorf Kaminöfen. Sie kauften Holzbriketts in Dimensionen wie für ein Kinderferienlager.

Reichmann setzte sich auf die kleine, von vielen Hosenböden glattgescheuerte Holzbank im Vorgarten, die sein Vater gezimmert hatte. Er nippte an einem Glas starkem schwarzen Tee, schloss die Augen. Es war gut, dass sie so in Arbeit erstickten, bevor noch jemand Angst vor der eigenen Courage oder kalte Füße bekam: Sie hatten gar keine Zeit, an der Richtigkeit ihrer Entscheidung zu zweifeln.

Irgendwo gackerte ein Huhn in seine Überlegungen. Auch die Bilanz ihrer geplanten Tierhaltung konnte sich sehen lassen: Sie hatten vier Hühner – die Rasse hieß »Vorwerk« und passte damit zur Klein Kramser Dorfhistorie – und einen Hahn erworben, fünf Kaninchen, außerdem ein Bienenvolk. Für drei Schafe und drei Ziegen – sie gehörten alle zu robusten, anspruchslosen Rassen –, die sie auch wegen der Landschaftspflege halten wollten, hatten sie von einer Firma aus der Kleinstadt auch gleich eine Koppel mit einer Weidehütte anlegen lassen, die als Unterstand für die Tiere dienen sollte.

Schon zweimal hatten sie Milchschaf el Friedes pralles Euter um Milch erleichtert, genauer gesagt, Johanna hatte gemolken, die Männer waren gescheitert. Die helle Flüssigkeit schmeckte vollmundig, nach Wellness, mit einer Art Mandelaroma. Man konnte auch Badezusätze daraus herstellen, sie hatten es in einem Do-it-yourself-Landwirtschafts-Ratgeber gelesen, den ihnen der Züchter als Zugabe überreicht hatte.

Johanna hatte von Peter Thielemann, einem alten Freund aus Studientagen, einen ausrangierten Zahnarztstuhl samt Bohrer geschenkt bekommen, für den Fall der Fälle. Was man eben so brauchte, wenn man eine Republik gründete.

Reichmann sah Brunsendorf über den Anger zum Versammlungshaus gehen. Er schaute auf die Uhr, Herrgott, die Zeit raste an ihm vorbei. Er rief Johanna, die sich ein wenig von ihm hinterherziehen ließ, während sie zur Krisensitzung eilten.

Sie waren vollzählig versammelt, zum Glück, auch wenn Holger Lorberg nicht besonders motiviert aussah. Er hatte sich nicht an den gemeinsamen Aktionen beteiligt, um das Dorf autonomiefest zu machen, und auf seinem Grundstück tat sich ebenfalls nichts, jedenfalls nichts zum Besseren. Die Kirchhofs saßen daheim auf einem Berg gepackter Koffer. Bei aller Basisdemokratie, sie mussten die Alten nicht mit einer weiteren Sitzung foltern.

Im Angesicht des Wildschweinkopfes eröffnete Reichmann die Versammlung. Er verkniff es sich, Lorberg wegen seines spärlichen Engagements zu kritisieren. Eine Verstimmung konnten sie nicht riskieren, und er war zu nichts verpflichtet, davon war bei der Abstimmung keine Rede gewesen. Reichmann hatte eine Spezialaufgabe für ihn und rechnete ihm im Übrigen hoch an, dass er überhaupt gekommen war.

»Vielen Dank, dass ihr alle da seid. Wir sind zusammengekommen, weil ich euch um Rat fragen möchte: Es geht darum, dass wir die Einladungen zur Pressekonferenz verschicken müssen … Wir waren uns einig, dass wir viel Öffentlichkeit brauchen, wenn wir verkünden, dass wir jetzt ein von der EU genehmigtes autonomes Gebiet sind. Die Frage ist: Wie sollen wir uns verhalten …« Reichmann räusperte sich, bevor er fortfuhr: »Vielleicht kannst du uns einen Tipp geben, Holger, du bist ja Profi auf diesem Gebiet, und vielleicht kannst du auch den Text entwerfen, den wir an Zeitungen und Fernsehsender verschicken, aus meiner Sicht an möglichst viele.«

Lorberg senkte den Blick. In ihm arbeitete es. Ein Rest Pflichtgefühl und seine Unlust, solch ein Pamphlet zu verfassen, kämpften miteinander. Im Raum entstand unbehagliche Stille.

»Okay. Ich habe zwar viel zu tun«, sagte er schließlich und wischte mit den Fingern der rechten Hand über die Tischplatte vor sich, »aber ich kann das machen. Was ich auf keinen Fall kann, ist, selber über das Thema zu schreiben, falls das jemand irgendwie gehofft hat. Ich kann nicht gleichzeitig als Pressesprecher und Journalist in einer Angelegenheit arbeiten … wegen des Interessenkonfliktes. Ich weiß auch nicht, ob unser Lokalchef überhaupt jemanden zu einer PK hierher schicken wird.«

Reichmann blickte ihn freundlich an.

»Nein, dass du darüber nicht berichten kannst, ist klar, aber mit dem Verfassen der Mitteilung hilfst du uns schon sehr.«

»Du meinst, meinem neuen Vaterland«, sagte Lorberg ironisch und lächelte spitz wie ein Zahnstocher.

»Deiner Heimat«, erwiderte Brunsendorf und überging den provozierenden Unterton, »und dabei geht es nicht um irgendetwas übertrieben Patriotisches, um keine Heimattümelei.«

Lorbergs Gesichtsmuskeln arbeiteten, als kaue er einen Drops aus Granit.

»Dann ist es ja gut«, erwiderte er.

Sie stellten eine Liste der potenziellen Adressaten auf. Mehrere Zeitungen und TV-Sender im Radius von etwa fünfzig Kilometern, die Außenstelle einer großen Fernsehanstalt in der Landeshauptstadt, die Braunkohle AG, der Landrat, der Amtsdirektor und die Kreisverwaltung – insgesamt vierzehn Schreiben wollten sie per E-Mail versenden. Die zuständigen Organe ihrer Regionalverwaltung bekamen zusätzlich noch einen Brief mit einer Kopie der Unabhängigkeitsurkunde und den wichtigsten Fakten der Republik Klein Krams.

Lorberg würde noch am Abend die Mails verschicken, wenn er den Text verfasst hatte. Reichmann sollte am nächsten Tag die Briefe an die Gebietsverwaltung zur Poststelle in der Kleinstadt bringen und als Einschreiben aufgeben, dann mussten sie ausharren und hoffen, dass bei den Behörden die richtigen Mechanismen in Gang gesetzt wurden und irgendein Redakteur anbiss.

WINDIGE ANGELEGENHEITEN

Reichmann und Brunsendorf liefen in aller Frühe auf den Gramberg. Über den Feldern waberte dichter, weißer Morgennebel. Es war kühl. Reichmann zog den Reißverschluss seiner schwarzen Fleecejacke bis ganz oben zu. Schon besser. Brunsendorf lauschte in die Ferne nach Westen, dort, wo Groß Krams lag, ein Brummen hob sich vom gewohnten Knirschen der Fördermaschinen ab.

Sie hatten vieles von ihrer Autonomie-to-do-Liste abgearbeitet, aber die wichtigste, monumentalste, die Königsaufgabe musste noch vollendet werden: das Windrad in Stellung bringen. Die Teile waren am Nachmittag zuvor geliefert worden, ein sauberer, fabrikneuer Bausatz. Durch das Morgengrauen rollte nun deutlich erkennbar ein kleiner Bagger der Firma »Air-Power«, der kurz darauf wacker den Gramberg hochrumpelte.

Der Fachmann, der die Anlage aufstellte, hielt sich nicht lange bei der Vorrede auf, sondern legte routiniert los. Für ihn war die Montage des Windkraftgenerators kein großes Ding, für die Dörfler und die Dorfgeschichte schon: eine Windkraftanlage war einmalig in der dreihundertjährigen Klein Kramser Historie. Dass sie nicht über den nötigen längeren Zeitraum die Windverhältnisse hatten messen können und ein Hügel sich nicht automatisch als Standort eignete, nur weil er ein »paar Meter fuffzig« – wie man in der Gegend sagte – aus der flachen Landschaft blinzelte, bereitete ihnen Sorgen.

»Ich, das heißt wir«, sagte der Monteur, ein bulliger Typ in einem roten Arbeitsanzug, »können deshalb auch keine Garantie übernehmen für den Ertrag der Anlage.« Bevor jemand antworten konnte, ließ er eine Flut von Fachbegriffen niedergehen: »Eure Anlage ist eine Schwachwindanlage, was nicht heißt, dass sie schwach ist«, schrie er durch das Blubbern des Baggers, während er weiter das Fundament aushob, »sondern schon bei schwachem Wind Leistung bringt und Strom liefert.«

Der kleine braune Berg aus Erde und Wurzelwerk wuchs. Der Fachmann strich am Ende sorgfältig den Boden und die Kanten glatt, dann ließ er die zähflüssige, graue Betonmasse in die Grube fließen. Während der Monteur oben auf dem Berg werkelte, hoben Reichmann und Brunsendorf einen kleinen Graben zum Dorf für die Stromkabel aus.

Als sich die Luft bereits spürbar abkühlte und die Dämmerung über das Land hereinbrach, stand das Rad. Der Monteur seilte sich noch von der Spitze an den Rotorblättern entlang ab wie ein moderner Don Quijote. Mit dem Unterschied, dass er für Windmühlenflügel kämpfte und Quijote dagegen angetreten war. Die Klein Kramser steckten vorsichtig den Kopf in den kleinen Innenraum des Stahlmastes und betrachteten fasziniert die Armaturen. Es roch nach Kunststoff im Herzen des Windkraftgenerators, nach Neustart – so wie in einem fabrikneuen Auto.

»Gutes Rad muss nicht teuer sein«, sagte Don Quijote 2.0 – der Spruch klang etwas abgewetzt –, während er ihnen eine dicke Bedienungsanleitung und einen Stapel Malbücher mit dem Motiv Windrad in die Hand drückte, »… für die Kinder und Enkel«. In einem Jahr würde er zur Inspektion kommen, natürlich nur »pro forma«. Brunsendorf und Reichmann mussten sich nicht anschauen, um zu wissen, was dem anderen durch den Kopf ging: Was würde in einem Jahr sein? Gab es Klein Krams dann überhaupt noch?

Brunsendorf ging hinunter ins Dorf und kehrte mit einer dickbauchigen Heidelbeerschnapsflasche aus seinem Keller zurück. Der Monteur erklärte kurz, was sie zu tun hatten. Brunsendorf drückte auf einen Knopf. Langsam richteten sich die Flügel in den Wind. Der Motor, der den Turm drehte, brummelte wie Brunsendorfs alter Videorecorder. Sie schauten irritiert zum Himmel und wieder auf die Rotoren. Nichts passierte, die Räder standen still, obwohl eine ordentliche Brise wehte.

»Ach so«, sagte der Monteur, patschte sich an die Stirn, ging in das Windrad, entfernte einen Sicherungsstift und drückte einen Hebel nach unten. Nun gerieten die Rotorblätter in Bewegung. Der Wind nahm auf der kahlen Fläche des Tagebaus Fahrt auf und wehte die Anhöhe hinauf. Sie spürten, wie die Rotoren beschleunigten, wie die Stahlflügel die Luft durchschnitten, und sahen die Schatten der Flügel über den Boden wandern.

Gläser klirrten in der einsetzenden Dämmerung, sie prosteten einander gerührt am Fuße des Stahlkolosses zu und weihten fast exakt eine Woche nach ihrem Autonomiebeschluss das Windrad ein. Sie standen noch lange oben auf dem Gipfel und genossen die Aussicht und die Aussichten, die viel besser waren als noch vor wenigen Tagen.

DIE PRESSEKONFERENZ

Reichmann wachte früh auf. Er löste sich von Johanna, die sich in der Nacht an ihn gekuschelt und ihn Richtung Außenkante des Bettes laviert hatte, ging durch den langen Hausflur ans Küchenfenster und schaute zum Windrad. Ein Glücksgefühl übermannte ihn, wie man es in der Kindheit erlebt, wenn man am frühen Morgen zum Weihnachtsbaum eilt und erleichtert feststellt, dass die Geschenke noch daliegen. Aber für langes Innehalten war keine Zeit.

Sie hatten überlegt, die Pressekonferenz in Beckers Anwaltskanzlei abzuhalten – wegen der seriösen Wirkung –, entschieden sich aber doch dafür, am Ort des Geschehens zu bleiben. Johanna hatte eine Vase mit Blumen auf den Tisch gestellt. Das Gemeinschaftshaus glänzte, sogar der Wildschweinkopf war abgestaubt worden. Neu war eine Fahne auf dem Dach mit dem Dorfwappen, die ja jetzt zur Staatsflagge aufgestiegen war. Ein blauer Fluss trennte die Fläche diagonal, die obere Hälfte war gelb, sie symbolisierte die Kornfelder, die es früher gegeben hatte, der grüne untere Teil stand für die saftigen Auen, von denen mittlerweile nur noch wenige zu finden waren. In der Mitte sprang ein Hirsch über den Fluss. Auch das Wild hatte sich längst vor dem Tagebau in Sicherheit gebracht.

Auf dem Tisch standen Pappschilder mit den Namen von Lorberg und Reichmann und ihren Funktionen: Pressesprecher und Staatsoberhaupt der Republik Klein Krams. Es war jetzt elf Uhr, die Pressekonferenz sollte eigentlich beginnen, aber es war kein Gast erschienen.

Es hatte sich schon angedeutet, dass es kein großes Interesse bei den angeschriebenen Medien gab, kein Journalist hatte sich angemeldet. Auch Holger Lorbergs Blatt würde niemanden schicken, sein Chef hielt das Ganze für Spinnerei.

»Tja«, sagte Reichmann nachdenklich und trat von der Türschwelle zurück in den Raum, »es ist jetzt 11.15 Uhr, wir müssen uns wohl damit abfinden, selber einen Bericht an die Redaktionen zu schicken, um noch einmal auf uns aufmerksam zu machen.«

Noch bevor jemand antworten konnte, drang ein Geräusch von der Landstraße in den Raum. Sie steckten die Köpfe zur Tür hinaus, zogen sie aber zurück, nachdem sie gesehen hatten, dass sich ein Motorrad näherte – sie wollten den Ankömmling nicht gleich überfallen. Als der Mann seine große, alte Maschine abgestellt hatte, trat Reichmann aus der Tür und hieß den Besucher willkommen.

Norbert Sittler, Mitte fünfzig, Typ ewiger Krautrocker, war freier Mitarbeiter einer Anzeigenpostille, einer Gratis-Zeitung, die in der Kleinstadt produziert wurde. Dass man überhaupt jemanden geschickt hatte, lag daran, dass die Nachrichtenlage bei sowieso permanentem Sommer-, Frühlings-, Herbst- und Winterloch in diesen Tagen besonders dünn war. Zudem interessierte Sittler sich persönlich für den Fall, schlummerte doch tief in ihm immer noch ein Revoluzzer.

Norbert Sittler betrat etwas unsicher den Raum. Nach der Begrüßung putzte er seine Brille, strich sich durch das nachlässig gefärbte, auberginefarbene Wuschelhaar und legte eine abgegriffene, kleine Kompaktkamera auf den Tisch. Er griff in seine Tasche und dann an seinen Kopf.

»Ich muss mich entschuldigen«, sagte er, »aber ich habe meinen Schreibblock in der Redaktion liegen lassen.«

Seine Schussligkeit war nicht gerade vertrauenserweckend. Sie borgten ihm Papier, und die Pressekonferenz konnte beginnen. Sie setzten Sittler über die Gründung der Republik ins Bild. Der Lokalreporter erkundigte sich interessiert nach Hintergründen und Zielen, machte auf einem Rundgang Fotos von ihnen, vom Dorf und von der Autonomiebescheinigung, stellte am Ende klar, dass er nicht versprechen könne, ob es überhaupt einen Artikel geben würde, und zog schließlich wieder los.

Zu Hause setzte sich Sittler nachdenklich mit einer Flasche französischem Rotwein an seinen Schreibtisch. Der Blick wanderte über die Rücken seiner Bücher. Sein Lieblingsroman war »Per Anhalter durch die Galaxis«. Er schnaubte ungläubig – auf welchem Planeten lebte diese Truppe denn? Ihre Nummer war noch einen Zacken schärfer, weil sie behaupteten, die ganze Geschichte sei wahr. Oder stimmte sie tatsächlich? War er – ein Grubenhund des Journalismus, ein Zeilenschinder und weit abgeschlagen von den Trüffelschweinen unter den Journalisten – gerade dabei, eine sensationelle Story aufzureißen?

Drei Tage später, am Erscheinungstag der Wochenzeitung, fuhr Reichmann aufgeregt in die Stadt. Er trat vor die Schaufenster der Redaktion, wo eine aktuelle Ausgabe ausgehängt war, und schaute ungläubig auf die dritte Seite, dann machte sein Herz einen Luftsprung und seine Knie wurden weich: Tatsächlich hatten sie einen großen Artikel über die Republik Klein Krams veröffentlicht, inklusive eines Fotos des Dokumentes, das die Unabhängigkeit bestätigte.

Die Verwirrung des alten journalistischen Fahrensmannes Sittler war deutlich herauszulesen. Er hatte sich via Wikipedia Rückhalt verschafft und nannte einige einst abgespaltene Gebiete. Neutral-Moresnet beispielsweise, ein 3,4 Quadratkilometer großes, von 1815 bis 1919 neutrales Territorium zwischen Deutschland und Belgien, den Freistaat Flaschenhals von 1919 bis 1923 und die Republik Schwarzenberg 1945. Offenbar gab es so etwas zumindest von Zeit zu Zeit. Trotzdem hatte er den Text über weite Strecken in einem verzweifelt fragenden Unterton verfasst, als wolle er sich absichern, falls das Ganze ein Fake sein sollte. Immerhin prägte er einen Vergleich, der noch längere Zeit durch die Medien geisterte: In Anlehnung an den Blockbuster, in dem eine Rentner-Crew ins Weltall flog, bezeichnete er Reichmann und Brunsendorf als »so eine Art Space-Cowboys, nur mit Gummistiefeln und Traktor statt Raumanzug und Raumschiff«.

Reichmann las gerührt den Text, dann trat er in die Redaktion, erbat sich vier der kostenlosen Exemplare, gab fünf Euro für die Kaffeekasse und machte sich auf den Weg zu Rechtsanwalt Becker. Schorsch war nicht da. Reichmann steckte zur Sicherheit ein Exemplar in den Briefkasten, obwohl jedes Haus das Blatt erhielt, und fuhr nach Klein Krams zurück.

Er traf Brunsendorf in der Garage an, wo er am Karnickelstall werkelte und gerade die Scharniere für die Türen anschraubte. Brunsendorf war kein Mann, der seine Emotionen offen zeigte, aber seine Überraschung und der verklärte Blick, als er den Text gründlich studiert hatte und die Zeitung zurückgab, sagten alles.

Der Bericht zeitigte durchaus Wirkung. Aus den Nachbardörfern pilgerten einige Schaulustige in die Gemarkung, die schnell ihren Spitznamen weg hatte: Klein Krams hieß im Volksmund bald nur noch »das Ländle«, irgendein Spaßvogel verpasste ihnen außerdem den Spitznamen »Kuh-Bläkistan«. Freunde und Bekannte kamen vorbei, brachten Geschenke und boten ihre Hilfe an. Aber auch die erste, spontane Wut der Kritiker streifte sie: Besucher, die klar ihren Unmut darüber zeigten, dass mit einem drohenden Förderstopp auch Arbeitsplätze in Gefahr waren – immerhin schienen auch sie die Republikgründung ernst zu nehmen. Grundsätzlich aber freuten sich die Klein Kramser über jeden Interessenten und gaben geduldig Auskunft. Je mehr Öffentlichkeit sie hatten, desto schwerer würde es sein, sie zu ignorieren.

Sittlers Artikel löste nicht unbedingt einen medialen Flächenbrand aus, aber die Flamme züngelte über die ausgedörrte, nach Schlagzeilen lechzende Medienlandschaft. Der Bericht und der Buschfunk sorgten dafür, dass ein Redakteur der regionalen Zeitung – Lorbergs Blatt – einen großen Bericht im »Kurier« verfasste, ein Blatt, für das man sogar Geld bezahlen musste. Sie hatten die Bezahlstufe geschafft. Dann zog der lokale TV-Sender nach. Eine der großen nationalen Gazetten schickte einen renommierten Journalisten. Ein feinsinniger, fähiger Mann, eine Edelfeder. Der brillant und pointiert geschriebene Text schlug ein wie ein Rumpsteak in der Fastengruppe.

Danach war im Ländle plötzlich der Teufel los. Und in der Führungsetage mehrerer Ressorts der EU auch.

DIE SITZUNG DER EU

Luigi Lallentare tappte im Dunkeln. Höchste Geheimhaltung! Keine Andeutungen, rein gar nichts! Eine Mauer des Schweigens umschirmte den Termin, selbst aus den Sekretärinnen war kein Wort herauszubekommen. Warum war er eingeladen zu dieser Elefantenrunde, in der nur die Spitzenvertreter der Ressorts saßen, die Kategorie, die nicht mehr am Schreibtisch, sondern auf der politischen Bühne die Weichen stellte? Er rangierte eine Stufe darunter und wohnte normalerweise diesen Treffen der Abteilungen für Rechtsangelegenheiten, Wirtschaftsförderung und Außenbeziehungen nicht bei.

Er stieg in den Fahrstuhl und drückte den Knopf zur obersten Etage. Mit einem dezenten Klingeln hielt der Lift und öffnete sich. Luigi Lallentare war der Letzte, der den Konferenzraum betrat.

Sie saßen auf ihren fest zugeteilten Stühlen, geschwungene Designerstücke aus Edelstahl und Leder, die um einen gewaltigen Tisch in dem Konferenzraum im obersten Stockwerk des Hochhauses gruppiert waren. Herman van Romps Umrisse hoben sich vom Licht ab, das durch die großen Fensterfronten fiel. Der übergeordnete Chef der Ressorts begrüßte die Anwesenden kühl und übernahm die Leitung der Versammlung. Der Belgier mit der Herzlichkeit einer Bahnhofsvorhalle marschierte auf der Zielgeraden Richtung Beförderung – wenn ihm nicht dieser ominöse Fall in letzter Sekunde in die Quere käme und den Karrieresprung verhinderte! Van Romp war ein hemdsärmliger Typ, trotz seines Anzugs aus feinstem italienischen Zwirn. Er kam schnell zur Sache, als er mit den Händen in den Taschen langsam durch den Raum ging. An der strategisch korrekten Stelle blieb er stehen – nämlich genau hinter Lallentare – und sagte:

»Meine Herren! Es ist kaum zu glauben! Irgendwo in Deutschland spielt sich gerade eine ebenso unangenehme wie unglaubliche Geschichte ab, deshalb habe ich diese Zusammenkunft anberaumt. Ein Haufen durchgeknallter Senioren hat dort ihr Dorf zu einem autonomen Gebiet mit dem Namen Republik Klein Krams ausgerufen. Das wäre kein Problem, man könnte sie einfach ignorieren oder die Polizei vorbeischicken, einen Trupp Blauhelme und drei Psychologen und den Laden gepflegt auflösen, die Senioren ins Altersheim schicken und der Fall wäre erledigt. Es gibt aber doch ein kleines Hindernis: Diese Rentner haben nämlich eine offizielle Anerkennung für ihr abgespaltenes Kaff.« Er hatte seine Stimme bedrohlich gehoben und prüfte mit einem raschen Blick unter halbgesenkten Augenlidern die Wirkung seiner Worte auf die versammelte Runde. »Von der EU!«, fauchte van Romp dann und zerteilte bei jedem Wort mit einem Handkantenschlag die Luft. »Mit einem offiziellen Stempel und der Unterschrift der zuständigen Behörde darauf, erteilt von einem Mitglied dieser Runde – und damit ... ist der Wisch rechtskräftig!«, donnerte er und knallte einen Zeitungsausschnitt mit einem Foto des Dokumentes vor Lallentare auf den Tisch. »Das Dokument ist echt! Die Unterschrift stammt übrigens ... von Ihnen, Herr Lallentare.«

Lallentare sackte in sich zusammen. Er hatte das Gefühl, mit seinem Stuhl zu verschmelzen wie eine heruntergebrannte Kerze, deren letzte Reste in den Untersetzer fließen, dort erkalten und starr werden. Lallentare kam sich vor, als hätte man ihn schockgefrostet.

Es herrschte Stille, man wartete darauf, dass sich Luigi Lallentare äußerte, aber er war unfähig zu sprechen. Er war kein mutiger Mann, er hatte sich stets an seinem Job durchs Leben gehangelt, und dieses Stützkorsett krachte gerade zusammen.

Van Romp bemerkte Lallentares Blackout und fuhr selber fort, bevor sich die beklemmende Stille zu einem Indiz schlechter Sitzungsleitung auswuchs.

»Bevor jemand auf den Gedanken kommt, zu fragen: Nein, es gibt keine Möglichkeit, das Papier für null und nichtig zu erklären, weil es gegen geltendes Recht verstoßen würde. Es gibt einen Passus im EU-Recht, der diese Möglichkeit vorsieht ... Die Zeitungen jedenfalls sind voll von der Geschichte. Republik Klein Krams bla bla. Gallisches Dorf bla bla. Was für eine Story! Hollywood-Stoff, sogar genug Material für einen Blockbuster. Lauschige Häuschen, Silberrücken, die ihre Scholle vor dem Untergang retten, die Kuhbläke sollte nämlich in Kürze geräumt und weggebaggert werden. Die Öffentlichkeit ist alarmiert, und sie findet diese separatistischen alten Knacker natürlich putzig. Ein Sender hat sich zu der Bemerkung verstiegen, die wären so eine Art Space-Cowboys, nur mit Gummistiefeln und Traktor. Die verrückten Alten sind gerade die neuen Lieblinge der Nation. Einen Skandal können wir uns nicht leisten, hartes Durchgreifen fällt deshalb aus. Es rumort sowieso zu sehr da draußen.«

Lallentare hörte die Worte wie durch eine Wand aus Watte. Er starrte das Dokument an. Tatsächlich. Auf dem Papier stand eindeutig seine Unterschrift samt Stempel. Es rumorte in einigen Regionen zwar wirklich sehr, aber nicht annähernd so sehr wie in Lallentare: Der Ärger draußen war ein Sturm im Wasserglas gegen den Tornado in der Seele des Signor Lallentare. Seine Eingeweide verkrampften sich, ein Magenkasper kündigte sich an. Wie hatte das passieren können? Verschwörungstheorien stiegen in ihm auf: Hatte ihm jemand schaden wollen? Vielleicht José Diaros, der schon lange seine schmierigen portugiesischen Finger nach seinem Stuhl ausstreckte? War die Entstehung der Enklave Klein Krams das Produkt eines miesen kleinen Racheaktes?

Am Ende, nach einer eher kurzen Beratung, fiel ein eindeutiger Beschluss: Es konnte nur eine Lösung geben. Lallentare musste selber nach Klein Krams fahren und mit den Separatisten ihre freiwillige Kapitulation aushandeln. Er sollte den Mist, den er verbockt hatte, wegräumen und diesen abtrünnigen Fliegenschiss in der deutschen Provinz wieder zurück in die EU holen.

Van Romp musterte Lallentare: Er hatte lange überlegt, ob er jemand anderen schicken sollte, aber er fühlte sich jetzt in seiner Wahl bestätigt. Erstens: Lallentare musste durch seine Aktion einen dicken Stein im Brett haben bei diesen Senioren, und zweitens: Er sprach durch einen Studienaufenthalt in Bayern passabel Deutsch – zumindest stand das in seinen Personalunterlagen.

»Wir haben gewaltigen Druck von ganz oben, und genau genommen haben Sie den meisten Druck, Herr Lallentare. Diese Verrückten da ohne großes Aufsehen zu bekehren, ist so ziemlich Ihre einzige Chance, ohne Schaden aus dem Schlamassel wieder rauszukommen. Und noch ein kleiner Tipp«, fauchte van Romp, »halten Sie bloß Ihren Stempel still in nächster Zeit.«

Lallentare, der sich etwas gefangen hatte, nickte reumütig, dann knirschte er leise: »Was habe ich an Verhandlungsspielraum? Was an Kompromissvorschlägen?«

Van Romp reichte Lallentare ein Dokument mit Instruktionen. Er konnte Entschädigungen anbieten, die etwas über dem bisherigen Angebot lagen. Grundstücke zu einem günstigen Preis für einen Neubau. Allerdings galten diese Sonderangebote nur, wenn der Laden komplett kapitulierte.

»Sollten sie nicht einwilligen, können Sie ihnen ganz charmant Druck versprechen. Sie sind die Vorhut, nach Ihnen kommt die Kavallerie, sagen Sie das denen da auch so.«

»Gut. Geht klar«, erwiderte Lallentare hastig, »in Ordnung. Wann soll ich fahren?«

Van Romp tippte vielsagend auf seine Armbanduhr.

»Sofort, Sie reisen so schnell wie möglich ab, bevor sich die Strukturen dort festigen und noch mehr Wirbel um dieses Kaff gemacht wird. Eine Spezialabteilung wird zeitgleich weitere Maßnahmen einleiten … Und testen Sie wenigstens aus, falls unser Angebot abgelehnt werden sollte, was ich für Sie nicht hoffe, aus welchem Holz die da geschnitzt sind. Sagen Sie denen unmissverständlich, dass ihre Bedenkzeit für die Annahme des Aufgabe-Angebotes auch ein Ultimatum ist.«

Wenig später musterte Lallentare in seinem Büro feindselig den Stempel auf seinem Schreibtisch. Der Schrecken grub immer noch tiefe Sorgenfalten in sein Gesicht, er war blass. Wäre doch nur die Tinte alle gewesen oder irgendetwas. Er schüttelte den Kopf, sog die kühle Luft der Klimaanlage ein. Wie hatte ausgerechnet ihm das passieren können? Ihm, Luigi Lallentare, der für seine Gründlichkeit bekannt war. Oder verschrien. Er wusste, in der Abteilung hielt man ihn für einen Pedanten, einen Erbsenzähler – und einen Geizkragen. Er hatte die hämische Mail von José Diaros gelesen. Halloween-Kindern, so hieß es dort, mache er nicht auf oder verteile, wenn er doch öffnete, überlagerte Süßigkeiten. Vorzugsweise die bitteren Sorten von Merci-Sortimenten, die er nicht mochte – aber das stimmte nicht so ganz, das hatte er nur einmal gemacht, als er nichts anderes im Hause hatte. Normalerweise öffnete er gar nicht die Tür.

Lallentare machte sich müde an die Reisevorbereitungen. Wo zum Teufel lag dieses Nest eigentlich, dieses Mini-Gallien, diese Bananen-Republik im Puppenstubenformat, wo hauste dieser Haufen, der ihm diesen Ärger machte?

Die Suche nach einem Hotelzimmer scheiterte. Kein Wunder, wer sollte auch in diesem Immobiliengrab ein Hotel betreiben? Lallentare entschied sich dafür, ein Wohnmobil zu mieten. So hätte er ein Dach überm Kopf, falls sich der Einsatz länger hinziehen würde. Er recherchierte noch bis spät in die Nacht. Es gab inzwischen eine Menge Artikel über Klein Krams und sogar einen Wikipedia-Eintrag. Er vertiefte sich in die Materie, es war wichtig, dem Gegner gut informiert gegenüberzutreten.

IM FOKUS

Die Sonne stand hoch am Himmel, es war bereits früher Nachmittag. Brunsendorf knöpfte sich das rot-grün-blau-karierte Hemd, das er aus einem gemeinsamen Schottland-Urlaub mit Reichmann mitgebracht hatte, ein Stück weiter auf: Ihm war warm, die Sonnenstrahlen hatten schon enorme Kraft, die jeden Tag spürbar wuchs. Er holte eine abgegriffene Rohrzange aus dem Werkzeugkasten und machte sich weiter an der alten Wasserpumpe zu schaffen, die ein Comeback feiern sollte. Die dunkelgrüne, gusseiserne Pumpe, die neben dem Haus stand, löste Erinnerungen aus.

Er war gar nicht weit von hier groß geworden, in einer kleinen Stadt, etwa zwanzig Kilometer entfernt – auf der anderen Seite des Tagebaus. Reichmann hatte ihn nach dem Studium in das Dörfchen gelotst. Fast vierzig Jahre war das her. Wenig später gründete er dann mit Karin eine Familie. Es schienen Erinnerungen aus einem anderen Leben zu sein.

Er hob und senkte den abgegriffenen Schwengel der Pumpe, aber das Gerät wollte kein Wasser zutage fördern, so sehr er auch pumpte. Wahrscheinlich hatte sich durch den Braunkohletagebau das Grundwasser gesenkt. Er löste die Schrauben am Sockel. Ehrgeiz packte ihn: Vielleicht bekam er bis zum Abend doch noch Wasser aus dem Boden, bis die nächste Dorfversammlung begann, die sie angesetzt hatten, weil man ihnen eine Reihe Angebote für die wirtschaftliche Nutzung des Standortes Klein Krams unterbreitet hatte.

Brunsendorf hob den Kopf und sah zum Dorfplatz. Dort brummte ein großer, schwerer Dieselmotor. Wieder parkte ein Reisebus neben dem Dorfgemeinschaftshaus, wieder blickte sich der Fahrer hilfesuchend um. Ja, war man denn nun schon angekommen? War dieses Häuflein Häuser das ersehnte Ziel?

Brunsendorf konnte das Kennzeichen erkennen, es war ein Tscheche, Reklame auf der Seitentür warb für ein Unternehmen in Karlovy Vary. Besucher aus dem Ostblock rückten fast täglich an. In Klein Krams tobte ein bunter, vielsprachiger Karneval der Kulturen.

Der Busfahrer hatte Brunsendorf entdeckt und lief mit einem leidenden Gesichtsausdruck den Weg zum Haus hoch. Brunsendorf wusste schon, was nun kommen würde.

»Gibt es denn hier eine Imbissbude, ein paar Snacks?«, fragte der Fahrer in gebrochenem Deutsch, »... oder irgendwie sonst etwas zu essen? Die Gäste werden schon unruhig.«

»Nein, tut mir leid«, sagte Brunsendorf und schüttelte bedauernd den Kopf, »danke für den Besuch und herzlich willkommen, aber ich kann Ihnen nicht weiterhelfen. Im *Blauen Anker* in Groß Krams gibt es ein Lokal, das auch für Reisegruppen ausgerüstet ist.«

»Okay. Na schade. Alles Gute für euch«, sagte der Tscheche, tippte sich mit zwei Fingern an seine Schirmmütze und ging zurück zum Dorfplatz.

Brunsendorf schüttelte den Kopf. Was hatten die Leute denn gedacht, was Klein Krams sei? Eine gut ausgebaute touristische Perle mit Postkarten, Souvenirshop, Welcomedrink und Gästefragebogen? Eine Vergnügungsinsel mit Bummelmeile, Restaurants und Zuckerbäckerkitsch? Eigentlich sagte doch schon der Ortsname, dass Klein Krams was Kleines war, Etikettenschwindel konnte man ihnen nicht vorwerfen, obwohl der Zusatz »sehr« oder »ganz« Klein Krams nicht unangebracht gewesen wäre.

Brunsendorf blickte nachdenklich zum Dorfplatz hinunter. Von dort schallten Sprechblasen eines Unverzagten herüber, der mit einem Megafon die Besucher agitierte.

»Die EU und der Kapitalismus«, schrie der alte Kämpfer, der einen zerfaserten Panamahut trug, in sein Megafon, »sind ein

Ausbeutungsapparat, der uns zu Sklaven des Kapitals macht. Klein Krams für alle!«

Es hörte ihm aber niemand zu, die Tschechen verstanden ihn ohnehin nicht. Der Panamahut-Revoluzzer verschluckte sich, es erwischte ihn so heftig, dass er das Megafon nicht wegziehen konnte. Hustengeräusche rasselten durch das Dorf, als wolle er die EU und den Kapitalismus weghusten. Eine halbe Stunde später, als die Schaulustigen abgezogen waren, trat Ruhe ein.

Sie hatten schon öfter sinniert im Dorf, wie es zu dieser touristischen Invasion gekommen war, auch mit Freunden und Bekannten über das Phänomen gesprochen. Es hatte einen treffenden Artikel in einer großen Tageszeitung gegeben, der die Ursachen des »Hypes« – so hatte der Autor es bezeichnet – analysierte: Vor allem ein Umstand spielte ihnen in die Karten – Klein Krams war zwar sehr klein, aber der Traum vieler Leute von der Autonomie sehr groß. Auf der Sympathieskala rangierten Reichmann & Co. deshalb weit oben.

Reporter enterten mehrmals pro Woche das Kaff, Übertragungswagen postierten sich auf dem Dorfplatz. Erst einer, dann zwei, dann drei, dann vier, dann stand schon fast der Intendant des Senders vor der Tür. Klein Krams hatte sich über Nacht zum Liebling der Nation aufgeschwungen, es war vom Arsch der Welt zu ihrem Nabel aufgestiegen, zu einer Art Knut der Eisbär in Dorfgestalt. Bei Google-Earth klickten Millionen das Ländle an, es wurde zu einer virtuellen Pilgerstätte. Sie bekamen manchmal sogar Fanpost. Reichmann bunkerte die Briefe sorgfältig im Keller: Man konnte ja nicht wissen, ob man sie mal brauchen würde. Auf einer Facebook-Seite wäre die Zahl der Freunde wahrscheinlich in wenigen Stunden auf eine sechsstellige Größe explodiert. Sie hatten allerdings keine Facebook-Seite. Über die Rolle von Senioren-Surfern waren Reichmann und Brunsendorf bis jetzt nicht hinausgekommen, gerade genug, um

Sportwetten zu setzen, nach den Öffnungszeiten des Rathauses zu schauen und mal eine Mail zu verschicken.

Brunsendorf legte den Schraubenschlüssel zur Seite, drückte das schmerzende Kreuz durch, massierte die zwickende rechte Hüfte und schaute zum Gramberg. Es musste schon sechs Uhr sein. In einer Stunde begann die Beratung. Er hatte die Pumpe nicht in Gang bekommen und würde wohl einen Spezialisten holen müssen. Zwei Dörfer weiter gab es einen Brunnenbauer.

Mathilde Kirchhof hatte in der Mitte Platz genommen, als die Abschiedstournee begann. Rechts, neben ihr auf der Sitzbank, die so groß war wie ihr Sofa im Seniorenstift »Herbstträume«, hockte ihr Mann Willi, links der Fahrer des Möbelwagens. Vor ihrer Nase wedelte ein Duftbaum und machte sie ganz kirre, dabei war sie schon aufgeregt genug. Schließlich hatte sie gerade ein letztes Mal den Schlüssel zu ihrem alten Haus herumgedreht. Das Häuflein brauchbaren Hausrats im Rücken, die Dorfstraße vor sich, rollte das Ehepaar Kirchhof seiner Zukunft entgegen und war in diesem Schlüsselmoment durchaus unterschiedlicher Stimmung.

Mathilde freute sich, dem Dorf und neuerdings diesem Ansturm, der einen eindeutig karnevalistischen Anstrich hatte, endgültig zu entgehen.

Willi gönnte sich dagegen in der Stunde null einen eigenen, deutlich wohlwollenderen Standpunkt: Ihn erinnerte der Besucheransturm an die Familienfeiern, zu denen Verwandtschaft und Freunde ins Dorf geströmt waren und Leben in die Bude brachten. Die Zutaten für einen Streit zum Abschied waren also vorhanden, als die Fuhre am Ententeich vorüberrumpelte. Der Weiher lag still, die Wasseroberfläche schwarz wie eine sternenlose Nacht – Mathilde Kirchhof hatte den Teich gehasst, nachdem ihr in den siebziger Jahren ein Silberohrring hineingefallen war. Ein dunkles Kapitel Dorfgeschichte nahm endlich ein Ende.

»Am Ende sind die Enten fett«, krächzte sie, »nur nicht hier, in diesem Drecktümpel. Aber die Vögel sind klug und hauen ab. Wie wir.«

Der Lastkraftwagen passierte einen Trupp Touristen, die den Lkw mit der Umzugsreklame anstarrten, als sei er ein U-Boot auf Rädern. »Ganz schön was los hier in diesem Nest«, murmelte Willi aus dem Seitenfenster. Sie fuhren an einem Wohnmobil vorüber, größer als ein Bungalow. Jetzt campierten die hier schon, Dunnerlüttchen. Er stampfte mit seinem Gehstock ein letztes Mal in Klein Krams auf den Boden. Sapperlot!

ANGEBOTE

Brunsendorf erreichte Punkt sieben das Gemeinschaftshaus. Er hatte sich in der Wanne vertrödelt, wie es ihm öfter mal passierte in seiner Wohlfühloase. Die Wanne war sein persönliches Tropical Island. Er fühlte sich wohltuend geschafft nach der körperlichen Arbeit, spürte Muskeln und Sehnen wie schon lange nicht mehr, aber es dauerte eben alles etwas länger in diesem Zustand, in diesem Alter.

Was wohl aus den Annehmlichkeiten wie dem geliebten täglichen Bad werden sollte, wenn man bei den Behörden tatsächlich beschloss, ihnen den Saft abzudrehen? Sie würden sich schnell um eine reibungslose, gute Wasserversorgung kümmern müssen, sonst wäre sein Island trockengelegt.

Brunsendorf schaute auf seine Uhr. Höchste Zeit. Er lief über den Mix aus Plastersteinen und geflickten Asphalt die Dorfstraße hinunter und bog ab auf den schmalen Sandweg, der vorbei am Ententeich und über eine kleine Wiese zum Gemeinschaftshaus führte.

Manfred Reichmann eröffnete wie immer die Versammlung und setzte sie ins Bild: Sie hatten eine Menge Briefe bekommen, beispielsweise das Schreiben eines Umweltverbandes, der sie beglückwünschte, ihren Schritt »großartig« fand und ihnen Unterstützung anbot. Sie waren auch mit lukrativen und bizarren Angeboten von Unternehmern regelrecht überschüttet worden. Offensichtlich dachten einige, die Republik sei ein Gewerbegebiet, eine Sonderwirtschaftszone oder ein Erfolgsgeschäftsmodell wie die Cayman-Inseln. Ein Landschaftsarchitekt aus Holland wollte Klein Krams zu einem Freiheits-Campus umgestalten, ein Verleger mit dem Künstlernamen Crazy Book wollte das Handbuch »Autonomie für Anfänger« mit Tipps zum Republikgründen herausgeben und sie deshalb interviewen. »Ein potenzieller Bestseller«, schrieb ihnen Crazy Book, »eine Republik kann jeder in seinem Garten gründen. In seiner Wohnung. Überall. Freie Republik Hobbykeller.« Eine Künstlerinitiative wollte ein Kleinkunstfestival mit dem Namen »Krims Krams« ins Leben rufen, ein Traditionsverein einen Pferdehof mit Kremserfahrten einrichten – die dann wohl Kramserfahrten heißen würden, wie sie in der Runde vermuteten, haha –, ein abgesägter Fußballfunktionär einen Fußball-Verband gründen und die Mitgliedschaft in der FIFA beantragen.

»Der Gedanke hat was!«, warf Holger Lorberg ein.

Selbstverständlich gab es auch Interesse, eine Schnapsbrennerei, ein Casino – beides Klassiker für Enklaven, hatte in dem Artikel von Norbert Sittler gestanden – und eine Mülldeponie nach Klein Krams zu verpflanzen.

»Das war es«, schloss Reichmann seinen Bericht und schaute in die Runde, die wegen der ungewöhnlichen Offerten schmunzeln musste, »dann lasst uns darüber beraten.«

Holger Lorberg ergriff als Erster das Wort.

»Ich denke, dass viele dieser Investoren darauf spekulieren, dass wir mal eine Freihandelszone werden. Sie wollen dann dabei sein und versuchen deshalb, sich sofort hier niederzulassen. Ich finde daran nichts verwerflich. Wir sollten uns das genau durch den Kopf gehen lassen. Und überlegt mal … mit meinem Anteil könnte ich die Schulden für das Windrad bezahlen.«

»Ich kann deinen Standpunkt nachvollziehen, Holger«, sagte Brunsendorf, »aber das mit dem Geld eilt nicht … und wenn du es nicht zurückzahlen kannst, dann verzichte ich, das ist mir der Boden unter unseren Füßen wert, jeder einzelne Quadratzentimeter. Ich bin dagegen, irgendeines dieser Angebote anzunehmen. Ich möchte keinen ratternden, jaulenden, zischenden und kreischenden Rummel vor der Tür. Da hätten wir uns auch in den Heidepark ausbürgern lassen können.«

Lorbergs Gesichtszüge froren wieder einmal ein.

»Nichts gegen dich, Holger, aber ich sehe das genauso«, sagte Reichmann freundlich.

»Das überrascht mich nicht«, erwiderte Lorberg patzig.

Brunsendorf vermied es, Lorberg anzusehen. Sein Blick hätte bestimmt Missbilligung darüber ausgedrückt, dass der immer noch nicht begriffen hatte, worum es hier ging. Reichmann sortierte seine Unterlagen.

»Gibt es noch Redebedarf?«

Lorberg holte tief Luft und räusperte sich demonstrativ.

»Holger?«

»Nee, schon gut«, sagte er und winkte ab wie Fußballtrainer Otto Rehhagel, wenn seine Mannschaft Mist gespielt hatte.

»Okay. Ich würde sagen, wir stimmen über alle Vorschläge im Block ab. Ich bitte um das Handzeichen, wenn ihr dagegen seid, irgendeine dieser … Offerten anzunehmen?«

Johanna, Brunsendorf und Reichmann hoben den Arm.

Es war keine Abstimmung, bei der es ein Veto gab. Lorberg stimmte dagegen.

Reichmann kam zum letzten Tagesordnungspunkt. Die Nachricht von der Abspaltung Klein Krams war in der Welt angekommen, aber direkt um die Ecke, in der Führungsetage der Braunkohle AG, schien man nichts davon bemerkt zu haben, denn das Kernproblem knirschte und knarzte nach wie vor: Die Bagger fraßen sich noch immer weiter nach Klein Krams. Die Grenze war fast erreicht.

»Es hat bisher keinerlei Reaktionen von den Behörden und von der Führung des Tagebaus gegeben, es ist nur eine Frage der Zeit«, sagte Reichmann, »bis es zu einer Grenzverletzung kommt. Ich denke, es ist gut möglich, dass sie uns ganz bewusst ignorieren und weiterbaggern, um uns Angst zu machen oder zu provozieren. Wie sollen wir uns verhalten?«

Brunsendorf stand auf, trat ans Fenster und schaute Richtung Tagebau. Nur ein knapp hundert Meter breiter Streifen war geblieben. Ein kläglicher Rest, der zwischen der Kante des Tagebaues und der Pappelreihe davor auf seine Exekution zu warten schien.

»Wie lange wird es noch dauern, bis die Bagger die Gemarkung erreichen?«, fragte Brunsendorf. »Ich schätze, zwei Wochen.«

»Ja, vielleicht auch nur zehn Tage«, sagte Reichmann.

»Dann würde ich sagen, wir warten noch eine Woche ab«, erwiderte Brunsendorf, »und dann schauen wir weiter. Zur Not müssen wir eben wieder an die Öffentlichkeit gehen und wegen einer Grenzverletzung Alarm schlagen. Wir haben mittlerweile viel bessere Kontakte zu den Medien.«

»Gut«, sagte Reichmann, »so sollten wir es machen.«

Er wies noch einmal auf das Grambergfest hin, das sie jedes Jahr zu dieser Zeit feierten, in drei Tagen war es wieder so weit. Die Aufgabenverteilung war klar: Die Reichmanns und

Brunsendorf wussten, was sie zu tun hatten, und Lorberg, was er nicht zu tun hatte.

»War es das?«, fragte er betont kühl.

»Im Prinzip ja.«

Holger Lorberg stand auf. Ohne jemanden anzusehen, verließ er wortlos den Raum.

Noch am Abend begann Reichmann, potenzielle Bündnispartner und Unterstützer zu suchen. Im Internet recherchierte er mühsam die Adressen von Regierungssitzen, vom kleinsten selbstständigen Südsee-Atoll bis zu den ganz Großen dieser Welt. Vielleicht fand er ja einen Staat, der Klein Krams offiziell anerkennen würde, oder wenigstens einen Bundesgenossen oder Sympathisanten, vielleicht ein versprengter Außenseiter, der selber in Schwierigkeiten steckte und Klein Krams die Hand reichte, vielleicht sogar ein Schwergewicht, das sie wegen eines geostrategischen Winkelspiels anerkennen würde.

Zwei Tage lang tippte er in jeder freien Minute und feilte an einem Musterschreiben, dann setzte er die Namen der Adressaten ein – als er fertig war, ging ein dicker Stapel Briefe aus Klein Krams in die große, weite Welt.

MARIA

Auf dem Rückweg von der Post in der Kleinstadt stoppte Reichmann vor Brunsendorfs Haus. Er stieg etwas umständlich aus dem Wagen, um sein linkes Knie zu entlasten, das immer mal Ärger machte. Dann saßen sie wieder einmal auf der Terrasse, dem besten Platz weit und breit. Man konnte in die Landschaft schauen, zumindest auf das, was davon übrig geblieben war. Was für eine Achterbahnfahrt der Gefühle, dachte Reichmann: Einerseits waren sie regelrecht euphorisiert von den Ereignissen der vergangenen Wochen und ihren Erfolgen, andererseits war das nicht viel wert, wenn im Tagebau weiter gefördert würde und der tödliche Countdown lief.

Brunsendorfs Terrasse war ein stattliches, solides, sechs mal fünf Meter großes Stück Handwerkskunst, das er vor fünfzehn Jahren an der Rückseite des Hauses hatte errichten lassen. Schwere hölzerne Stützpfeiler sorgten für einen stabilen Untergrund, es gab einen überdachten Teil mit einem großen Spieltisch, auf dem ein Schachbrett eingearbeitet war. Am Rande der Terrasse, dort, wo das Dach endete, standen drei Liegestühle. Auf dem Hartholzboden zeichneten sich nach all den Jahren die wichtigsten Laufwege mit feinen Spuren ab. Ein Trampelpfad ging zur Küche, wo der Kühlschrank stand, und einer zur Treppe zum Garten – sie waren seit jeher Freipinkler in Klein Krams.

Rechts neben dem Anbau hatte ein gewaltiger, blauviolett blühender Fliederstrauch seine Wurzeln in den sandigen Boden geschlagen. Er ragte über das Dach und sorgte für einen süßlichen, durchdringenden Geruch, wie eine riesige, ökologisch korrekte Duftkerze. Weiter unten, im Garten, wuchsen Heidelbeersträucher in dichten Reihen – die Quelle des in dieser Gegend ebenso berühmt wie berüchtigten Gebräus. Die Blüten gediehen prächtig, es würde eine fantastische Ernte werden, vorausgesetzt, es gab Klein Krams noch, wenn die Beeren reif waren und Brunsendorf den Schnaps ansetzte.

Es war still, kein Lüftchen wehte, Wärme staute sich auch jetzt, am späteren Abend, noch über der Erdoberfläche. Eine hartnäckige Hitzewelle lag über der Region, vielleicht hatte auch deshalb der Run der Besucher auf Klein Krams in den vergangenen Tagen nachgelassen.

Reichmann und Brunsendorf hingen matt in den Liegestühlen. In dem Stück Land, das den Gramberg von Süden umschloss, lagen nun Kartoffelkeimlinge zehn Zentimeter tief unter der Krume. Sie hatten Sorten ausgewählt, die man spät pflanzen konnte, denn sie hatten die Erdäpfel auf den allerletzten Drücker ausgebracht. Es war ein schönes Gefühl, ihre heimatliche Scholle zu bearbeiten, die Erde, die lange Zeit brachgelegen hatte, aufzureißen, Furche für Furche. Die großen Räder ihres günstig erworbenen Traktors rumpelten über die Felder. Sie wechselten sich regelmäßig ab am Steuer, das ordentlich Spiel hatte – es dauerte immer einen Moment, bis der Veteran der Agrarwirtschaft wirklich die Richtung änderte –, der Beifahrer saß mit einem dicken Kissen unter dem Hintern auf dem linken der breiten Metallradkästen. Das Geruckel auf dem harten, schlecht gefederten Sitz war nicht gut für den Rücken, Brunsendorf hatte immer wieder die Bandscheiben massiert, um seine Schmerzen zu lindern. Später hatten sie das Feld mit einer Egge geglättet und das Pflanzgut in die Erde gebracht, immer wieder einen Landwirtschafts-Ratgeber zu Rate ziehend: »499 Tipps für den Bauern – von der Aussaat bis zur Ernte«. Es hatte auf den Feldern alles unfallfrei geklappt, und nun genossen sie den wohlverdienten Feierabend.

»Prost«, sagte Reichmann und hielt Brunsendorf sein Gläschen mit Heidelbeerschnaps hin. Sie stießen an und kippten die dunkelblaue Flüssigkeit hinunter, die sofort in ihre müden Körper einschlug, sich im Magen breitmachte, die Innenwände erhitzte und ihren Geist angenehm umnebelte.

Brunsendorf lehnte sich zurück, schloss die Augen und dämmerte weg. Er nahm das feine Summen eines Autos auf der Landstraße –wie ein Moskito, der näherflog – unterschwellig wahr. Sicher ein Schaulustiger, der von Klein Krams gehört hatte. Er hob müde ein Augenlid, durch eine Sichtachse konnte er ein Stück der Landstraße sehen. Der Wagen hatte gestoppt. Brunsendorf schaute zu Reichmann hinüber, aber der hatte die Augen geschlossen und schnarchte leise.

Egal, dachte Brunsendorf, es ist eigentlich egal, wer da kommt, und entschwand wieder in die friedlichen Weiten des Schlafes …

»Hallo«, rief eine Stimme, »ist jemand da?«

Brunsendorf knurrte verschlafen und stand langsam auf, um seine Bandscheiben nicht überzustrapazieren.

»Moment«, knurrte er, »Moment«, und schlurfte durch den langen Flur, der schnurgerade durch das Untergeschoss seines Hauses verlief. Vor dem großen Spiegel neben dem Eingang zog er instinktiv sein verstaubtes, kariertes Hemd und die olivgrüne Cargohose mit einem Ölfleck zurecht.

»Sie wünschen?«, sagte er, als er die Tür geöffnet hatte, dann weiteten sich seine Pupillen und er straffte sich. So weit funktionierten seine männlichen Reflexe noch, obwohl er in den Jahren als Single auf dem Dorf in Sachen Flirten genauso eingestaubt war wie seine Klamotten bei der Feldarbeit.

»Guten Abend, mein Name ist Maria van Houten. Es tut mir leid, wenn ich Sie jetzt noch störe, aber ich würde Sie gerne etwas fragen. Ich habe mich leider vollkommen verfranst, deshalb ist es so spät geworden, das Navi ist ausgefallen«, sagte die Frau, die auf der Türschwelle stand und mit der Hand zum Dorfplatz wies, wo ein ziemlich alter, metallic-blauer Volvo

V 70 stand. Genau das gleiche Modell, wie Brunsendorf und Reichmann es fuhren.

Die Frau sprach mit einem leichten Akzent, vermutlich einem holländischen. Ihr Blick lag erwartungsvoll auf ihm.

»Worum geht es denn?«

»Es geht um eine Studie, zu der ich gerne jemanden aus Klein Krams befragen würde«, sagte sie etwas ausweichend.

»Eine Studie?«

»Ja. Eine Sozialstudie.«

Brunsendorf musterte sie und blickte dann noch einmal die Dorfstraße hinunter. Nach Haustürgeschäften sah weder sie noch ihr Wagen aus, auf dessen Beifahrerseite eine dicke Schramme prangte.

»Kommen Sie doch erst mal herein. Ich bin übrigens Hans-Jürgen Brunsendorf.«

Er hielt ihr seine Hand hin. Die Frau hatte kleine, zarte Finger, griff aber fest zu, was ihm gefiel. Er nickte ihr aufmunternd und freundlich zu, und sie folgte ihm durch den langen Flur. Reichmann erwachte durch die Geräusche.

»Es tut mir leid, ich wollte Sie nicht wecken«, sagte sie bedauernd.

»Kein Problem«, murmelte er schlaftrunken, »guten Tag oder guten Abend, je nachdem, wie spät es inzwischen ist. Ich bin Manfred Reichmann.«

Sie schüttelte die Hand, die er ihr entgegenhielt.

»Freut mich. Maria van Houten. Ich bin Psychologin und arbeite an einer Sozialstudie. Dazu würde ich gerne jemanden aus dem Dorf befragen … das Thema ist: Wie reagieren und verändern sich männliche Senioren in Extremsituationen«, sagte sie und fügte, als sie die langen Gesichter der beiden sah, lächelnd hinzu: »Lassen Sie sich nicht von dem Wort Senioren abschrecken. Das ist ein festgelegter Arbeitsbegriff bei unserer Studienreihe für Probanden ab sechzig.«

»Na dann bin ich ja beruhigt«, sagte Reichmann schmunzelnd. »Und wie soll das ablaufen?«

»Es gibt eine ausführliche Befragung. Wenn sich die Testperson bereit erklärt, dokumentieren wir auch ihren Alltag.«

»Sehr gut. Ich habe sowieso schon lange das Gefühl, dass sich mein Freund Hans-Jürgen zum Negativen entwickelt«, frotzelte Reichmann, »eine tiefe Analyse kann da nur von Vorteil sein.«

»Es ist keine Therapie, nur eine Bestandsaufnahme. Die Ergebnisse werden selbstverständlich vertraulich behandelt.«

»Wer ist der Auftraggeber?«, fragte Brunsendorf, ohne auf Reichmanns Frotzelei einzugehen.

»Ein privates Institut. Wir werden unter anderem ein Ehepaar begleiten, das für eine Rekordliste auf Stelzen eine Wüste durchquert hat, und einen Tierpfleger, der einen Monat im Affenkäfig einziehen will ... aber das hier«, sie machte in Richtung Dorf eine kreisende Handbewegung, »ist doch etwas ganz Besonderes. Das Geld kommt aus mehreren Fördertöpfen.«

»Auch von der EU?«

»Nein, die Europäische Union beteiligt sich nicht. Apropos Geld: Wir können leider kein Honorar zahlen. Sie müssten es tun, weil Sie der Menschheit einen unschätzbaren Dienst erweisen wollen«, sagte sie, lächelte verschmitzt und fragte, an Brunsendorf gewandt: »Was halten Sie davon, wenn Sie sich das bis morgen durch den Kopf gehen lassen?«

»Gut. Aber die Geheimhaltung der Daten und Ergebnisse wäre die Grundvoraussetzung«, sagte der ernst und sah sie forschend an, »und dass die EU nicht über ihr nahestehende Organisationen an dem Projekt beteiligt ist ... Ich will nicht in Geheimniskrämerei verfallen, aber wir können dem Gegner nicht unsere Interna und Befindlichkeiten auf dem Silbertablett servieren. Wir müssen Ihnen hundertprozentig vertrauen können.«

»Das können Sie, mein Ehrenwort«, sagte Maria und hob ihren Schwurfinger.

Brunsendorf nickte, er würde seine Entscheidung überschlafen.

Maria ließ ihren Blick über die Gläser und die Flasche auf dem Tisch wandern, die in den untergehenden Sonnenstrahlen ultraviolett funkelten – kein Werbeprofi hätte es besser hinbekommen –, und sagte amüsiert: »Man kommt zurecht hier.«

»Man bemüht sich«, erwiderte Brunsendorf und bot ihr den dritten Liegestuhl an. »Möchten Sie erst mal verschnaufen und etwas trinken?«

»Ja. Gerne, diesen Likör, den Sie trinken, aber mit einem Glas Wasser dazu bitte, ich muss ja noch fahren. Es ist wirklich sehr schön hier«, sagte sie leise, fast andächtig.

Sie stießen an, Maria hob das Glas an ihre Lippen, und Brunsendorf nutzte die Gelegenheit, genauer zu betrachten, was ihm der Zufall auf die Terrasse geweht hatte. Eine attraktive Frau, eine mit einer ganz leichten Knollennase und dem gewissen Etwas. Wie in einem amerikanischen Roadmovie, dachte er, wenn eine schöne Frau bei Sonnenuntergang in einem Wüstenkaff strandet …

Maria griff nach ihrem Glas, ging an den Rand der Terrasse und schaute auf den Garten und den Teil des Dorfes, den sie von hier sehen konnte, den Ententeich samt Gemeinschaftshaus und die Spitze des Gramberges mit dem Windrad, dessen Flügel gerade stillstanden.

»Ich habe neulich ein Bild in einer Zeitung gesehen mit einem Bericht über Klein Krams. Der war sehr interessant – da kam mir auch der Gedanke, jemanden hier für die Studie zu befragen. Das ist sie also, die berühmte Republik. Sieht aus wie ein ganz normales Dorf.«

»Das ist es ja auch«, sagte Brunsendorf, »und das soll es auch bleiben. Ist das jetzt schon Teil der Befragung?«

»Nein. Das ist einfach nur persönliches Interesse. Könnte Sie etwas dazu bewegen, den Ort aufzugeben?«

Er dachte kurz nach und schüttelte dann den Kopf.

»Im Prinzip nein.«

»Also nein.«

»Ja. Nein. Ich kann mir zumindest nichts vorstellen.«

Als sie mit dem nächsten Glas Heidelbeerschnaps anstießen, beschlossen sie, sich zu duzen. Die Sonne versackte zu diesem Zeitpunkt am Horizont, die Schatten der Häuser legten sich lang auf den Gramberg. In der Luft stand ein großes Fragezeichen. Was nun? Was tun?

»Gibt es hier irgendwo eine Pension oder ein Hotel, wo ich übernachten könnte ...«

»Ja, kein Problem«, sagte Reichmann, »da ist eine Pension zwei Dörfer weiter, etwa acht Kilometer zu der Sie ... ich meinte du, fahren könntest. Ich könnte dir auch eine Übernachtungsmöglichkeit bei mir und meiner Frau anbieten, aber ich wüsste eine noch viel bessere Lösung.«

»Ja?«

»Ja. Hans-Jürgen hat das beste Gästezimmer in der Region, groß, gemütlich, unterm Dach ... Er ist auch der letzte Gentleman auf der nördlichen Erdhalbkugel und ihr könntet gleich mit der Studie beginnen.«

Brunsendorfs verlegenes Gesicht zerstreute jeden Zweifel an seiner Vertrauenswürdigkeit, dazu lief er auch noch ordnungsgemäß rot an.

»Das ist wirklich sehr, sehr nett von euch«, sagte Maria, »ich würde das Angebot gerne annehmen, falls es Hans-Jürgen recht ist.«

»Es wäre mir eine Ehre.«

Während Reichmann über die leere, vom schalen Licht einer Laterne beleuchtete Dorfstraße zu seinem Haus ging, schloss

Luigi Lallentare im fernen Brüssel die letzten Vorbereitungen für eine Reise ab, auf die er liebend gern verzichtet hätte: Er bestieg das geräumige Wohnmobil, das ihn nach Klein Krams bringen sollte. Ein flaues Gefühl machte sich in ihm breit. Seit dem Schock, als ihn van Romp mit dem Klein Kramser Abspaltungsversuch konfrontiert hatte, rebellierte sein Magen, und der Gedanke, diese Verrückten morgen zu besuchen, machte es noch schlimmer. Er würde drei Stunden fahren, dann auf einem Rastplatz übernachten und am Nachmittag Klein Krams erreichen. Luigi Lallentare hatte sich selten weniger auf den nächsten Tag gefreut als heute.

DER ABEND

Brunsendorf schenkte Rotwein ein, er hatte die »guten Gläser« rausgeholt, die mit den langen Stielen, made in Italy: die Kristallkelche für die italienischen Momente im Leben, die seit so langer Zeit nicht mehr den Schrank verlassen hatten, dass er sich an den letzten Einsatz gar nicht mehr erinnern konnte.

»Wein im Tetrapak? Das habe ich zum letzten Mal in einem Film mit Jack Lemmon und Walter Matthau gesehen«, sagte Maria mit einem schwer zu deutenden ironischen Unterton, als er den Wein – anderen hatte er nicht – im Wohnzimmer servierte.

»Nur um das noch klarzustellen«, sagte sie, »du brauchst dir keine Sorgen zu machen. Die Studie – wenn du zustimmen solltest – beginnen wir morgen. Das jetzt läuft sozusagen außerhalb des Protokolls … Okay? Man sagt ja nicht umsonst: Dienst ist Dienst und Schnaps ist Schnaps.«

»Da bin ich beruhigt«, erwiderte Brunsendorf, »dass wir erst morgen beginnen … der Alkohol löst mir meistens sehr die Zunge.«

»Mir auch«, sagte sie und lachte. »In Vino Veritas … aber das wäre nicht professionell … und außerdem habe ich jetzt Feierabend. Ich freue mich trotzdem auf offene Worte.«

Brunsendorf antwortete mit einem schlichten »Prost«.

Er nippte an der Flüssigkeit, die gar nicht mal übel schmeckte. Dass Maria Jack-Lemmon-und-Walter-Matthau-Filme schaute, erschien ihm als ein großer Pluspunkt. Er besaß »Ein seltsames Paar« auf Videokassette und fragte sie, ob sie den Film mit ihm anschauen wollte.

»Ja«, sagte Maria begeistert, »das ist eine sehr gute Idee.«

Gegen acht ließen sie sich im Wohnzimmer auf seiner Couch nieder, auf dieser gewaltigen, sechs Quadratmeter großen Festung der Gemütlichkeit, die er Ende der neunziger Jahre ausgeklappt und seitdem nicht wieder eingefahren hatte, die nur die Bagger eines Tagebaues vernichten konnten.

Es war ungewohnt für Brunsendorf, nicht allein in seinem Refugium zu sein. Im Prinzip kamen nur die Reichmanns zu Besuch, aber die gehörten zum Inventar, und die Rahmenbedingungen kommentierten sie schon seit langem nicht mehr. Die Situation war so unverhofft eingetreten, sie war so bizarr, die Ereignisdichte so hoch, dass Brunsendorf gar nicht dazu kam, nervös zu werden.

Maria hatte das Gästezimmer bezogen. Während sie sich frisch machte, hatte Brunsendorf versucht, die Wohnung in den Besuchermodus zu bringen. So gut es eben ging für den Junggesellen. Er wies trotzdem sicherheitshalber darauf hin, dass es gewisse Defizite geben konnte, als sie zum dritten Mal mit Wein anstießen auf der Couch, auf die er einen frischen, wüstenfarbenen Überzug geworfen hatte. Er war beruhigt, dass sie es »sehr gemütlich und angenehm« bei ihm fand.

Brunsendorf servierte Schnittchen, belegt mit Schinken und Käsescheiben, dazu gab es Tomaten und saure Gurken, und dekorierte den Teller. Während des Essens erkundigte sich Maria nach vielen Details der Republik Klein Krams und bewunderte den Mut, sich auf solch ein Abenteuer mit ungewissem Ausgang und solchen Risiken einzulassen.

»Schmeckt wirklich gut«, lobte sie und angelte sich das nächste mit einem Stückchen Gurke verzierte Käseschnittchen.

»Danke«, erwiderte Brunsendorf und schmunzelte, »willkommen beim ersten offiziellen Staatsbankett der Republik Klein Krams.«

Dann legte er den Film ein. Der Rekorder knirschte und grummelte wie ein toter, alter Bergwerksstollen, tat aber seinen Dienst.

Als der Abspann lief, veränderte sich die Atmosphäre schlagartig. Die Last des ungeübten Gastgebers und langjährigen Singles legte sich auf Brunsendorf, und er war froh, als Maria fragte, ob er noch Lust habe, auf der Terrasse einen Absacker zu nehmen. Er schenkte zwei Heidelbeerschnäpse ein, während Maria noch schnell im Bad verschwand.

Sie lachte, als sie auf die Terrasse trat, denn sie hatte sich auf die Waage gestellt, die Gewichtsunterschiede von bis zu fünf Kilo anzeigte, wenn man sich nur ein bisschen bewegte. Dafür hatte sie nur fünf Euro gekostet.

»Es geht mich eigentlich nichts an … aber wohnt hier keine Frau?«, fragte sie, als gäbe es einen Zusammenhang zwischen der Waage und dieser Frage. Und den gab es ja auch: Mit einer Frau im Haus hätte diese Waage, deren Messgenauigkeit eine Streuung hatte wie eine kaputte Schrotflinte, nicht überlebt.

»Nein.«

»Aber hier hat doch mal eine Frau gewohnt?«

»Merkt man das?«

»Ja. An einigen Dingen schon.«

»Ich hätte eher gedacht, man merkt an einigen Dingen, dass hier keine Frau wohnt.«

»Das auch, man merkt beides.«

»Und woran merkt man, dass es hier mal eine Frau gab?«

»Im Bad zum Beispiel liegt ein BH.«

Sie sah ihn belustigt an und leckte einen Tropfen vom Rand des Glases ab. Er lachte, ihr Humor gefiel ihm.

»Welche Größe … haha … Entschuldigung, war der Versuch eines Witzes … der muss von meiner Tochter sein.«

»Du hast eine Tochter? Wie alt ist sie, und hast du schon Enkelkinder?«, erkundigte sich Maria.

»Ja«, sagte er schroff, viel schärfer, als er gewollt hatte. Maria hatte einen wunden Punkt getroffen.

»Erzählst du mir von ihnen?«, fragte sie vorsichtig. Seine Verstimmung war ihr nicht entgangen.

»Jetzt nicht, Maria, ich erkläre dir das ein anderes Mal.«

»Okay«, sagte sie, aber es klang bemüht, und sie verabschiedete sich ins Bett.

Brunsendorf begleitete sie ins Haus bis zur Treppe. Er hatte das Gefühl, noch etwas Versöhnliches sagen zu müssen nach seiner patzigen Antwort, aber es fiel ihm nur eine eher praktische Frage ein, die auch aus jedem Handbuch für Hotelfachkräfte stammen konnte.

»Möchtest du morgen frühstücken? Es würde mich freuen.«

»Ja. Gute Nacht«, sagte Maria und ging die Treppe hinauf.

Es war ein seltsames Gefühl, als die Stille der Nacht in seinem Schlafzimmer mit voller Wucht einsetzte. Brunsendorf hörte Geräusche im Gästezimmer, das Knarren des Bettes, wenn sich Maria umdrehte, hin und wieder ein Räuspern. Irgendwann schlief er ein.

Am nächsten Vormittag stand Brunsendorf vor Reichmanns Tür, der sich ohne Umschweife erkundigte, wie denn sein Abend mit Maria verlaufen war.

»Und?«

»Was und?«

»Habt ihr? Don Juan … de Klein Krams«, neckte ihn Reichmann mit dieser unsäglich dämlichen Frage, aber gerade deshalb konnte er sie sich nicht verkneifen.

»Haben wir was, du Komiker. Du solltest dir für deine erste Amtszeit unbedingt vornehmen, ein bisschen erwachsener zu werden. Mein Dosenöffner ist kaputt und ich wollte nur fragen, ob ich mal euren haben kann.«

Reichmann lachte schallend los, fidel wie eine Weinbrandbohne.

»Verstehe. Da bahnt sich also doch was an … haha, ich habe auch einen Wagenheber, wie du weißt!«

»Du bist ein Idiot … Es war auf jeden Fall ein so schöner Abend, wie du ihn in vierzig Jahren nicht hinbekommen hast.«

»Okay. Und nun? Nimmst du an der Studie teil?«

»Vielleicht. Wir wollen erst mal Frühstück machen … und deshalb brauchen wir den Dosenöffner.«

Reichmann drückte Brunsendorfs Arm und ging den Öffner holen.

»Vergiss nicht«, sagte er zum Abschied, »dass heute Abend unser Stelldichein auf dem Gramberg auf dem Programm steht.«

Dann schloss er die Tür hinter Brunsendorf. Der ging in den nahegelegenen Stall, um ein paar Eier für das Frühstück einzusammeln, und holte aus seinem Garten Petersilie und Schnittlauch. Auf der Wiese nebenan pflückte er einen Strauß Gänseblümchen und stellte sie auf den Tisch.

DER BESUCH DES SIGNOR LALLENTARE

Luigi Lallentare stoppte auf halber Strecke zwischen Groß Krams und Klein Krams und parkte in einer Kurve auf dem tiefsten Punkt einer Senke, so dass man den Caravan nicht so einfach entdecken konnte. Er atmete tief die Landluft ein, nahm die Brille ab, strich über die Druckstelle auf dem Nasenrücken, die eine Färbung hatte wie eine überreife Pflaume, und massierte seine Augen, die nach acht Stunden hinter dem Lenkrad todmüde waren. Bevor er sich ins Gefecht stürzen würde, vermutlich dem wichtigsten seiner Karriere, wollte er noch einmal kurz die Lage peilen und sich sammeln.

Es war noch hell, der frühe Abend hatte gerade erst begonnen. Lallentare richtete seinen Feldstecher auf den knapp einen Kilometer entfernten Ort und sah einen Mann in einem großen Haus verschwinden. Das musste dieser Brunsendorf sein. Der Geheimdienst hatte sich in den vergangenen Tagen unauffällig umgeschaut und Lallentare Bilder geschickt. Eigentlich ein stattlicher Mann, ein bisschen zu dick, aber zumindest äußerlich ein Haudegen, eher ein Jäger und Macher, kein verkopfter Typ, keiner, der als Letzter in eine Sportmannschaft gewählt wurde.

Lallentare ließ das Fernglas über die Hausfassade streichen, fixierte die Geranienblumenkästen am Gebäude gegenüber, die in der Abendsonne rot leuchteten, und linste auf die kleine Häusergruppe. Klein Krams war ein klassisches Sackgassendorf, er kannte sich da aus: Bevor er im Behördenapparat gelandet war, hatte er in Süddeutschland Geografie studiert. Es war mal in einer Vorlesung um dörfliche Siedlungsformen gegangen. Das Fernglas schwenkte Richtung Tagebau.

Mamma mia! Das sah dort tatsächlich aus wie nach einer gründlichen militärischen Operation.

Lallentare nahm seinen Laptop zur Hand und rief den Wikipedia-Eintrag auf, der in den vergangenen Wochen mehrfach erweitert und in immer mehr Sprachen übersetzt worden war, auch ins Italienische und Englische. Er las zum zweiten Mal den Text über das Dörflein.

Klein Krams, um das Jahr 1730 gegründet, diente als Vorwerk, als bäuerliche Wirtschaftsaußenstelle für das drei Kilometer entfernte Groß Krams. Wobei VOR-Werk etwas irreführend war, dachte Lallentare, Klein Krams müsste HINTER-Werk heißen, es war sozusagen der Wurmfortsatz der Siedlungsstruktur in der Gegend. Ein präzises Gründungsdatum existierte nicht, es gab Wichtigeres, als die Erschaffung von Klein Krams zu dokumentieren. Von ein paar kleinen Ställen und Wirtschaftsgebäuden abgesehen, versuchten sich damals wie heute ein paar Häuser am Fuße des Gramberges zu einer Siedlung zu formieren.

Lallentare sah plötzlich einen Kleinwagen im Rückspiegel kommen. Das Fahrzeug raste mit viel zu hoher Geschwindigkeit näher. Der EU-Beamte duckte sich in seinen Sitz. Er hätte vielleicht doch nicht in der Kurve halten sollen, in der Autos, die aus dieser Richtung kamen und von der Fliehkraft aus der Bahn getrieben wurden, direkt in seinen Caravan krachen würden. Die mausgraue Karosse hüpfte, als der Wagen durch die Senke flog, während die Räder nur mühsam den Kontakt zur Straße hielten: Welcher Idiot raste hier derartig lang? Lallentare kauerte sich instinktiv zusammen, als der Opel Corsa vorüberraste, aus dessen heruntergelassenen Fenstern Disco-Stampf wummerte.

Er schaute ebenso ungläubig wie erleichtert, als die Insassen durchs Bild huschten. Hatte er sich verguckt? Was er gesehen hatte – oder meinte gesehen zu haben: In dem Auto saßen

Indianer. Waren Versprengte einer Kostümparty unterwegs? Oder trug man das hier gerade? Verrückt genug schien man ja in dieser Gegend zu sein.

Er schüttelte noch einmal den Kopf, bevor er sich wieder in den Text vertiefte. Im Zentrum der 12 000 Hektar großen Gemarkung lag das Dorf, das sich am östlichen Ufer des Ententeiches gruppierte. Am Rande des Weihers gab es einen Findling und unten an der Schäferkante ein Hügelgrab aus der Jungsteinzeit, außerdem zwei vegetationskundliche Raritäten, wie es im Wissenschaftssprech hieß: In einer Senke am Rande des Waldes wuchsen die fadenwurzlige Segge und der breitblättrige Stendelwurz. Die Bewohner lebten früher von Feld- und Obstanbau.

Und dann stand da noch, Klein Krams sei einmal von einem Heimatdichter als »gelungene Sinfonie der Natur« bezeichnet worden: Streuobstwiesen, ein Erlenbruch- und Mischwald, flankiert von Wiesen, Äckern und Büschen. Dass der Poet die Wahrheit sagte, bewies das Gemälde eines einheimischen Malers mit dem Namen Wilhelm Reichmann, das zu dem Eintrag gehörte.

Lallentare schaltete den Laptop auf Standby und schaute noch einmal durch den Feldstecher, um die Lage zu peilen. Wieder traute er seinen Augen kaum: Die Dorfbewohner gingen den kleinen Berg hoch, auf dem das Windrad stand, hinter ihnen liefen zwei Indianer mit Gewehren. Kurz überlegte er, ob er helfen musste. Nein, wer wusste schon, was hier für ein Rollenspiel lief, versuchte er sich zu beruhigen. Und außerdem: Er ließ sich doch nicht für seine Feinde über den Haufen schießen.

Vielleicht konnte er sich seine Mission sparen und die gewaltige Maschinerie der Europäischen Union, die eine ausgeklügelte Mixtur aus Sanktionen und Repressalien anrühren würde, wenn man in Klein Krams auf die Autonomie pochte, musste gar nicht in Gang gesetzt werden?

DER ÜBERFALL

Als der Nachmittag in den frühen Abend überging, bereiteten sie alles für das Feuer vor, das sie traditionell beim Gramberg-fest entfachten. Seit etwa zweihundert Jahren gab es dieses Ritual. Es sollte böse Geister vertreiben, das konnte gerade jetzt nicht schaden. Nur ein ganz kleines Feuerchen wollten sie anzünden, nur ein paar Scheite und kleine Äste sollten in Flammen aufgehen – aus ökologischen Gründen, der Mensch pustete genug Dreck in die Atmosphäre, wie man ein paar Meter weiter ständig mitverfolgen konnte.

Auf dem Küchentisch der Reichmanns stand ein gut bestückter Weidenkorb. In dem Behältnis, das mit einer karierten Tischdecke ausgelegt war, befanden sich Gläser für Brunsendorfs Rachenputzer und Johannas Flasche Prosecco und Knüppelbrot – wenn sie schon ein Feuer machten, dann sollte es auch einen praktischen Nutzen haben. Klappstühle und ein Campingtisch standen ebenfalls bereit. Sie waren fertig mit den Vorbereitungen, als es klingelte.

Reichmann stutzte, als er die Tür öffnete. War irgendwo Fasching? Groß Kramser außer Rand und Band und auf Tour? Zwei Indianer standen vor der Tür, in voller Montur. Grimmige Gesichter, wettergegerbter Teint – das konnte keine Schminke für einsneunundvierzig aus dem Fastnachtssortiment bei Schnäppchen-Schröder in der Kreisstadt sein. Sie sahen aus wie gerade der Prärie entsprungen: So lebensecht konnte man sich zum Fasching nicht verkleiden. Der prächtige Federschmuck auf ihren Köpfen flatterte leicht im Wind. Das war kein Imitat, sondern echte Handwerkskunst … Die beiden Rothäute – durfte man das überhaupt sagen, dachte Reichmann ein wenig irritiert – waren … also offenbar … tatsächlich echt? Auf dem Rücken trugen sie Gewehre.

»Herr Reichmann?«

»Ja.«

»Howgh.«

»Hi.«

»Wir sind gekommen, um Ihnen unseren Respekt und unsere Anerkennung auszusprechen«, sagte der Ältere in einwandfreiem Deutsch.

»Ja ... also danke. Vielen Dank ...« Reichmann kratzte sich verlegen am Kopf. »Es ist schön, dass sich unsere Republik bis zu Ihnen rumgesprochen hat ... Und danke, dass Sie den weiten Weg auf sich genommen haben ...«

»Die paar hundert Kilometer schrubben wir doch schnell runter ...«

Reichmann wunderte sich über die eigenartige Aussage, fand aber die Frage, wo denn ihr Reservat läge, fehl am Platze. Stattdessen sagte er höflich und anerkennend: »Sie sprechen aber gut Deutsch.«

»Ja, warum denn auch nicht?«, erwiderte der Indianer.

Reichmanns verwirrter Blick machte ihm deutlich, dass eine Erklärung angebracht wäre. Sie kämen von der Sitting-Bull-Ranch, sagte der Indianer, dem Domizil ihres Indianistik-Vereins, dessen Mitglieder in der Freizeit nach den Sitten und Bräuchen der amerikanischen Ureinwohner lebten und sich der Erforschung der Geschichte und Kultur insbesondere der Hunkpapa-Lakota-Sioux widmeten. Dazu gehöre auch, dass sie der Natur – »unserer Mutter Erde«, wie der Indianer sagte – achtungsvoll begegneten, weswegen sie sich solidarisch mit den Bürgern der Republik Klein Krams erklären wollten, die doch dafür kämpften, dass der »heiligen Erde« nicht noch mehr Leid zugefügt werde.

Reichmann brachte ein langes »Ahhh soooo« über die Lippen. Ihm fiel sogar ein, dass er einmal einen Fernsehbeitrag über diese Hobby-Indianer gesehen hatte.

»Wir wollten gerade ein kleines Fest feiern, seien Sie doch unsere Gäste«, sagte er gerührt und so würdig wie möglich.

Die Indianer nickten erfreut. Nachdem sich alle miteinander bekannt gemacht hatten, zogen sie auf den Gramberg. An der Spitze die Klein Kramser, hinter ihnen Wilde Flocke, der mit Reichmann gesprochen hatte, und Wandernder Büffel, der wortkarger war als ein Grab. Er sollte den ganzen Abend trotz aller Turbulenzen, die auf sie warteten, keine Silbe von sich geben. Die beiden Überraschungsgäste hatten die schweren, täuschend echt aussehenden Platzpatronen-Gewehre – wie sie versicherten – vom Rücken genommen und trugen sie in den Händen. Es sei bequemer so, die Trageriemen drückten auf den Schultern.

Die Feuerstelle lag direkt auf dem Gipfel, Reichmann und Brunsendorf hatten die Ränder der kleinen Vertiefung mit Feldsteinen von den umliegenden Äckern befestigt. Die winzigen Flammen züngelten und kämpften gegen die einbrechende Dunkelheit an, das Licht flackerte und gab den Indianern ein noch wilderes Aussehen.

Die beiden hätten unterschiedlicher nicht sein können. Wilde Flocke mochte Ende vierzig sein, war groß und hager, der vielleicht dreißigjährige Wandernde Büffel hingegen klein und stämmig. Sie sahen aus wie eine indianische Version von Don Quijote und Sancho Panza – so gesehen waren sie am Fuße eines Windrades gut aufgehoben.

Nun saßen sie hier oben in einem Halbkreis am Feuer, der nach Süden offen war, weil der Wind den Rauch dorthin trieb; aber auch ein ganz kleines Feuer – mehr Lager als Feuer, eine Sparflamme sozusagen – konnte ordentlich qualmen. Ganz links hatten sich die beiden Reichmanns auf der kleinen Holzbank postiert, daneben saßen auf Klappstühlen die beiden Indianer, dann kamen auf Campinghockern Brunsendorf und Maria. Sie hatten nach dem Frühstück mit ihrer Studie begonnen und beim gemeinsamen Mittagkochen beschlossen, dass Maria noch bleiben würde, um einen Tag in Brunsendorfs Leben zu dokumentieren und das Fest mitzufeiern.

Ganz rechts war ein Platz frei: Dort hatte Holger Lorberg sitzen sollen, auf einem Angelstuhl, aber er hatte nicht mal die Tür geöffnet, als ihn Reichmann einladen wollte.

Also saßen sie zu sechst oben auf dem höchsten Punkt ihrer Republik. Die Knüppelkuchen waren fast fertig, der Duft umwaberte schon den Gramberg. Es ging hoch her, sie stießen mit Brunsendorfs Rachenputzer an, den Wilde Flocke und Wandernder Büffel offenbar gut fanden, denn ihre Gläser mussten oft wieder gefüllt werden. Der Schnaps hatte schnell den Namen »Feuerwasser« weg. Wilde Flocke sagte »Fire-Wasser«, was an Feier-Wasser erinnerte und gut zur Stimmung passte. Als sie sich wieder einmal zugeprostet hatten, griff er in einen schwarzen Beutel.

»Wir haben noch etwas für euch, besser gesagt für dich, Häuptling Manfred: Es ist vielleicht ein etwas ungewöhnliches Gastgeschenk, aber hier … bitte.«

Er reichte Reichmann eine Geschenktüte und grinste breit wie der Hudson-River. Reichmann packte vorsichtig das Geschenk aus, langsam kamen eine Menge edler, langer Federn, lackierter Perlen, Schnüre, Fell und Leder zum Vorschein, die zu einem prächtigen, schwarz-weißen Schweif formiert waren. Es musste unzählige Arbeitsstunden gekostet haben und ein Vermögen wert sein.

»Danke«, sagte Reichmann gerührt und setzte vorsichtig den Federschmuck eines Häuptlings auf den Kopf. Er sah dem Schmuck von Wilde Flocke und Wandernder Büffel sehr ähnlich, saß nur ein bisschen locker, weshalb das mit Symbolen bestickte Stirnband etwas zu tief hing. Mit ein paar Nadelstichen war das mit Sicherheit schnell zu korrigieren.

»Nun brauchen wir nur noch einen Indianernamen für dich.«

»Manni two … von Manni Reichmann«, kam es von Maria.

Haha. Auch die Indianer schütteten sich aus vor Lachen. Als sich die Heiterkeit gelegt hatte, schlug Wilde Flocke den Namen »Weiser Wolf« vor.

Stille trat ein, nur unterbrochen vom Kistern des Feuers.

»Ja«, sagte Reichmann und nickte, »Weiser Wolf nehme ich, aber ich betone: Weiser, nicht weißer Wolf.«

Unvermittelt machte Wilde Flocke ein Zeichen in die Runde, ruhig zu sein. Es dauerte einen Moment, bis sie das Geräusch hörten, das ein Motor verursachte. Sie schauten Richtung Dorf. Nachdem sich ihre Augen an die Dunkelheit am Fuße des Hügels gewöhnt hatten, sahen sie ein großes, weißes Wohnmobil durch das matte Licht der Laternen schwanken, wie ein Schiff bei unruhiger See. Der Caravan stoppte am Ententeich. Merkwürdig, sie hatten auf der Landstraße gar kein Auto ankommen sehen. Eine schmächtige Gestalt stieg aus dem Caravan, blickte sich unsicher um und kam langsam näher.

Sie schauten sich an, sie erwarteten keinen weiteren Besuch. Kurz darauf hatte ein Mann, gekleidet in feinen Zwirn, mit Jackett und Weste, den Gipfel erreicht.

Luigi Lallentare hatte lange in der Senke beobachtet, wie sich die Situation oben auf dem Berg entwickelte, und vorsichtig wie eine Antilope am Wasserloch Witterung aufgenommen. Als das schallende Lachen bis zu seinem Rastplatz drang, wurde ihm klar, dass er von den Indianern keine Schützenhilfe erwarten konnte. Es wäre vielleicht gar nicht schlecht, jetzt dazuzustoßen und sich bei Lagerfeuerromantik dem Gegner zu nähern, hatte er gedacht und den Wagen gestartet.

Nun lief er auf den Gipfel zu. Er konnte bereits erste Wortfetzen verstehen, die Stimmung war unüberhörbar ausgelassen, allerdings nicht bei Luigi Lallentare: Mit jedem Meter, den er dem Ziel näherkam, stieg seine Nervosität.

»Hello and good evening! My name is Luigi Lällentär«, sagte er und nickte in die Runde, die den Willkommensgruß erwiderte. Er sog tief die Nachtluft durch seine Hakennase, als hätte er etwas Befreiendes gesagt.

»Guten Abend ... Setzen Sie sich doch«, sagte Reichmann, der sich erhob und dem Neuankömmling den Platz anbot, der ursprünglich für Holger Lorberg gedacht war.

Dann dämmerte ihm langsam, wer da gerade den Stuhl ans Feuer zog und sich zu ihnen setzte.

Luigi Lällentär!?

Luigi Lallentare??

Luigi Lallentare!!!!

»Sind Sie ... Luigi Lallentare?«

»Si ... ja, yes«, sagt der EU-Beamte, während er in die Runde nickte und sich auf den Klappstuhl sinken ließ.

Es war so ruhig, als hätte jemand den Stecker einer Musikanlage herausgezogen, die gerade noch am Anschlag gespielt hatte. Sogar das Feuer schien eine kurze innere Einkehr zu halten. Luigi Lallentare!! Der Mann, der Staaten erschaffen konnte? Ihr Retter. Höchstpersönlich. Es war keine Fata Morgana, ihr persönlicher Vater Staat stand sozusagen vor ihnen.

»Herzlich willkommen, fühlen Sie sich wie zu Hause«, sagte in ergriffenem Ton Reichmann, der noch den Kopfschmuck trug, obwohl er ihn immer wieder nach hinten schieben musste. Dann stellte er Lallentare die Runde vor.

So sahen sie also aus der Nähe aus, seine Feinde: Ganz stinknormale Leute eigentlich, Durchschnittsbürger, dachte Lallentare, kaum zu glauben, dass ihm dieses Häuflein Senioren solch einen Ärger machte.

Luigi Lallentare befand sich in einem Zwiespalt: Erst mit ihnen zu feiern und dann das Kapitulationsangebot zu unterbreiten war irgendwie merkwürdig. Erst die Arbeit, dann das Vergnügen, hieß es ja nicht umsonst. Ihm war aber auch klar, dass es wenig Sinn hatte, in dieser aufgekratzten, beschickerten Runde das Thema Kapitulation anzusprechen. Vielleicht lichteten sich ja demnächst die Reihen und er konnte sich Reichmann und diesen Brunsendorf alleine vornehmen. Bis dahin würde er sich bedeckt halten, ganz bedeckt, sie aushorchen und unter die Lupe nehmen und sich hinter seiner Sprachbarriere verstecken. Konnte ja keiner wissen, dass er nicht nur fließend Englisch, sondern auch einigermaßen Deutsch sprach. Im Prinzip wollte er auch gar nicht reden und schon gar nicht einen netten Lagerfeuerplausch halten mit seinen Widersachern. Wut schoss in ihm empor wie Wasser aus einem Geysir, heiß und zischend. Er schluckte den Ärger mühsam herunter und versteckte sich wieder hinter seiner professionellen Fassade aus Freundlichkeit, Zurückhaltung sowie einem Schuss Weltfremdheit und Schüchternheit.

»Möchten Sie etwas trinken?«, fragte Brunsendorf und wedelte einladend mit einer Heidelbeerschnapsflasche – es musste schon die dritte sein, aber es war kein Abend, an dem man die geleerten Flaschen zählte.

Lallentare überlegte: Ein kleiner Schluck und ein wenig Geselligkeit waren sicher gut, um später auf einer persönlicheren Ebene über das Ende der Autonomie zu reden. Sich ein wenig Mut antrinken konnte ebenfalls nicht schaden. Andererseits vertrug er Alkohol schlecht. Er zeigte deshalb mit seinen Fingern an, dass er einen kleinen Schnaps mit viel »Aqua« trinken wollte.

Lallentare nippte an dem Glas der beerenstarken Substanz, die auch verdünnt immer noch viel von der Kraft der heimischen Erde verströmte, und nickte anerkennend.

»Buono ... buono«, sagte er.

»Danke«, antwortete Brunsendorf, erfreut über die Würdigung.

»Do you speak English?«, erkundigte sich Wilde Flocke.

»No, no, only a little …«, radebrechte Lallentare, »… only italiano.«

Sie schüttelten bedauernd die Köpfe, niemand von ihnen sprach Italienisch. Komisch, dachte Reichmann wie auch die anderen in der Runde, dass ein EU-Beamter, noch dazu ein hochrangiger, kein Englisch sprach. Egal, sollte der Mann einfach einen schönen Abend haben, sie hatten ihm schließlich viel zu verdanken.

Wiederum: So überraschend schön Lallentares Besuch auch war, sie hätten sich zumindest gerne erkundigt, was ihn nach Klein Krams führte. Aber es wäre unhöflich gewesen, ihn zu bedrängen. Sie würden einfach ein kleines Fest feiern und dafür sorgen, dass Lallentares Glas nie leer war.

Reichmann prostete dem Italiener, der gerade seine Krawatte etwas lockerte, freundlich, ja fast liebevoll zu. Johanna hatte bisher kaum etwas gesagt, sie beobachtete gerne und musterte Luigi Lallentare unauffällig. Er war sehr schlank und erinnerte an eine Comicfigur mit seinen hängenden Schultern und den buschigen Augenbrauen. Es hatte auch etwas Putziges, wie er vorsichtig an seinem inzwischen zweiten Schnaps nippte, als wäre es eine ätzende Flüssigkeit. Sie schätzte ihn auf Mitte fünfzig, wurde aber in ihren Beobachtungen durch einen Einwurf von Wilde Flocke gestört.

Der Indianer, im Überschwang des Alkohols, versuchte tatsächlich, Lallentare die Frage zu stellen, die sie alle umtrieb, die sie sich aber bisher in einer Art stiller Übereinkunft verkniffen hatten. Wilde Flocke ging aufs Ganze und aktivierte ein paar italienische Vokabeln, die er vermutlich aus einem Sergio-Leone-Western hatte.

»Autonomia, you understand? … How get Villagio Klein Krams la autonomia?«

Lallentare lächelte die Frage weg. »No, no, No capisco«, stammelte er, aber für Sekundenbruchteile brachen seine

Gefühle hervor und Wilde Flocke traf ein so hasserfüllter Blick, dass es dem Indianer kalt den Rücken hinunterlief. Auch Johanna bemerkte, wie die Maske fiel.

Nur das Feuer knisterte. Es war nicht groß genug, als dass dort ein Feuerteufel wohnen konnte, allenfalls ein Feuerkobold, aber der gab offenbar alles, um die bösen Geister zu verscheuchen, die gerade aufgezogen waren, denn in diesem Moment fuhr ein krachender Knall durch die Flammen. Die Runde zuckte zusammen und rückte unter Gelächter und Gekreische ein wenig ab von der Feuerstelle.

Als wäre ein Startschuss gefallen, begannen Wilde Flocke und Wandernder Büffel um das Feuer zu tanzen. Johanna und Maria schlossen sich an. Die auflodernde Begeisterung lockerte auch Lallentare wieder auf.

»Heja-heja-heja-heja-heja«, sang Wilde Flocke und wiederholte die Silben in einer höheren Stimmlage. Selbst Wandernder Büffel ließ sich zu einem Brummen hinreißen, und auch die Klein Kramser stimmten in den Gesang ein, während sie die Flammen umkreisten.

Luigi Lallentare merkte jetzt deutlich, wie der Alkohol wirkte. *Have a drink, or two*, der Schnaps spülte in seinem Gedächtnis den Fetzen eines Liedtextes hervor, »or three«, haha. Er fühlte sich plötzlich ungewohnt frei.

Brunsendorf schenkte rasch wieder das Glas voll, das ihm der EU-Beamte entgegenhielt. Mister Lallentare war gerade dabei, seine inneren Verklumpungen mit »Feier-Wasser« weichzuspülen. Brunsendorf kippte trotzdem vorsorglich einen Schluck »Aqua« mit in das Glas.

Lallentare prostete Brunsendorf zu, täuschte Verschlucken vor und biss sich auf die Zunge. Wenn sie ihm Fragen stellen würden, könnte jedes Wort eines zu viel sein und er sich in diesem Zustand um Kopf, Kragen und Karriere reden. Er lächelte in die Runde, mittlerweile unübersehbar bräsig. Der Alkohol wallte in seinem Blut und zog dort seine eigenen, unberechenbaren Bahnen, so dass der EU-Beamte immer weiter in eine andere, weit entfernte Umlaufbahn geriet. Er sog den würzigen Geruch des Feuers ein, fühlte sich berauscht, sehr friedlich und so entspannt wie schon lange nicht mehr. Er würde dieses magische Gefühl noch ein bisschen auskosten, aber morgen würde dann kein Weg an den Verhandlungen vorbeiführen: Er hatte nun mal seinen Job zu machen.

Er hob sein Glas.

Prost. Der nächste Schluck Heidelbeerschnaps explodierte regelrecht in ihm. Lallentare durchflutete eine gewaltige Lebenswelle, er stand auf. Die Runde verstummte. Das Feuer knisterte nur noch leise wie eine alte Schallplatte, auf der der Abspann lief.

»Si …«, sagte er und hob die Stimme.

Sie schauten ihn erwartungsvoll an.

»Si .. hi-hi …«, machte Lallentare, aber weiter kam er nicht, seine Zunge war schwer und groß wie eine gefrorene Kalbszunge, die Knie weich, der Boden Butter. Was zum Teufel mischten die hier in ihr Gebräu? Er atmete tief ein und drückte den Rücken durch.

»Prousst«, lallte Lallentare. Er prustete die Buchstaben einzeln heraus, es dauerte länger als eine Lkw-Grenzkontrolle und war feuchter als der Entenfluss. Die Runde prostete freudig und erleichtert zurück. Lallentare, der durch den kurzen Aufenthalt in der Senkrechten und seinen Wortbeitrag wieder etwas klarer wurde, griente leutselig in die Nacht. Schatten tanzten durch sein Sichtfeld, aus dem sich plötzlich Wilde Flockes Gesicht schälte, der vor ihm stand und rief:

»Wir brauchen noch einen Indianernamen für Sie, Mister Lallentare.«

Luigi nickte, er musste sich dabei konzentrieren, um nicht das Gleichgewicht zu verlieren. Er war schon so voll, dass er auch »der mit dem Blauhelm«, »die blaue Eminenz« oder »der mit der Haubitze« hätte heißen können, aber selbstverständlich war er »Der Mann, der Staaten machte«. Lallentare ließ sich den Namen noch einmal auf der Zunge zergehen … Der Mann, der Staaten machte, sein Name war Programm …

Johanna wurde – passend zum Namen ihres Mannes – »Weise Feder«, Brunsendorf der »Große Bär« und Maria »Frau aus dem fernen Land« getauft.

Luigi Lallentare nahm die letzten Namensfindungen nur noch am Rande wahr, die Augen fielen ihm zu, sein Kopf sackte nach vorne. Er fing sich im letzten Moment, straffte sich noch einmal und stand auf. Genug für heute.

Er verabschiedete sich mit einem selig gelallten »arrididerci«, dessen Aussprache an eine Entbindung erinnerte. Er wollte die Nacht in seinem Wohnmobil verbringen, obwohl die Reichmanns ihm ihren Gästebungalow anboten.

Reichmann und Brunsendorf hakten ihren schwer schwankenden Gast unter den Armen ein, dann schlingerte das Trio Richtung Caravan.

Lallentare begann auf dem Heimweg von bella Italia zu brabbeln und Liedfetzen von »Azzurro« zu singen. Noch vor Erreichen des Dorfplatzes war er auf Grund gelaufen wie eine torpedierte Dschunke vor Capri und schnarchte. Sie fanden den Schlüssel des Wohnmobils in seiner rechten Hosentasche, zogen »dem Mann, der Staaten macht« die Schuhe aus und legten ihn auf sein Bett. Lallentare fiel in einen komatösen Schlaf.

Reichmann konnte das Gesicht seines Freundes nicht erkennen, aber er wusste, dass er genauso still in sich hineinlächelte wie er selbst.

»Ich kann mich natürlich täuschen, aber ich glaube, da kommt noch etwas ganz anderes auf uns zu«, sagte er, als sie außer Hörweite waren, »das war nicht einfach nur ein Besuch aus Höflichkeit oder Interesse.«

»Sehe ich genauso, Manfred ... andererseits ist es unlogisch, dass sie, aus welchen Gründen auch immer, jemanden schicken, der kein Englisch und kein Deutsch spricht und sich hier nach Strich und Faden besäuft.«

»Vielleicht hatte er nur keine Lust oder wollte sich tarnen ... Vielleicht soll er sich nur ein bisschen umschauen und die Lage peilen und hat dabei etwas die Kontrolle verloren?«

»Das kann sein, aber diese Informationen hätten sie viel unauffälliger und einfacher bekommen können. Spezialisten können inzwischen über jedes Handy die Umgebung abhören und sogar filmen.«

Sie waren unterdessen wieder am Lagerfeuer angekommen, das bis auf ein paar letzte, hartnäckige Glutreste heruntergebrannt war und sich kaum noch von der Dunkelheit abhob. Nach Luigi Lallentares Abschied benahm sich die Runde sogar noch ein bisschen ungehemmter. Sie tanzten zu spitzen Schreien der beiden Indianer, versuchten, diese zu imitieren, lachten und starrten irgendwann müde, betrunken und nachdenklich in den Himmel, an dem ein stattlicher Mond hing, flankiert von einem feinen Wolkenschleier.

»Ist ein besonders schöner Mond heute Nacht«, sagte Wilde Flocke.

»Genießt ihn ...«, sagte Maria, »solange er kostenlos ist, denn irgendwann werden sie uns für das Anschauen vielleicht auch noch eine Gebühr aufbrummen.«

»Die heißt dann vermutlich Sterntaler«, warf Brunsendorf ein.

Maria lachte laut los.

Wilde Flocke, der zuletzt sehr still gewesen war, stand unvermittelt auf und drehte sich einmal leicht schwankend um die eigene Achse. Sie erwarteten instinktiv eine Art Tanz, aber er ließ seine Blicke rundum schweifen, wie den Lichtkegel eines Leuchtturms. Im Westen schimmerten die Lichter von Groß Krams, als hätte jemand einen Dimmer ein winziges Stück aufgedreht. Sein Blick blieb am Tagebau haften, wo sich die Schaufeln der Bagger im Flutlicht weiter ungebremst in die Erde fraßen.

»Das Merkwürdige an der Menschheit ist«, sagte Wilde Flocke nachdenklich, »dass sie sich um alle möglichen Nichtigkeiten kümmert, streitet, feilscht, bekriegt, aber gerade den Planeten vollkommen zerstört und nicht merkt, dass sie sich ihre eigene Lebensgrundlage entzieht. Aber sie kümmern sich nicht um die wahre Bedrohung, sondern setzen ihr kleinkariertes Gezänk fort.«

Maria schaute Brunsendorf an und legte ihren Kopf kurz an seine Schulter, zog ihn dann aber schnell wieder zurück: Ein bisschen Distanz sollte bleiben zwischen Psychologin und Probanden. Brunsendorfs Müdigkeit war ihr nicht entgangen.

»Wenn du gehen möchtest, dann gib einfach Bescheid«, sagte sie.

Er nickte. »Ja. Ich würde so langsam aufbrechen.«

Obwohl er sich eine Menge Mut angetrunken hatte, machte sich selbst mit der Kraft des Heidelbeerschnapses im Tank eine gewisse Anspannung breit. Ihr angekündigter Abschied leitete den allgemeinen Aufbruch ein. Die Flasche kreiste noch einmal zu einer Art Finalrunde durch den Orbit wie eine gläserne Trägerrakete.

Sie verabschiedeten sich mit langen Umarmungen und Schulterklopfen. Wilde Flocke bot ihnen zum Abschied die Aufnahme in ihren Indianistik-Club Sitting Bull e.V. an, falls sie in Schwierigkeiten geraten sollten.

Die Klein Kramser löschten nicht wie sonst die Glut. Wilde Flocke und Wandernder Büffel bauten direkt neben der Feuerstelle ein Iglu-Zelt auf. Jack Wolfskin statt traditionellem

Wigwam. Vorerst aber legten sie sich mit zwei dicken Isomatten und Outdoor-Schlafsäcken an die glimmenden Reste des Feuers.

Irgendwann waren Brunsendorf und Maria an der breiten Treppe im Hausflur angelangt. Das helle Flurlicht war ebenso ungewohnt wie die Stille. Er konnte den Strom durch die Lampe fließen hören. Das feine Summen war ihm in all den Jahren nie aufgefallen. Er stand auf den schwarz-weißen Fliesen wie eine Schachfigur. Maria war auf die erste Stufe gestiegen und lehnte sich an den dicken Eckpfeiler aus Eichenholz mit der gedrechselten Kugel, die glattpoliert war von vielen Händen, denen sie auf dem Weg nach oben Halt gegeben hatte. Ihre Haut war gerötet vom Alkohol und dem heißen Hauch des Feuers, in ihren Haaren hing ein kleines, weißes Stück Asche.

»Es war sehr, sehr schön, Großer Bär, aber ich bin müde und würde gerne ins Bett gehen, wenn es gestattet ist«, sagte sie.

»Es ist genehmigt, Frau aus einem fremden Land … und danke.«

Er sah in ihre Augen, die klein waren, blinzelten und sich gegen den Schlaf wehrten. Der Geruch des Feuers, der sich in ihren Haaren festgesetzt hatte, und ihr Parfüm drängten sich ihm entgegen wie eine Woge.

»Bis morgen«, sagte sie und gab ihm einen Gute-Nacht-Kuss auf die Wange. Er berührte mit der Hand ihre Hüfte, sie drückte sich mit ihrer Schulter an ihn und lief dann schnell die Treppe hinauf.

»Ja, bis morgen«, sagte Brunsendorf, den ihre Worte daran erinnerten, dass sie morgen zurückfahren würde und es auch noch eine Welt außerhalb von Klein Krams gab, die er in den vergangenen Stunden vergessen hatte. Eine Außenwelt, in der Maria, die »Frau aus einem fernen Land«, ein anderes Leben führte, irgendwo im Ruhrgebiet, in Schimanski-Land, wie sie beide es nannten. Er verscheuchte mühsam die störenden Gedanken.

Brunsendorf putzte sich die Zähne und ging mit schweren Schritten ins Obergeschoss. Die Stufen knarrten, er kam sich vor wie ein Sattelschlepper, der über einen Bootssteg walzte. Für einen Moment hoffte er, dass Maria im Flur auf ihn warten oder ihre Tür einen Spalt offen stehen würde.

Er schaute um die Ecke: Der Flur war leer, ihr Zimmer, das direkt neben seinem lag, verschlossen. Brunsendorf ging in sein Bett und schlief wenig später mit einem Gefühl ein, das er schon sehr lange nicht mehr gehabt hatte.

Auch Johanna gab Manfred Reichmann einen Gute-Nacht-Kuss in ihrem Ehebett, oben im Dachgeschoss.

»Ich glaube nicht, dass Mister Lallentare einfach nur so gekommen ist, mein Liebling«, flüsterte sie ihrem Mann zu. »Er war nur zu betrunken, um den wahren Grund seiner Reise zu erzählen.«

»Das denke ich auch … Johanna …«, brummte er, »oder er hat es nicht für klug gehalten, es in dieser Situation anzusprechen … und Hans-Jürgen hat vielleicht auch etwas zu kräftig nachgeschenkt … Aber ich hatte den Eindruck, es hat Luigi Lallentare mal ganz gutgetan.«

»Ich weiß. Du bist wirklich ein weitsichtiger, großer Häuptling.«

DAS FEUER IST AUS

Der Morgen schlug Reichmann entgegen wie ein nasser Vorhang. Sein Kopf summte wie das Bienenvolk, dass sie vor kurzem angesiedelt hatten. Er bugsierte sich schlaftrunken in die Küche, leerte in einem Zug ein Glas Wasser, trat ans Fenster und sah zum Gramberg: Wilde Flocke und Wandernder Büffel hatten ihre Zelte abgebrochen, ihre Taschen geschultert und gingen schon zum Dorfplatz, wo ihr Wagen parkte. Reichmann zog sich schnell an, sprang in seine Schuhe und lief ihnen entgegen.

»Howgh, ihr beiden.«

»Howgh, Häuptling Weiser Wolf«, sagte Wilde Flocke. Wandernder Büffel blieb seiner Null-Worte-Linie treu und nickte nur zur Begrüßung, allerdings mit einem freundlichen Lächeln.

»Wollt ihr noch frühstücken und unter die Dusche?«

»Ganz lieb, Weiser Wolf, aber wir sind spät dran. Ehrlich gesagt, haben wir verschlafen.«

»Okay, dann will ich euch gar nicht weiter aufhalten. Vielen Dank für euren Besuch … Es war zwar nur ein kleines Feuer, ein Lagerfeuer light sozusagen«, sagte Reichmann und schmunzelte, »aber ich hoffe, ihr habt euch ein bisschen heimisch gefühlt.«

Wilde Flocke lächelte und legte den Kopf schief.

»Das war ein Spitzenfeuer, Weiser Wolf, wir hätten dich auch Feuergott taufen können … Besser hätte es auch Große Flamme aus unserem Stamm nicht hinbekommen. Ich persönlich habe ewig keins mehr gemacht.«

»Ach so?«

»Waldbrandgefahr. Außerdem ist es nicht gut für die Umwelt«, sagte Wilde Flocke und begann, Tabak aus einer hellblauen Verpackung, die mit einer Indianer-Silhouette bedruckt war, zu einer Zigarette zu drehen. »Man muss auch von Bräuchen lassen können, wenn sie nicht mehr zeitgemäß sind.«

Reichmann nickte.

»Ich hoffe, wir sehen uns mal wieder … dann schließen wir Blutsbrüderschaft«, sagte Wilde Flocke. »Richte Weiser Feder, Großem Bär und Frau aus einem fernen Land ganz liebe Grüße aus.«

Die Autotüren klappten, der Auspuff begann zu röhren, Wilde Flocke trat ordentlich aufs Gas, dann waren die beiden Indianer so schnell verschwunden, wie sie gekommen waren.

Im Morgengrauen hatte Luigi Lallentare einen Traum: Auf dem gesamten Globus waren unzählige kleine, autonome Gebiete entstanden, Mini-Republiken. In Spots erschienen Hochglanzbilder der Enklaven, dann rauschte mit einem bunten Pixelschweif sein Foto ins Bild und eine rauchige Stimme sagte: Made by Luigi Lallentare … dem Macher von Klein Krams!!! Plötzlich bereitete van Romp dem Treiben ein Ende, schleppte ihn auf sein Privatgrundstück irgendwo in der belgischen Provinz, fesselte ihn an einen Marterpfahl mit dem Emblem der EU und zündete ein Feuer vor seinen Füßen an. Die Flammen loderten, der Qualm nahm ihm den Atem, Lallentare wurde schwarz vor den Augen … er drohte zu ersticken. Er ruderte mit den Armen, riss die Bettdecke weg, die ihm ins Gesicht gerutscht war, und atmete schwer.

Die graue Decke des Wohnwagens wölbte sich über ihm, erdrückend wie eine aufkommende Depression. Was für ein übler Traum. Er schnappte nach Luft wie ein Ertrinkender, der in letzter Sekunde an die Wasseroberfläche gelangt.

Lallentare fühlte sich erleichtert, weil er nur geträumt hatte, aber gleich darauf wurde ihm hundeelend vom Saufgelage auf dem Gramberg. Wie zum Teufel hatte er nur so viel Schnaps trinken können! Er verstand jetzt, warum die Indianer das Zeug Feuerwasser nannten. Als sich sein Puls langsam beruhigt hatte und sein Herz in einem gleichmäßigeren Takt schlug, schlief er wieder ein.

Lallentare wachte gegen neun Uhr von Motorgeräuschen auf, von röhrenden Lauten, die durch seinen Kopf rasten wie ein Düsenjäger. Wilde Flocke und Wandernder Büffel brausten davon. Die Augen des EU-Gesandten waren so verklebt, dass die Welt ausschaute, als betrachte er sie durch ein Fliegengitter. Er tastete nach seiner Brille und schob sie mit zittrigen Fingern auf den Nasenrücken. Nicht besser, im Gegenteil: Die Umgebung sah nun aus, als würde er durch einen Flaschenhals schauen, denn die Gläser waren mit irgendeiner milchigen Flüssigkeit beschmiert, wusste der Teufel, wie das passiert war. Er schälte sich aus dem Laken, wusch die Brille in der kleinen Kochnische ab und ließ sich in der Dusche kaltes Wasser über das Gesicht laufen. Schon besser, auch wenn irgendetwas unter der Schädeldecke immer noch zu vibrieren schien.

Lallentare putzte seine pelzige Zunge, die belegt war wie ein Camembert. Er brachte sich vor dem Spiegel, so gut es ging, in Form und versuchte, die Gedanken an den merkwürdigen Abend abzuschütteln.

»Heja-heja-heja-heja-heja …« Der Gesang spukte in einer Endlosschleife durch seinen Kopf. Schluss jetzt. Einen Ohrwurm des Gegners konnte er überhaupt nicht gebrauchen.

Er griff nach seiner Aktentasche, überprüfte den Inhalt und stolperte aus dem Wohnmobil. Mit dem Rücken an die Wand des Caravans gelehnt, legte er den Kopf in den Nacken und schnappte nach der Luft, die noch einen Hauch der Frische des Morgens hatte. Dann machte er sich auf den Weg, um seine Mission zu erfüllen.

Manfred Reichmann sah schon an Lallentares bedeutungsschwerer Miene, als er ihm auf der Türschwelle gegenüberstand, dass es hier nicht um eine Verabschiedung ging. Er führte den EU-Beamten in die Wohnstube, sie nahmen in den beiden großen Sesseln Platz. Lallentares Blick blieb an einem Ölgemälde haften, das hinter Weiser Wolf – Herrgott noch mal, jetzt machte er schon diesen Indianerquatsch mit –, das hinter Reichmann zu sehen war und offenbar den Ort zeigte, wie er früher aussah. Bauernhäuser, Kopfsteinpflaster und im Hintergrund, dort, wo der Tagebau die Landschaft verschlungen hatte, glänzten grüne Wiesen und gelbe Getreidefelder. Die Signatur des Malers schien Reichmann zu heißen.

Der EU-Abgesandte unterdrückte die Frage nach dem Künstler – menschliche Nähe herzustellen oder sich nach Urhebern von Gemälden zu erkundigen war nicht sein Dienstauftrag. Er fuhr aus seinen Gedanken, als Johanna ihn fragte: »Kaffee? Und möchten Sie etwas essen?«

Lallentare schüttelte hastig den Kopf und kam sofort zu seinem Dienstauftrag, als hätte er Angst, der nächste Indianerstamm, die Hunnen oder ein Ufo könnten ihm dazwischenkommen. Er machte sich auf Englisch, Deutsch und mit Händen und Füßen verständlich, er ruderte wie ein Fluglotse, dann reichte er Reichmann, der nicht einmal überrascht war, dass Lallentare sogar etwas Deutsch sprach, schnell mehrere Dokumente. Nur einen kleinen, gefalteten Zettel übergab er nicht, sondern ließ ihn auf dem Tisch liegen. Klein Krams' Erster Mann überflog die Schriftstücke, dann nickte er seinem Gast zu, der wieder das Wort ergriff.

»Mister Reichmann. Reichen Ihnen three days … drei Tage Zeit, to make your Entscheidung … decision in English?«

»Yes … ja.«

»You can ask the people im Dorf. Call me for the answer or schick … send me an E-Mail«, radebrechte Lallentare, reichte ihm eine schwere, edel gestaltete Visitenkarte und erhob sich aus dem Sessel.

»Okay. Dankeschön«, erwiderte Reichmann, der gut verstanden hatte, was sein Gast meinte. Er sparte sich auch die Frage, warum Lallentare überhaupt ihren Antrag auf Autonomie genehmigt hatte, wenn ihm jetzt so viel daran gelegen war, die Abspaltung wieder rückgängig zu machen. Die Antwort war inzwischen mehr als eindeutig: Es konnte nur ein Versehen gewesen sein, ein schwerer behördlicher Fehler, und nun musste der Sündenbock die Sache irgendwie begradigen … oder besser gesagt: Die Republik Klein Krams aus der Welt schaffen.

An der Türschwelle stand Luigi Lallentare so dicht vor ihm, dass er sich in seinen Augen spiegelte, in denen Angst zu sehen war. Der Beamte drückte Reichmann die Hand und legte ihm dabei den Zettel, den er sich vom Wohnzimmertisch gegriffen hatte, in die Handfläche, dann drehte er sich schnell um und lief zum Dorfplatz.

Der EU-Funktionär hatte schon sein Wohnmobil erreicht, als Reichmann den Zettel entfaltete und die kurze, an einem Computer verfasste Botschaft las. *Herr Reichmann, Sie sollten das Angebot annehmen. Es ist ein Ultimatum. Ich bin nur die Vorhut. Nach mir kommt die Kavallerie.*

Reichmann und Johanna setzten sich in den Wintergarten, um Lallentares Angebot zu studieren: Die EU hatte sich ins Zeug gelegt und kräftig nachgebessert, sie wollten fast das Doppelte des eigentlichen Immobilienwertes zahlen und boten ihnen sogar zusammenhängende schöne Baugrundstücke zu einem günstigen Preis an. Am Rande der Kleinstadt, mit Blick auf das freie Land und genügend Platz, eine Art Klein Krams II aus dem Boden zu stampfen. Es würde schwer werden, Lorberg zu überzeugen, die Offerte abzulehnen. Die Reichmanns beschlich ein Verdacht: Kannte man bei der EU die Verhältnisse hier, Lorbergs Lebenssituation, seine wankelmütige Einstellung zur Republik Klein Krams?

»Du musst dich da keinen Illusionen hingeben, Manfred«, sagte Johanna, »wenn die wirklich wissen wollen, was hier los ist, was wir reden, wie viel wir auf dem Konto haben, wie lange du dir die Zähne putzt und was wir zu Mittag essen, dann bekommen die das ohne jede Schwierigkeit raus.«

Sie verstauten die Dokumente sorgfältig in einem Schnellhefter, von denen sie reichlich aus dem Nachlass von Johannas Tierarztpraxis besaßen.

Luigi Lallentare sah durch die Windschutzscheibe das senffarbene Ortsschild näherkommen, neben dem ein Hinweisschild stand, dass er jetzt die Republik Klein Krams verließ. Er ging vom Gas und bremste, der Wagen glitt langsam dem Ende der Enklave zu und stoppte dann am Straßenrand. Einen Moment nur wollte Lallentare ausharren, höchstwahrscheinlich würde er zum letzten Mal hier sein. Er schaute durch das Fenster der Fahrertür auf das Dorf. So gesehen war es eigentlich fast schade, dass dieses Nest bald dem Tagebau weichen sollte, zumal er ja sozusagen der Erschaffer der Republik Klein Krams war, »der Mann, der Staaten machte«. »Heja-heja-heja-heja-heja«, der Ohrwurm verfolgte ihn immer noch. Mamma mia, Schluss jetzt mit den sentimentalen Gedanken. Er schaute durch die Frontscheibe, die Straße wand sich wie ein grauer, gesprenkelter Wurm durch die Landschaft.

Eine Bewegung im Rückspiegel weckte seine Aufmerksamkeit, ein dunkler Kombi, der näherkam und vorbeiglitt. Das war doch diese Frau, Maria, die gestern Abend mit am Feuer gesessen hatte. Er wusste nicht, ob er sie jetzt grüßen sollte oder nicht, ob das zu leutselig war, deshalb tat er, als habe er sie nicht bemerkt, und starrte auf das Navi, als würde er es einstellen. Er hob den Blick erst wieder, als der dunkelblaue Volvo die Enklave verlassen hatte. Lallentare trat auf das Gaspedal, der Wohnwagen machte einen Satz und der EU-Gesandte war zurück auf dem Territorium der Europäischen Union.

Zu diesem Zeitpunkt hatte Maria van Houten Groß Krams bereits hinter sich gelassen. Die verwitterten Strommasten, die sie erst vor kurzem in der entgegengesetzten Richtung passiert hatte, zogen langsam vorbei wie Entfernungsmesser.

So genau wusste Maria nicht, ob sie wirklich hatte abfahren wollen, aber die Zeit war abgelaufen. Sie hatte nicht gewartet, bis Brunsendorf aufgestanden war, und nur einen kleinen Zettel hinterlassen, auf dem sie sich für das Gespräch und den schönen Abend bedankte. Irgendwo tief drinnen breitete sich ein unwohles Gefühl aus: Hatte sie sich von Hans-Jürgen zu förmlich verabschiedet? Hatte sie ihn bei ihrem kalten Abgang nicht zu einem Studienobjekt degradiert?

Noch etwa 750 Kilometer, überschlug sie die Distanz bis an ihr Ziel, bei ihrer Fahrweise würde sie rund neun Stunden brauchen. Sie versuchte, ihr schlechtes Gewissen zu ignorieren. »Et is wie et is« – wie der Kölner sagt -, redete sie sich selbst zu, zog den Kopf ein, schob die Schultern vor und gab Gas.

Die Landschaft änderte sich. Felder streckten sich bis zum Horizont, Raps, Getreide und Mais. Die Gegend sah aus wie gemacht für den Wochenend-Urlaub mit Wunschprogramm auf dem Bauernhof. Apropos Hof: Hans-Jürgen hatte ihr Herz und Hof geöffnet … und sie hatte ihn behandelt wie einen lästigen Lieferanten. Es gab nichts zu beschönigen: Sie hatte ihn einfach abtreten lassen.

Sie nahm den Fuß vom Gaspedal. Nein, so ging es nicht. Wenigstens vernünftig verabschieden würde sie sich, das war sie ihm schuldig. Sie wählte seine Telefonnummer, aber der Ruf ging ins Leere. Sie schlug das Lenkrad ein und wendete.

Marias Rückkehr

In Klein Krams war es still, kein Tourist ließ sich heute blicken, kein Schaulustiger lief durchs Dorf, der Hype schien abgeebbt.

Maria stoppte den Wagen vor Brunsendorfs Haus, richtete im Rückspiegel ihr Haar und läutete an der Tür. Es rührte sich nichts. Sie ging rüber zu den Reichmanns, die aber auch nicht wussten, wo ihr Nachbar war. Reichmann hatte nur gesehen, wie sich Brunsendorf vor etwa einer halben Stunde den Volvo genommen hatte.

Maria überlegte. War er ihr vielleicht hinterhergefahren?

»Kann ich auf ihn warten?«

Reichmann war freundlich, aber nicht mehr so uneingeschränkt wohlwollend wie vor ihrer Abreise – zumindest schien es ihr so.

»Ja, na sicher. Möchtest du bei uns auf ihn warten?«

»Das ist sehr nett«, erwiderte Maria und drückte dankbar seinen Unterarm, »aber ich will keine Umstände machen. Ich würde mich auf die Terrasse setzen … um mich wenigstens vernünftig von ihm verabschieden, wenn er zurückkommt.«

»Na dann. Viel Glück«, sagte Reichmann und ging zurück ins Haus.

Brunsendorfs Hund Helmut hob nur einmal den kurz den Kopf, als sie vom Garten aus die Terrasse betrat, knurrte wohlig und schlief wieder ein. Vögel zwitscherten, in den Baumkronen rauschte leise der Frühlingswind, und die Sonne stand hoch am Himmel. Bienen summten, die sich an den Blüten im Garten labten, es war gerade Schwarmzeit. Die Idylle störten nur die Bagger unten vom Tagebau, die daran erinnerten, dass der schöne Schein täuschte, dass Klein Krams vom Exodus bedroht war. Sie fühlte sich plötzlich müde – die Nachwirkungen des Alkohols vom Vorabend und des inneren, emotionalen Hürdenlaufes. Sie legte sich in einen der Liegestühle und schloss die Augen.

Der alte Schwede summte auf der Landstraße. Brunsendorf tat es gut, in Bewegung zu sein. Er hatte dringend einen Ortswechsel gebraucht, der Werbeslogan »Alles muss raus«, wenn Warenhäuser ihr Sortiment unter das Volk warfen, passte auch zu seiner Gemütslage. Als Klein Krams am Horizont verschwunden war, schaltete er das Radio ein, die CD sprang mit einem feinen Knirschen an. Reichmann hatte zuletzt »Stairway to heaven« von Led Zeppelin gehört, der Song passte, obwohl sich Brunsendorf irgendwie gerade auf dem Rückweg seines Himmelsrittes befand.

Den eigenartigen Aufbruch nahm er Maria gar nicht mal übel, vielleicht war es sogar gut so gewesen, um sich nicht im Angesicht des Abschieds zu unrealistischen Versprechungen zu versteigen. Er drehte das Radio lauter, der Bass wummerte, die Gitarren sägten in den Tag.

Brunsendorf würde in der Stadt ein Bier trinken, ihm war einfach danach. Falls es zwei oder mehr werden sollten und er nicht mehr fahren konnte, würde er Reichmann ein Taxi zahlen, um ihn abzuholen und in ihrem Volvo nach Haus zu kutschieren. Auch er hatte seinen Freund schon des Öfteren in der Stadt aufgelesen.

Morgen würde ein neuer Tag beginnen, dann war das Kapitel Maria beendet und er würde sich mit ganzer Kraft der Republik Klein Krams widmen.

Brunsendorf parkte den Wagen in einer Seitenstraße, stieg aus und ging über das Kopfsteinpflaster des Marktplatzes. Als er am Orient-Express vorbeikam, dem besten arabischen Imbiss der nördlichen Hemisphäre, darin war er sich mit Reichmann und Schorsch Becker einig, nickte er dem Besitzer zu, der mit einem Glas Tee in der Hand vor die Tür getreten war. Die einladende Handbewegung von Al Hischlam beschied er mit einem Kopfschütteln. Brunsendorf stand der Sinn nicht nach Falafel und schon gar nicht nach Tee. Er steuerte zielsicher die Gaststätte *Zur Quelle* an. Eine bläuliche Wolke aus unsolidem Lebenswandel schlug ihm entgegen, als er die Tür öffnete. Es waren nur zwei Gäste in der Gaststube, aber die hatten den Raum mit Dunst gefüllt. Ein Spielautomat fiepte.

Er nahm einen ordentlichen Schluck von dem Bier, das die Wirtin vor ihn hinstellte. Seine Gedanken kehrten unweigerlich zu Marias eigenartiger Flucht zurück. Hatte er etwas falsch gemacht? Hatte er sie vielleicht ungewollt vor den Kopf gestoßen? Ihr Abgang erinnerte ihn sehr an den Abschied von Karin, seiner Ex-Frau. Er nahm einen zweiten großen Schluck von dem gelben Gebräu. Bilder seiner Ehe zogen vorüber. Sie hatten früh geheiratet, wie sich das eben gehörte, ein Kind bekommen, wie sich das ebenfalls gehörte, und waren nach Klein Krams gezogen, wie sich das nicht unbedingt gehörte, aber sein Freund Reichmann musste ihm nicht lange zureden. Er konnte im nahegelegenen Landwirtschaftsbetrieb als Ingenieur arbeiten, und Karin unterrichtete als Lehrerin in Groß Krams, als es dort noch eine Grundschule gab. Zwei Jahre nach ihrer Ankunft wurde Clara geboren. Es waren schöne, unbeschwerte Jahre, aber als ihre Tochter nach dem Abitur ausgezogen war, kam die Leere. Die Harmonie wurde von feinen Rissen und weniger feinen Streitereien durchtrennt. Vor allem aber: Sie führten irgendwann ein Leben nach dem Haushaltskalender, alles lief genau nach Plan, Reihenfolge ging vor aus der Reihe tanzen. Das Ende war eine Art Zwangsvollstreckung, es gab einen großen Knall, sie konnten sich einfach nicht mehr sehen, nicht mehr riechen, nicht mehr hören, nicht mehr zusammenreißen. Als die Verbindung gekappt worden war, drifteten sie sofort auseinander.

Brunsendorf nahm wieder einen großen Schluck von seinem Bier. Insofern war der Zettel, den Maria ihm geschrieben hatte, fast schon ein Fortschritt. Aber wie auch immer: Es half nichts, er musste realistisch sein, und solch ein Abschied bedeutete in erster Linie, dass sie schnell wegwollte, und das hieß, dass das Kapitel Maria beendet war.

Er war seiner Frau nach der Trennung – später wurden sie ordnungsgemäß geschieden – lange treu geblieben, sicher auch aus Mangel an Gelegenheit, aber er konnte einfach nicht gleich wieder mit einer anderen Frau anbändeln, obwohl Karin da wesentlich pragmatischer war. Schon vor ihrem Abschied hatte sie eine neue Beziehung begonnen, in einer Großstadt, gut zweihundert Kilometer entfernt.

Brunsendorf trank das Bier aus und signalisierte der Frau hinter dem Tresen, noch ein zweites zu nehmen.

Er hatte sich danach den schönen Dingen des Lebens gewidmet, die weniger kompliziert zu erreichen waren: dem Garten, gemeinsamen Sportwetten, Schachpartien und Fußballabenden mit Reichmann, Preisskatrunden im *Blauen Anker* in Groß Krams. Und jeder weitere Tag in seinem Leben hatte mehr verschüttet und verdrängt, dass es noch etwas anderes gab. Brunsendorf trank das zweite Bier schnell, die Welt wurde weicher und wärmer.

Er bestellte eine Cola-Whisky, saugte kräftig an dem dicken, schwarzen Strohhalm. Das Feuer begann zu brennen, die neurotoxische Wirkung erfasste die Rezeptoren, der Drink sorgte für ein wohliges Bauchgefühl.

Zwei Drinks und zwanzig Minuten später fiel die ganze Aufregung der vergangenen Wochen von ihm ab. Zeitgleich setzte eine bleierne Müdigkeit ein, die sich wie ein Vorhang auf ihn herabsenkte, bis sein Kopf den Gesetzen der Schwerkraft und der Biochemie unterlag und sich auf den Tresen senkte. Er schaffte es gerade noch, der Wirtin Reichmanns

Telefonnummer zuzuflüstern und murmelte den Hilferuf »könntest du mich bitte abholen« in den Hörer.

Der Anruf erreichte Reichmann, als er Kaninchenfutter sammelte. Das Klingeln des Telefons wehte über das Grundstück. Er hatte auch schon Unkraut gejätet und die Pflanzen gegossen – der Garten strahlte, als wäre er einer Fachzeitschrift entsprungen. Weniger schön war, dass er Holger Lorberg nicht angetroffen und auch nicht auf seinem Handy erreicht hatte, um ihn zur Abstimmung und Beratung wegen Lallentares Angebot einzuladen. Reichmann eilte ins Haus zum Telefonapparat. Aus den Augenwinkeln nahm er Marias Wagen wahr – er hatte sie ganz vergessen.

Brunsendorf brauchte Hilfe, das war schnell klar.

Reichmann steckte fünfzig Euro ein und überlegte. Er würde ein Taxi rufen müssen, um Brunsendorf aus seiner Notlage zu befreien. Oder …?

Vielleicht konnte Maria ihn in der Stadt absetzen und sich bei der Gelegenheit von Hans-Jürgen verabschieden? Andererseits: Wollte Brunsendorf sie überhaupt sehen? Und konnte er es zulassen, dass Maria seinen Freund in dieser Verfassung erlebte?

Er wischte seine Bedenken weg.

»Oh«, murmelte Maria und richtete sich schlaftrunken aus dem Liegestuhl auf, »wie spät ist es?«

»Halb drei.«

Sie zuckte zusammen. »Halb drei? Ich muss los«, sagte sie hastig, fädelte ihre Füße eilig in ihre Schuhe und sprang auf. »Ist Hans-Jürgen schon da?«

»Nein. Aber du könntest ihn trotzdem sehen, wenn du möchtest.«

Sie schaute ihn überrascht an. »Ja … möchte ich.«

»Er ist in der Stadt, ich hole ihn jetzt ab, er ist offenbar in einer Kneipe gelandet und hat etwas zu tief ins Glas geschaut. Wir könnten zusammen hinfahren.«

Sie gingen durch den Garten zur Straße, die Äste des Fliederbaumes wölbten sich über ihnen wie ein Torbogen.

»Das ist kein Problem ... aber meinst du, das wäre in Ordnung, wenn ich mitkomme ...«

»Das kann ich dir nicht sagen, aber das werden wir ja herausfinden.«

»Okay«, sagte sie und schloss den Wagen auf, »dann lass uns fahren.«

Die Wirtin hatte Brunsendorf auf eine Eckcouch gesetzt, wo er friedlich schlief. Man konnte ihm nicht vorwerfen, dass er keine Haltung bewahrt hätte: Er saß ziemlich aufrecht, hatte die Arme über der Brust verschränkt und röchelte nur ganz leise, wie jemand, der bei einer langweiligen Versammlung in der letzten Reihe unauffällig döst.

»Die Seniorenbetreuung ist da«, sagte Reichmann und klopfte Brunsendorf auf die Schulter.

»Guten Abend«, murmelte der und hob ein wenig die Lider. »Manfred ... und ... Maria, du bist hier?« Als er sie durch seinen Sehschlitz, der an eine von Spinnweben verhangene Schießscharte erinnerte, erfasst hatte, schälte er sich aus der Couch und stand tapsig auf wie ein alter Tanzbär, der seine Abschiedsvorstellung gibt.

»Schön, dass ihr gekommen seid, obwohl mir meine Verfassung etwas unangenehm ist«, sagte er. Seine Zunge hatte eine ganz eigene Vorstellung von der Aussprache einiger Worte. Konsonanten gingen auf die Reise wie Kosmonauten.

Maria berührte seinen Arm und sagte leise: »Dir muss nichts unangenehm sein, sondern mir ... weil ich einfach, ohne auf Wiedersehen zu sagen, weggelaufen bin. Es tut mir so leid und ich hoffe, du nimmst meine aufrichtige Entschuldigung an.«

»Angenommen«, sagte Brunsendorf und massierte sich die Nasenwurzel, »ich bin gleich transportfertig, ich gehe mich nur etwas frisch machen.«

Er ging zur Toilette, immer der Nase nach, man hätte sich das WC-Hinweisschild sparen können, wusch sich lange mit kaltem Wasser das Gesicht und schaute in den Spiegel. Das Resultat blieb überschaubar.

»Möchtest du Hans-Jürgen nach Hause bringen?«, fragte Reichmann. »Ich könnte noch ein paar Dinge in der Stadt erledigen und bei unserem Anwalt vorbeischauen.«

Obwohl sie auf der Fahrt darüber nachgedacht hatte, dass ihr diese Frage gestellt werden könnte, schaute Maria mit unbestimmtem Blick in den verräucherten Gastraum, als müsse sie eine Entscheidung mit einer weitaus größeren Tragweite treffen, als nur jemanden nach Hause zu fahren.

»Ich würde nach Klein Krams fahren, aber natürlich nur, wenn Hans-Jürgen einverstanden ist.«

Die Wirtin hob die Augenbrauen, als Maria »Klein Krams« sagte, und legte die Stirn in Falten.

»Das ist okay«, sagte Reichmann verschmitzt, »und wenn er was dagegen hat, werde ich als Präsident der Republik Klein Krams Abschlepphilfe durch dich anordnen. Es ist nicht meine Aufgabe, meine betrunkenen Untertanen durch die Gegend zu kutschieren.«

Die Wirtin, die ein Glas polierte, trat näher. Sie stand ihnen direkt gegenüber, nur der Tresen lag zwischen ihnen.

»Ich habe gleich überlegt, woher ich Sie kenne. Natürlich, ihr seid die Verrückten, die diese Republik gründen wollen.«

»Wir haben sie schon gegründet.«

Die Kneiperin stellte den Bierhumpen so heftig auf der Spüle ab, dass Reichmann befürchtete, er würde zerspringen. Ihre

Gesichtszüge verhärteten sich, die Kerben an den Mundwinkeln traten deutlich hervor, ein kleines Faltengebirge menschlicher Wut und Bitterkeit.

»Noch schlimmer. Für mich ist das Ökospinnerei ... und außerdem rücksichtslos«, sagte die Wirtin grob. »Mein Neffe und mein Bruder arbeiten oben im Tagebau, als Maschinisten. Sie tun um ihre Arbeitsplätze fürchten wegen dieser Republik-Scheiße. Man sollte bei so was auch mal auf die Leute in der Region Rücksicht nehmen und nicht immer nur an sich selber denken.«

Reichmann drehte sich nun vollends zu ihr um. Die Wirtin steckte sich eine Zigarette an und sog so heftig daran, dass sich die Glut etwa einen Zentimeter Richtung Filter fraß. Sie pustete eine gewaltige blaue Wolke in den Saal, die erst am Spielautomaten zum Stehen kam.

»Das tun wir. Glauben Sie mir«, sagte Reichmann und schluckte seinen Ärger darüber herunter, dass die Wirtin ungefragt und gegenüber Gästen ihren Senf dazu gab.

»Ach ja?«, keifte sie mit einem Schweppes-Gesicht, »die Braunkohletagebaue gibt es schon seit Ewigkeiten, sie gehören einfach dazu.«

»Das ist kein Argument«, sagte Reichmann, »das wissen Sie selber. Sonst gäbe es auch noch Hexenverbrennungen und Sklaverei. Und im Übrigen: Klein Krams gehört auch schon seit Jahrhunderten dazu.« Der sachliche Ton schien die Frau etwas zur Räson zu rufen, sie stakste wortlos ans andere Ende des Tresens und begann, etwas in ein Buch einzutragen. »Wenn Sie mir einen schwarzen Tee machen«, fuhr Reichmann fort, »dann erkläre ich Ihnen, warum wir das alles getan haben. Wenn Sie möchten.«

Reichmann wurde den Pädagogen in sich nicht los, statt mit deutlichen Worten zu kontern, setzte er auf Erklärungen und Verständigung.

Die Hausherrin sah nicht von ihrem Buch auf, als sie sagte:

»Erklären Sie mir vor allem mal, ob es stimmt, dass es bei Ihnen freie Liebe gibt und dass in Klein Krams ein Haufen Gesetzesbrecher Unterschlupf suchen und auch bekommen?«

Sie klang immer noch gereizt, aber schon eine Spur versöhnlicher.

»Sind das die neuesten Gerüchte?«

»Unter anderem.«

Das war erst einmal fast beruhigend, man hätte Schlimmeres erwarten können.

Brunsendorf kehrte von der Toilette zurück und stellte sich instinktiv neben Maria.

»Hans-Jürgen, Manfred wollte noch etwas in der Stadt erledigen … und hat kraft seines Amtes angeordnet, dass ich dich fahre«, sagte sie und lächelte verschmitzt.

»Da hat Maria völlig recht, und im Übrigen kannst du froh sein«, sagte Reichmann, »dass du nicht bis morgen in die Ausnüchterungszelle gesperrt wirst, Bürger Brunsendorf …«

»Deine Regierungsform nimmt diktatorische Formen an, aber gut, in diesem Fall füge ich mich deinen Anweisungen sogar gerne.«

Die Wirtin stellte einen Tee vor Reichmann auf den Tresen und drehte eine Sanduhr auf den Kopf, um die Ziehzeit anzuzeigen, vielleicht war es aber auch Reichmanns Redezeit.

»Ich komme später nach, gute Fahrt«, sagte Reichmann.

»Für euch ist das ein großes Abenteuer«, knurrte die Hausherrin, »oder? Ein großer Spaß?«

»Nein«, entgegnete Reichmann und zog den Teebeutel in die Tasse.

Im Wagen kam sich Brunsendorf vor wie in einer Raumkapsel, die ihn von der Außenwelt abschottete. Während sie aus der Stadt rollten, schloss er angenehm benebelt die Augen.

»Ich hab da was, genau für jetzt«, sagte Maria, während die Sonnenstrahlen, die durch die schmutzigen Scheiben strömten, feine Punkte und Schlieren über ihre Oberschenkel zogen. Sie angelte eine CD unter dem Sitz hervor.

Maria drehte den Lautstärkeregler weit auf. Die Musik traf sie wie ein warmer Wasserstrahl. Brunsendorf konnte spüren, wie der Lautsprecher an seinem rechten Bein vibrierte und seine Kniescheibe anschnarrte.

»Tocotronic«, schrie sie in den Sound, der den Wagen mit einer Intensität ausfüllte, als wären alle Airbags aufgesprungen.

Brunsendorf schloss wieder die Augen, mitgerissen von dem magischen Moment, der erst endete, als der Wagen auf den Straßenrand vor seinem Grundstück ruckelte. Er blinzelte aus dem Seitenfenster, seine Augen waren rot wie ein Asia-Lampion.

»Was überlegst du?«, fragte Maria.

»Im Wesentlichen habe ich überlegt ... ob ich dich etwas fragen sollte ... und ob es richtig ist, dich das zu fragen.«

Sie hatte die Hände unter ihre Oberschenkel geschoben und starrte durch die Frontscheibe auf die Dorfstraße.

»Und was ... wolltest du ... fragen?«

»Ob du vielleicht noch etwas bleiben möchtest, wenn du schon mal hier bist? Ich bin zwar noch etwas betrunken, aber ich wollte mit Helmut auf den Gramberg gehen und schauen, ob die Getreidesaat schon aufgegangen ist. Vielleicht möchtest du mitkommen.«

Sie drehte sich zu ihm wie in Zeitlupe, ohne die Hände unter den Schenkeln hervorzunehmen; sie fuhr herum wie die Kanzel eines Baggers, bei dem der fahrbare Untersatz unverändert stehen bleibt, und schaute ihn mit großen Augen an.

»Ja. Das sollst du fragen, obwohl ich mir ... ach egal, Hans-Jürgen. Etwas Zeit habe ich noch ... und ein Spaziergang ist eine schöne Idee.«

Helmut hechelte und lief so schnell er konnte voraus, als sie auf den Gramberg schlenderten. Der erste Blick, als sie auf der Spitze angekommen waren, galt wie jeden Tag den Fördermaschinen. Brunsendorf schob sein Fernglas vor die Augen. Auf den Förderbändern floss ihre Heimat Richtung Kraftwerk, um sie durch den Schlot zu jagen. Man hätte die Bagger während der Verhandlungen stoppen können, dachte er, zwischen Kriegsparteien herrschte dann ja auch Waffenruhe. Oder hatte man bei der Europäischen Union noch gar nicht registriert, wie verschwindend gering die Pufferzone noch war? Wollte man zusätzlich Druck ausüben?

Die Entwicklung auf den Äckern war wie ein landschaftsplanerisches Kontrastprogramm: Ihre Getreidesaat war aufgegangen, feine, grüne Keime bedeckten den Erdboden. Sie ließen das Fadenkreuz des Feldstechers über die geraden Linien wandern und setzten sich auf die Bank.

»Hast du gewusst, dass ich zurückkehre?«

»Nein. So hellseherisch begabt bin ich nun auch wieder nicht.«

Sie lächelten in die Ferne, ohne sich anzuschauen.

»Aber … gehofft …?«

»Ja.«

»Sehr.«

»Ja. Sehr.«

»Ich habe auch sehr gehofft, dass du das gehofft hast«, flüsterte sie.

Maria duftete nach Sommer und immer noch ein bisschen nach Lagerfeuer, nach Abenteuer, Brunsendorf immer noch nach Kneipe. Sie lagen erschöpft auf der Couch. Marias Kopf auf seinem Bauch hob und senkte sich im Rhythmus seines Atems, als läge sie auf einem Boot. Und Brunsendorfs Bauch hatte ja auch etwas von einer Dschunke. Dickes B.

Was das Liebesleben betraf, dachte Brunsendorf aufgekratzt, hatten sich die Klein Kramser Autonomie-Bestrebungen schon mehr als gelohnt. Haha. Ballast war gestern, die Leichtigkeit des Seins heute, jetzt. Genau jetzt.

Als das Wohnzimmer im Zwielicht der Dämmerung versank, trieb sie der Hunger in die Küche, wo sie die Zutaten für einen Salat zusammenkratzten.

Sie zündeten eine Kerze an, das Tageslicht nahm langsam ab, als drehe jemand einen Dimmer herunter – die Konturen des Raumes verschwammen zu einer grauen Masse, nicht mehr als eine Projektionsfläche für den flackernden Kerzenschein.

»Vielleicht sollten wir Klein Krams Feuerland nennen, so feurig wie du gerade gewesen bist«, kicherte Maria.

»Richtig. Mein Bett ist eine Vulkaninsel …«

Sie lachte und biss ihn ins Ohr.

»Willst du eigentlich gar nicht wissen, wie alt ich bin?«

»Nein, interessiert mich nicht.«

»Ich bin schon sechsundfünfzig.«

»Ich kann dich beruhigen, in diesem Mikrokosmos hier bist du ein junger Hüpfer und … im Übrigen eine Frau, die sich jeder Mann wünscht.«

»Dann ist es ja gut«, sagte Maria und legte ihren Kopf an Brunsendorfs Schulter. Er schloss seine Arme um sie, bevor sie in den Schlaf hinüberglitten.

DIE ABSTIMMUNG

Brunsendorf schwebte in anderen Sphären: Das Gras war grüner als zuvor, der Himmel blauer als er ihn je erlebt hatte, die ganze Welt sah bunter aus, als habe jemand sie mit Photoshop nachkoloriert. In seiner Zweisamkeit mit Maria liefen die Ereignisse, so überlebenswichtig sie für Klein Krams waren, an ihm vorbei.

Bei der Abstimmung über Lallentares neue Offerte im Gemeindehaus fehlte Holger Lorberg. Die von der EU gewährte Bedenkzeit war abgelaufen, sie waren sich einig, das Angebot abzulehnen.

Damit war das Thema noch nicht erledigt. Johanna wollte klären, wie man grundsätzlich mit Lorberg verfahren sollte. So kannte man sie nicht, so konsequent und fordernd. Vermutlich hatte Lorberg sie mit seiner Art provoziert, oder die ganze Situation, die ungewisse Zukunft, zerrte an ihren Nerven und machte sie so unnachgiebig. Johanna war jedenfalls dafür, Lorberg anzubieten, ihn auszuzahlen oder ihm sein Stimmrecht abzuerkennen, damit dieses Theater endlich ein Ende hätte. Reichmann war dagegen. Nicht nur, weil der Betrag, den sie hätten aufbringen müssen, fast so hoch wie ihr inzwischen geschrumpftes Vermögen war, sondern weil er befürchtete, die Medien würden aus seinem Abschied eine Riesengeschichte vom bröckelnden Konstrukt Klein Krams machen. Er sah schon die Schlagzeilen: »K und K-Monarch« – so nannten ihn weniger wohlgesonnene Zeitgenossen, hatte ihm die Wirtin in der *Quelle* genüsslich an den Kopf geworfen – »vergrault ersten Bürger« … »Nur noch drei«, »Die Autonomie verscheucht ihre Kinder« oder »Klein Krams noch kleiner«.

»Wir sollten nachsichtig sein mit einem, zugegeben, etwas unsicheren Kantonisten wie Holger«, sagte Reichmann, »der wahre Wert einer Gesellschaft zeigt sich in ihrem Umgang mit Andersdenkenden.«

Der Ärger schlug eine kleine Schneise zwischen Johannas Augenbrauen, als sie antwortete:

»Es ist doch trotzdem legitim, jemandem, der das hier nicht zu schätzen weiß, eine Alternative aufzuzeigen. Vielleicht droht uns sogar eine Enklave der EU im Dorf, wenn er mal sein Haus lukrativ verkaufen sollte, und das wäre der Anfang vom Ende.«

Reichmann sah Brunsendorf an, aber der verklärte Blick – er schaute wie ein Strauß Margeriten – verriet, dass von ihm kein Beitrag zum parlamentarischen Prozess zu erwarten war, also ergriff er selber wieder das Wort.

»Es kann niemand so einfach seine Immobilie verscherbeln, wir haben das Vorkaufsrecht für die Republik Klein Krams für unsere Häuser und Grundstücke vereinbart, auch Holger Lorberg hat zugestimmt.«

Johanna winkte ab, nicht aus Überzeugung, sondern aus Resignation. Sie wirkte verstimmt, als sie sich schließlich darauf einigten, Lorberg weiterhin die Hand auszustrecken für ein gemeinsames Miteinander. Nur wusste niemand, wo er sich aufhielt.

Holger Lorberg war am Morgen in einer kleinen, feinen Pension in Mitteldeutschland aufgewacht, die ihm ein Fernsehsender gebucht und bezahlt hatte. Das Frühstück war üppig gewesen, am Nachmittag würde er in einer Talkshow mit dem Titel »Quo vadis Europa« auftreten. Es gab ein ordentliches Honorar für seine Rolle als Exot.

Seine berufliche Situation hatte sich schlagartig geändert. Er war plötzlich ein gefragter Mann, es gab Interesse von großen Zeitungen an Reportagen, Interviews und vor allem an Artikeln mit Hintergrundfakten und Details über den Mikrostaat, der wie aus dem Nichts entstanden war. Er hatte mehrfach für etablierte Blätter in einer Liga geschrieben, die früher für ihn unerreichbar war. Nicht nur finanziell tat Lorberg der Aufschwung gut. Er spürte gewaltigen Auftrieb unter seinen journalistischen Schwingen, war in der Form seines Lebens. Nicht, dass er vorher grundsätzlich zu schlecht gewesen wäre, doch seine Karriere wurde immer wieder von anderen Faktoren gebremst. Seit seinem familiären Supergau, seit Sohn und Frau Klein Krams den Rücken gekehrt hatten, war Land unter. Lorberg hatte die Kreditraten für den Hauskauf am Hals, dabei war es Christianes Traum vom Landleben gewesen, der sie hierher verschlagen hatte. Er verschanzte sich verstockt in seinem Haus, wirtschaftete allein auf seinem kleinen, von Notizpapier zerklüfteten journalistischen Vorposten, hoppte von einem schlechtbezahlten Auftrag zum nächsten und war chronisch pleite wie das Saarland – das Minus hatte eine ständige Vertretung auf seinem Konto eingerichtet.

Nun hatte er sich neue Einnahmequellen erschlossen, die ihn auch dafür entschädigten, dass er inzwischen nicht mehr für die örtliche Lokalzeitung über Klein Krams schreiben durfte, weil der Braunkohlekonzern ein großer Anzeigenkunde war. Seine Abkommandierung konnte er sogar nachvollziehen.

Lorberg wusste trotz seines neuen Erfolges nicht so recht, was er von dieser Republik-Nummer halten sollte, die entweder raffiniert war oder Selbstmord. Es war gut, dass er seine Zweifel auf der Versammlung damals vorgebracht und sich der Stimme enthalten hatte. So konnte später keiner sagen, er habe eine 360-Grad-Drehung hingelegt oder würde ihnen in den Rücken fallen, falls er wirklich irgendwann die Reißleine ziehen würde. Allerdings hatte er nicht die geringste Lust, permanent auf irgendwelchen Dorfversammlungen herumzuhängen. Und schließlich waren seine Aufträge nicht nur lukrativ, sondern auch aufwendig. Er würde jetzt erst mal abwarten, was die Zukunft in Sachen Autonomie brachte, ob er daraus noch Kapital schlagen konnte oder nicht – und dann würde man weitersehen.

Direkt nach der Tagung griff Reichmann zum Telefonhörer und übermittelte die Entscheidung des Dorfparlaments an Lallentare, der die Nachricht ohne Überraschung – zumindest zeigte er keine – entgegennahm. Die Würfel waren gefallen, die Karten lagen auf dem Tisch.

DAS IMPERIUM SCHLÄGT ZURÜCK

Man war sich bei der EU nicht einig, wie man mit dem Fall Klein Krams umgehen sollte. Ein Fall, bei dem das behördliche Aktenzeichen im Prinzip größer war als der Ort selber. Es gab eine Fraktion, die das komische Kaff nicht so ernst zu nehmen gewillt war und für einen nachsichtigen Umgang plädierte, dafür, die abtrünnige Kuhbläke mehr oder weniger zu ignorieren: Man holte ja auch nicht wegen jedem Fliegenschiss auf der Motorhaube gleich den Kärcher heraus.

Die Fraktion der Hardliner um Herman van Romp aber saß schon während Lallentares Reise in den Startlöchern und stellte die Weichen für schnelle, restriktive Gegenmaßnahmen für den Fall, dass ihr Kapitulationsangebot nicht angenommen werden sollte.

Als Reichmann die Offerte tatsächlich abgelehnt hatte, wurde der Apparat scharfgestellt.

»Es darf nicht sein«, sagte Herman van Romp in kleiner Runde, »dass wir Griechenland bei der Stange gehalten haben, als dort gewisse Kräfte das Land aus der Europäischen Währungsunion werfen wollten, und dieses Nest drangeben wollen. Wir haben – mal von den Engländern abgesehen – allen Bestrebungen von Regionen oder Ländern, den Verbund zu verlassen, erfolgreich getrotzt. Der Brexit auf der Insel hat der EU genug Schaden zugefügt. Es wird nicht passieren, dass ein Kaff mit vier Einwohnern hier als leuchtendes Beispiel für den nächsten Alleingang dasteht. Es darf keinen Anflug von Auflösungserscheinungen geben, der anderen Abweichlern Mut macht. Und schon gar nicht, weil hier ein lausiger Amateur seinen Stempel nicht im Griff hat. Meine Herren, an die Arbeit, wir haben viel zu tun!«

Van Romp hatte sowohl die Wichtigkeit der Aufgabe als auch die Chance für seine Laufbahn erkannt, wenn er sich als entschlossener Entscheider profilierte. Als Macher, der kühlen Kopf bewahrte, wenn irgendwo in der Provinz der Boden heiß wurde.

Für Luigi Lallentare brachen nach seiner Rückkehr schwere Zeiten an. Sein Bericht wurde belächelt, nicht milde, sondern hämisch. Vielleicht hätte er einige Details seiner Reise nicht zum Besten geben sollen. Das Gespräch, in dem er van Romp und den zuständigen Experten über seinen Aufenthalt in Klein Krams berichtet hatte, machten schnell die Runde.

»Ich muss gestehen, dass diese Mission nicht so einfach war, es hat da ein Problem mit Indianern gegeben, die sind mir sozusagen dazwischengekommen.«

»Indianer?«

»Ja. Zwei Indianer vom Stamme der Hunkpapa-Lakota-Sioux.«

»Sicher …?«

Natürlich war sich Lallentare sicher. Nach seiner Schilderung der Begegnung mit den amerikanischen Ureinwohnern, bei der er unklugerweise auch noch gestenreich mehrere Szenen von der Feier am Feuer nachstellte, war Lallentares Name endgültig verbrannt. Es war nicht gut für das persönliche Fortkommen, sich mit ihm einzulassen. Er hatte seine Chance zur Wiedergutmachung so gründlich verpatzt, dass die gescheiterte Mission zum Sargnagel seiner Laufbahn wurde. Der »Mann, der Staaten machte« war zur Persona non grata geworden. Zum Mann, mit dem man auf keinen Fall Staat machte.

Im EU-Apparat setzte nach der Ablehnung des Kapitulationsangebotes ein Sitzungsmarathon ein. Die Mühlen mahlten beharrlich, gründlich und ungewöhnlich schnell. Auf Beratungen in eichengetäfelten Konferenzräumen folgten Meetings, parallel liefen Treffen auf höchster Ebene. Nach zwei Tagen spuckte der Mechanismus die Sonderkommission Klein Krams (das Kürzel: So-Ko-Kl-Kr) aus, eine einhundertdreißig Mann starke, mit Experten gespickte, international durchmischte Abteilung, die sich in mehrere Unterkommissionen mit speziellen Fachbereichen splittete. Juristen, Geheimdienstler, Militärberater, Profiler, Psychologen, Medienexperten, Sicherheitsspezialisten – in der So-Ko-Kl-Kr waren Topleute aus allen wichtigen Bereichen des Apparates versammelt.

Drei Tage nach Eintreffen der abschlägigen Antwort aus Klein Krams klärten die Spitzen der Sonderkommission im Tagungsraum »Ostsee« die letzten Einzelheiten eines fünfhundert Seiten dicken Kataloges mit Sofortmaßnahmen und mittelfristigen strategischen Plänen. Man tagte unter einem gewaltigen Kronleuchter mit Bernsteinschmuck, in dem ein Insekt eingeschlossen war wie Klein Krams im Territorium der EU.

Van Romp hatte den Vorsitz übernommen. Er war sich dessen bewusst, dass es sich um einen wichtigen Auftritt handelte, es galt, bei seinem Schlusswort die Reihen geschlossen auf die Mission einzuschwören und den Startschuss zu geben für die bevorstehende Operation. Pathos schwappte in ihm hoch: Er stand nicht umsonst hier, es war kein Zufall, dass man ihn als

Bewahrer an die Spitze der Operation gestellt hatte – ihn, der im Herzen ein glühender Europäer war und in dessen Heimatland die Hauptstadt Europas lag.

»Ich möchte Ihnen allen danken für Ihren Einsatz«, sagte van Romp und bewegte sich langsam durch den Tagungsraum. »Wir haben nur noch einen Punkt zu klären. Es geht darum, dass wir in Zukunft medial viel offensiver mit dem Thema Klein Krams umgehen müssen. Bisher hieß die Strategie, dass wir keine öffentlichen Erklärungen abgeben, deshalb haben die Einwohner den Reportern schon viel zu lange ihre Version der Geschichte erzählt. Es ist allerhöchste Zeit, Zeitungen, Fernsehsender und Internetportale mit der Wahrheit zu versorgen. Schluss mit der Verniedlichung dieser alten Knacker, die neulich ein Reporter als Seniorados bezeichnet hat. Die Wahrheit ist: Es handelt sich um einen Haufen Desperados, Egoisten, die sich um das Wohl der Allgemeinheit einen Dreck scheren und sich einen Fehler zunutze machen wollen … und genau das muss die Welt auch erfahren. Die Öffentlichkeit hat ein Recht darauf. Ist jemand anderer Meinung?«

Van Romp schaute in die Runde. »Gut. Die Arbeitsgruppe Medien-Offensive«, er nickte den Vertretern der Abteilung Öffentlichkeitsarbeit zu, »kommt anschließend in mein Büro.«

Er trat an den Tisch, stützte die Hände auf und sah in die Gesichter, in denen sich Entschlossenheit widerspiegelte, wie bei einer Mannschaft, die gleich ins Stadion einmarschieren und den Gegner aus der Arena schieben wird. Gut so. Er schmetterte in einem schneidigen, einpeitschenden Ton: »Dann lasst uns endlich loslegen, lasst uns den Sofortmaßnahmenkatalog umsetzen. Wir werden den größenwahnsinnigen Senioren derartig Feuer unter ihren zerknitterten Hintern machen, dass sie denken«, van Romp hielt kurz inne und fauchte dann, »dass sie denken, ihr Dorf wäre der Außenposten der Hölle auf Erden. Sie werden darum betteln, dass wir ihrem

Elend ein Ende bereiten und die Bagger diesen Schandfleck endlich pulverisieren.«

Er klatschte dreimal in die Hände: »Auf geht es! Wir haben keine Zeit zu verlieren. Es gibt viel zu tun.«

Zwei Stunden nach dem Ende der Zusammenkunft der So-Ko-Kl-Kr brach ein Spezialkommando zu einem Militärstandort in der Nähe von Klein Krams auf, Profiler nahmen die Arbeit auf und ein Konvoi aus Militär-Lastkraftwagen machte sich auf den Weg zur neuen Grenzlinie.

Ein Grenzhauptjäger namens Horst Rubel wurde mit einer Schlüsselfunktion betraut, die seine Brust vor Stolz anschwellen ließ wie einen Fesselballon. Der Marschbefehl erschien ihm wie ein beruflicher Minnegesang. Konflikte machen Leute. Eine ungesicherte Außenlinie des Territoriums der Europäischen Union, so viel stand fest, würde es keinen Tag länger geben.

DIE BAGGER STEHEN STILL

Der Tag, der in mehrfacher Hinsicht eine Zeitenwende markieren sollte, begann mit strahlendem Sonnenschein. Brunsendorfs Gefühlslage war schwankend. Er fürchtete sich vor dem Moment, an dem Maria ihre Sachen packen und gehen würde. Bisher war es ihm gut gelungen, diesen Gedanken zu ignorieren, dem Endorphinrausch sei Dank.

Nach dem Frühstück, das sie mittlerweile ganz selbstverständlich auf der Terrasse zu sich nahmen, folgte der obligatorische Spaziergang mit Helmut auf den Gramberg. Irgendetwas war anders, als sie den Weg hinaufliefen, aber sie wussten nicht, was. Maria entdeckte als Erste die Veränderung.

»Die Bagger haben aufgehört zu schürfen, das ist es, was sich verändert hat!«, rief sie aufgeregt und zeigte Richtung Tagebau. »Sieh doch!«

Brunsendorf richtete den Feldstecher auf den Tagebau: Es stimmte, die riesigen Maschinen standen still.

»Das gibt's doch nicht«, flüsterte er.

Sie nahm sein Gesicht in ihre Hände und küsste ihn. Ihre Augen funkelten vor Glück, aber nach dem kurzen Anflug der Freude schlichen sich Zweifel ein.

»Gibt es manchmal betriebsbedingte Stopps? Oder Pannen?«, fragte sie.

»Nein. Ich habe jedenfalls noch nie erlebt, dass die Bagger nicht arbeiten«, antwortete Brunsendorf und schaute wieder durch das Fernglas, »und es ist auch offenbar niemand da, der versucht, etwas zu reparieren.«

Der riesige Koloss lag verlassen, das Führerhaus auf der Abraumförderbrücke, wo sonst Personal arbeitete, war menschenleer. Der mehr als 10 000 Tonnen schwere und über 400 Meter lange Stahlgigant, der auf Schienen fuhr, erinnerte an die gewaltigen Vernichtungsmaschinen in dem Blockbuster »Krieg der Welten«. Am Ende waren die »Dreifüße« bewegungsunfähig, sie standen starr in der Gegend herum – der Krieg war aus.

In Brunsendorfs Augen glitzerte es feucht. Maria lehnte sich an ihn.

»Ihr habt gewonnen. Ihr seid am Ziel, Klein Krams ist vor der Abbaggerung gerettet. Glückwunsch, Hans-Jürgen Brunsendorf.«

»Ja. Danke, Maria van Houten, es sieht zumindest sehr gut aus.«

Er küsste Maria, dann rannten sie ins Dorf, um Reichmann und Johanna zu holen. Zu viert standen sie auf der Bergspitze und feierten den Erfolg. Immer wieder ließen sie den Feldstecher über die Kante des Tagebaus wandern: Nur wenige Meter vor der Gemarkung Klein Krams hatten die riesigen Schaufeln gestoppt.

Das Quartett auf dem Gipfel war so in Stimmung, dass es die Lastkraftwagen, die sich von Groß Krams in einer Kolonne näherten, kaum wahrnahm. Es waren bullige, robuste, tarnfarbene Militär-Lkws. Vor und hinter dem Konvoi fuhren Armee-Jeeps. Erst als die Fahrzeuge an der Stelle hielten, an der das Staatsgebiet der Republik begann, erregten sie ihre Aufmerksamkeit. Der Geländewagen an der Spitze setzte sich wieder in Bewegung, die Kolonne stoppte nun an der Grenzlinie, wenige Meter vor dem Schild mit der Aufschrift »Republik Klein Krams«. Nachdem die Fahrzeuge in einer Art Halbkreis auf einer Wiese neben der Landstraße geparkt hatten, sprangen uniformierte Männer von den Ladeflächen. Eine Drohne hob ab und kreiste in der Luft.

Die ausgelassene Stimmung auf dem Gramberg schlug um. Drohte ihnen etwa ein bewaffneter Angriff?

Durch das Fernglas konnten sie wenige Minuten später sehen, dass die Grenzlinie untersucht wurde, die Soldaten schienen den Boden zu prüfen und zu vermessen. Der in olivgrüne Uniformen gekleidete Trupp lud zwei große Schilder aus – das sah zum Glück nicht so aus, als sei eine militärische Invasion geplant.

»Was steht auf dem Schild, Hans-Jürgen, kannst du es lesen?«, fragte Reichmann.

Brunsendorf stellte die Linsen des Glases auf maximale Vergrößerung.

»Eines ist ein typisches Schild der EU, wie es an Ländergrenzen aufgestellt wird. Es steht Bundesrepublik Deutschland darauf und auf dem anderen … Sie verlassen das Gebiet der Europäischen Union.«

Sie beobachteten gespannt das Treiben an der Trennlinie zwischen den beiden Staaten, die bisher nicht mehr gewesen war als eine Linie auf den Karten des Katasteramtes. Dass unmittelbar nach dem Förderstopp der Bagger Militär anrückte, konnte kein Zufall sein. Aber was hatten die Uniformierten dort unten vor? Große, sperrige Metallteile wurden von den Ladeflächen gewuchtet, ein kleiner Bagger, der an das Gefährt des Monteurs erinnerte, der das Windrad aufgestellt hatte, hob Löcher aus und ebnete den Erdboden. Am Straßenrand wurden mit Spaten Löcher ausgehoben.

»Was immer sie dort machen – es sieht nach einer Baumaßnahme aus –, es spricht eher dafür, dass nicht weitergebaggert werden soll … Aber vielleicht sollte man jemanden schicken, der sich unter einem Vorwand erkundigt, was sie dort treiben«, schlug Maria vor.

»Das ist eine gute Idee«, erwiderte Reichmann.

»Wir Frauen sollten hinfahren, wir können ja so tun, als wäre unser Ziel Groß Krams.«

Brunsendorf schüttelte den Kopf. »Es ist feige, Frauen vorzuschicken.«

Jetzt schaltete sich Johanna ein und sagte: »Nein. Ist es nicht. Wir fahren ja nicht an die Front, es sieht jedenfalls nicht so aus. Ihr werdet sehen, wir sind Spitzen-Agentinnen und … im Übrigen ist die Republik Klein Krams doch ein Land, in dem Gleichberechtigung und Emanzipation keine Schimpfwörter sind. Dachte ich jedenfalls.«

Heiterkeit flackerte auf, allerdings mit deutlicher Tendenz zum Galgenhumor. Gut, sollten die beiden Frauen ihr Glück versuchen. Die Männer würden vom Gramberg aus das Geschehen im Auge behalten.

»Pass auf dich auf, meine schöne Spionin«, sagte Brunsendorf, als sich Maria und Johanna auf den Weg machten.

»Wiederkommen nicht vergessen«, bemerkte Reichmann zum Abschied.

Das Aufklärer-Duo in Sommerkleidern rollte auf Fahrrädern langsam Richtung Grenze. Als sie näher kamen, konnten sie erkennen, dass die zweieinhalb bis drei Meter hohen Metallungetüme, die ein mobiler Kran von den Ladeflächen hob, Segmente eines Zaunes waren, die in einer Reihe an der Grenzlinie gelagert wurden.

Jeder Handgriff saß. Maria und Johanna erkannten die Hoheitszeichen auf den Uniformen. Kein Zweifel … es war die Bundeswehr. Trotz der schweren Uniformen bewegten sich die Soldaten leichtfüßig und geschickt. Die Laufwege schienen einstudiert wie bei einem Spitzenballett. Während sie mit Dreifüßen und Lasergeräten vermaßen, wurden in Windeseile kleine Holzpflöcke in die Erde geschlagen, um das Gelände zu markieren. Das Szenario wirkte gespenstisch, weil niemand sprach und nur ein paar Kommandorufe durch die Luft schallten.

»Ich glaube, wir müssen nicht anhalten. Es ist eindeutig zu sehen, was sie machen: Sie wollen einen Grenzzaun ziehen«, sagte Johanna leise.

Maria wich einem Schlagloch aus und erwiderte: »Ja, die Fragerei können wir uns sparen … und eine Abfuhr auch. Hier sagt niemand etwas.«

Maria und Johanna grüßten freundlich, aber man ignorierte sie. Es hob nicht einmal jemand den Kopf.

Die beiden Frauen sahen sich nachdenklich an, nachdem sie die Soldaten passiert hatten. Die Radtour war ihr bisher vertraulichster Moment, sie hatten sich zwar öfter gesehen in den vergangenen Tagen, aber für ein Gespräch unter Frauen hatte sich bisher keine Gelegenheit ergeben.

»Wie geht es dir eigentlich, Johanna, mit der neuen, ungewohnten Situation«, erkundigte sich Maria, als sie nebeneinander weiter in Richtung Groß Krams fuhren, immer wieder Schlaglöchern und unebenen Stellen ausweichend.

»Ich komme damit klar, aber eins macht mir gerade wirklich Angst, wenn ich das hier alles so sehe.«

»Und was?«

»Unsere Tochter Romy und unser Enkel Jeremiah wollen uns besuchen kommen. Ich habe Angst, dass man sie vielleicht nicht einreisen lässt … Und ich habe Angst, dass dieser Zustand, dass sie Klein Krams einschließen, sehr lange anhält. Vielleicht sogar für immer.«

Maria steuerte ihr Rad dicht neben sie und überlegte schnaufend, was sie antworten sollte. Was konnte man zur Lage sagen, die gerade schwerer zu verstehen war als der Anhang einer Steuererklärung? Johanna schaute zu ihr herüber, der Fahrtwind wehte ihr eine Haarsträhne ins Gesicht, ihre Blicke begegneten sich, bis ein Schlagloch von der Größe eines Lkw-Reifens den Blickkontakt beendete. Nach einer letzten Bodenwelle, tief wie ein Kabelgraben, erreichten sie Groß Krams.

»Wollen wir kurz bei meinem alten Studienfreund Peter Thielemann anhalten und einen Kaffee trinken? Er ist der Zahnarzt für die Gegend. Wir könnten Neuigkeiten erfahren. Vielleicht weiß er sogar, was da an der Grenze geplant ist.«

Peter Thielemann, der in einem Haus am Dorfrand wohnte, war nicht zu Hause, seine Frau Monika öffnete die Tür.

»Hallo Johanna, bringst du wieder eine Ladung Ziegenmilch?«, fragte sie, denn ihre Freundin hatte schon öfter eine Kanne Milch vorbeigebracht. Manchmal konnten sie in Klein Krams die Produkte von el Friede & Co. nicht mehr sehen und schafften es auch nicht, die ganze Milch zu trinken.

Monika Thielemann hatte nichts von dem Zaunbau mitbekommen, obwohl die Lastkraftwagen durch das Dorf gedonnert waren. Sie hatte sie für Landmaschinen gehalten. Sie fiel aus allen Wolken und ging gleich mit Maria und Johanna ins Dachgeschoss. Von dort konnte man die Baustelle sehen. Es wurde weiter in höchstem Tempo gearbeitet, die Soldaten schwirrten wie Ameisen durch die Gegend.

Während sie eine Tasse Kaffee tranken, erfuhren sie von ihrer Gastgeberin eine merkwürdige Neuigkeit. Monika Thielemann hatte es von ihrem Mann gehört, dem wiederum hatte es ein jugendlicher Patient erzählt: Die seit Wochen weltweit bei Google Earth beliebte virtuelle Pilgerstätte Klein Krams war seit einem Tag gesperrt, man hatte das Gebiet verpixelt.

Das ist der nächste kleine Nadelstich, dachte Johanna: Letztlich war es ziemlich egal, ob man im Internet auf Klein Krams zoomen konnte oder nicht, aber Sorge machte ihr, dass man bei der EU offensichtlich an einem Katalog der kleinen und großen Gemeinheiten und Repressalien arbeitete.

Als sie zurückradelten, wurde mit jedem Tritt in die Pedalen deutlicher, dass die ersten Zaunteile bereits rechts und links von der Landstraße ein Stück der Grenze verschlossen. Die beiden Frauen rollten durch die wenige Meter breite Öffnung in Richtung Dorf, weniger mit dem Gefühl, in Sicherheit zu schlüpfen, als an einen Ort zu gelangen, der in Zukunft von einer Mauer aus Stahl eingeschlossen wäre. Man ignorierte sie auch jetzt. Als wären sie Luft, sah einer der Soldaten in ihre Richtung und schaute durch sie hindurch.

Die Männer erwarteten sie. Maria und Johanna mussten nicht viel erzählen, Reichmann und Brunsendorf hatten vom Gramberg aus mitverfolgt, was an der Stelle vor sich ging, an der sich die EU und Klein Krams begegneten. Sie nahmen zu viert Platz auf der Terrasse, bemüht, die Tragweite der Geschehnisse zu erfassen. Reichmann versuchte, der Situation etwas Positives abzugewinnen.

»Es sieht natürlich bedrohlich aus, dass sie einen Zaun errichten«, sagte er, »aber es heißt auch, sie nehmen uns ernst.

Sie sichern mit der Grenzbefestigung genau genommen auch uns und unser Fortbestehen. Wir sollten keine Gesichter ziehen, als seien wir reif für einen Notfallpsychologen, sondern feiern, dass die Bagger stillstehen.«

Sie deckten den Tisch, die Geschäftigkeit tat ihnen gut, konnte aber nicht den Schrecken verdrängen, dass sich der Gegner gerade vor ihrer Haustür mit Mann und Zaun in Position brachte – der Feind im Vorgarten. Später machten sie noch eine Flasche Heidelbeerschnaps auf und stießen auf den Stopp der Fördermaschinen an, während der Zaun Meter um Meter wuchs und irgendwann unten an der Grenze auf einem Lkw Flutlicht eingeschaltet wurde. Als sie ins Bett gingen, wehte der Wind Geräusche von Maschinen in ihre Schlafzimmer. Das Knirschen der Bagger des Tagebaus war vom Lärm der Armeefahrzeuge abgelöst worden.

VERSCHLUSSSACHE

Brunsendorf und Maria streiften am nächsten Morgen küssend und kuschelnd über die Dorfstraße und dann wie gewohnt über den Gramberg. Helmut trottete neben ihnen die Steigung hinauf, er hinkte, sein Hüftgelenk zwackte heute – da ging es ihm wie seinem Herrchen. Als vom Berg die Grenze einsehbar war, brauchte Bunsendorf keinen Feldstecher. Man konnte mit bloßem Auge erkennen, dass sich der Zaun vom Tagebau quer durch das Land schnitt und bereits die kleine Tiefebene hinter dem Gramberg zerteilte. Die stählerne, grau-grüne Schlange kroch auf die Stelle zu, an der das Entenflüsschen von Groß Krams in das Ländle floss. Ein Postauto sprang von Bodenwelle zu Bodenwelle und hielt an der Stelle, an der die Militär-Lastkraftwagen parkten. Der Postbeamte sprach lange mit den Grenzern, fuhr dann weiter, bestückte ihre Briefkästen mit einem Bündel Schreiben, so dass sie fast überquollen, und heizte über die Buckelpiste zurück nach Groß Krams.

Reichmann tauchte kurz darauf am Fuße des Berges auf, winkte ihnen aufgeregt zu und rief: »Es ist wichtige Post gekommen ... Schaut nach, ob ihr auch Briefe erhalten habt. Wir treffen uns im Gemeindehaus ...«

Der Tisch im Dorfgemeinschaftshaus lag schon voller Briefe, als Brunsendorf und Maria wenig später durch die Tür traten. Brunsendorf legte einen stattlichen Stapel Schreiben dazu. Sie überflogen die Briefköpfe und Logos: Sämtliche Dienstleister, ihre Telefonanbieter, ihre Versicherungen und sogar ihre Banken, von A wie Autoversicherung bis Z wie Zusatzrente, kündigten mit sofortiger Wirkung die Verträge oder setzten ihre Wirksamkeit aus und beriefen sich auf ein Sonderkündigungsrecht, weil Klein Krams und seine Staatsbürger nun nicht mehr zur Bundesrepublik Deutschland und zur Europäischen Union gehörten. So, als hätten sie schon immer geahnt, dass sich ein Kuhdorf mal abspalten würde und deshalb diesen Passus von vornherein in das Vertragswerk aufgenommen. Man würde in Kürze alles abschalten, auflösen und abstellen, was irgendwie – salopp gesagt – von draußen, von unten oder von oben reinkam.

Alle juristischen Grundlagen waren auf einen Schlag zerborsten wie ein Chinaböller. Sie waren nicht mehr geschäftsfähig und genau genommen auch nur begrenzt handlungs- und bewegungsfähig. Dass die Post überhaupt noch die Briefe gebracht hatte, lag vermutlich daran, dass man ihnen sonst die unheilvollen Nachrichten nicht hätte zustellen können. Aber auch das würde sich ändern: Von der Post wurde ihnen die Auflage erteilt, an der Grenze einen Briefkasten anzubringen – die staatliche Poststelle der Republik Klein Krams sozusagen –, da man das Territorium aus Versicherungsgründen nicht mehr befahren oder betreten werde.

Im Raum herrschte gespanntes Schweigen, die Gesichter waren fahl wie das Licht des Wintermondes. Sie spürten die kalte, präzise, gewaltige Kraft des Räderwerkes auf der anderen Seite, das sich in Gang gesetzt hatte. Clockwork EU. Was für eine Macht war nötig, um innerhalb kürzester Zeit solch eine konzertierte Aktion durchzuführen!

Reichmann fand als Erster die Sprache wieder. »Es ist im Prinzip nichts passiert, womit wir nicht rechnen mussten«, sagte er, »wir haben nicht umsonst Vorräte angelegt und alle Vorbereitungen getroffen für eine autarke Versorgung. Das Windrad läuft ohne Probleme, auch die Brunnen sind voll funktionstüchtig. Wir müssen uns in den kommenden Tagen und Wochen mit ganzer Kraft um die Äcker und die Tiere kümmern. Parallel werde ich versuchen, Unterstützung in der Öffentlichkeit zu suchen. Es gibt keinen Grund, den Kopf hängen zu lassen.«

Johanna ergriff das Wort.

»Vielleicht können wir einige der gekündigten Verträge anfechten. Und wir müssen klären, ob es Beschränkungen der Reisefreiheit geben wird. Sie werden nicht diesen Aufwand mit dem Grenzzaun betreiben, ohne dass Ein- und Ausreise erschwert werden … Zur Not müssen wir versuchen, gegen die Regelungen vorzugehen.«

»Es gehört im Übrigen auch dazu, sich zu wehren«, sagte Maria erregt, »und die Probleme nicht auszusitzen.«

»Das können wir ja machen, uns wehren«, antwortete Reichmann ruhig, »aber wir müssen nicht in Panik verfallen.«

Zwischen Johannas Brauen hatte sich wieder eine Falte des Ärgers gebildet.

»Wir müssen aber auch nicht die Situation verklären«, sagte sie.

Brunsendorf wollte die Wogen glätten. »Ihr habt beide recht, auf eure Art«, sagte er und hob beschwichtigend die Hand, »wir sollten vielleicht eine Nacht darüber schlafen und morgen mit Schorsch Becker sprechen. Und wir sollten ehrlich sein, wenn wir eine Gewinn- und Verlustrechnung aufmachen: Einige dieser Dinge waren doch einfach nur kostspieliger Ballast … Ich will nicht so weit gehen, dass wir froh sein können, solchen Mist los zu sein … Aber lasst uns erst mal ausprobieren, wie es sich ohne diese Dinge lebt und uns der neuen Situation stellen.«

»Schönreden und Durchhalteparolen helfen nicht weiter«, sagte Johanna fast tonlos.

In ihr arbeitete es: Wenn es Dinge gab, die wichtiger waren als der Besuch im Salon »Haarscharf«, dann würde sie darauf verzichten können. Doch wo war das Problem, um ein paar Annehmlichkeiten zu kämpfen? Wirklich Angst machte ihr, dass man sie von der Außenwelt abschneiden konnte, wenn sie sich nicht wehrten … und damit auch von Jeremiah und Romy.

»Schwarzmalen hilft aber auch nicht, Johanna, wir werden sehen, wie sich alles entwickelt«, bemerkte Brunsendorf, erhob sich und schob den Stuhl unter den Tisch. »Wir sollten uns jetzt an die Arbeit machen. Manfred, wir treffen uns in einer halben Stunde und fahren mit dem Traktor die Felder und Weiden ab.«

Sie zuckelten mit dem blubbernden Trecker über die Gemarkung: Manchmal stotterte die Maschine, die Kolben schienen innezuhalten, als brauchten sie nach all den Jahren eine Pause oder gerieten in eine Sinnkrise. Während anderswo Mähroboter und Hightech-Maschinen das Kommando übernahmen, boten sie ein Bild, als wären sie aus der Zeit gestürzt. Noch während sie Feld und Flur inspizierten, beschloss

Reichmann, unverzüglich Becker aufzusuchen: Aufgeschoben erschien ihm in diesem Fall ganz und gar nicht gut aufgehoben.

Reichmann zog den Kopf ein und blickte starr geradeaus, als er über die Grenzlinie fuhr. Sein Bauchgefühl sagte ihm, es wäre ratsam, hier zügig durchzurauschen. Tatsächlich trat ein korpulenter Beamter, dick wie ein Nilpferd, auf die Straße, als wolle er ihn stoppen und zur Rede stellen – da war Reichmann aber schon vorbeigezischt.

Schorsch Becker überflog die Schreiben. In der Kanne auf dem Tisch zog der Tee und der Anwalt ein langes Gesicht. Dann gab es Fühl-dich-wohl-Tee und eine Antwort, die für das Gegenteil sorgte.

»Ja, mein Lieber«, sagte Becker, »das Gute ist, dass es euch gelungen ist, die Bagger zu stoppen und Klein Krams zu retten. Oder dass ihr zumindest auf dem Weg seid … Das Schlechte: Auf juristischer Ebene handelt es sich ausnahmslos um Präzedenzfälle. Wir werden Widerspruch einlegen, klar, aber es wird Rechtsstreit auf vollkommen unbekannten Terrain geben, auf richterlichem Neuland – genauso neu wie eine autonome Enklave. Wir werden gegen Spezialisten in den Ring steigen, deren Titel vor dem Namen länger sind als das komplizierteste Gericht im Orient-Express. Wenn ich gegen die antrete, ist es, als würde sich ein Einzeller, eine Amöbe, mit einem Superrechner anlegen. Es wird ewig dauern, bis ein endgültiges Urteil fällt. Was Unterstützung betrifft, könnte höchstens etwas auf der Goodwill-Ebene passieren, bei Hilfs- oder Menschenrechts-Organisationen … die könnten ein bisschen Staub aufwirbeln. Allerdings …«, Becker machte eine Pause und nippte an seinem Tee, »… angesichts der Gemengelage und der Kräfteverhältnisse dürfte es von denen eher Goodwill gegenüber der EU geben. Bei solch einem Gegner, fürchte ich, schauen

Human-Watch-Vereine lieber auf sich selber. Sobald sie den Mund aufmachen, werden die Fördertöpfe geschlossen. Deshalb dürften sie eher Weight-Watcher sein. Aber wir sollten und werden es versuchen, klar.«

Während Becker die Schreiben kopierte, besprachen sie das gemeinsame Vorgehen, das für die Klein Kramser im Wesentlichen aus Abwarten, dem Sondieren der Lage und dem Halten der Stellung bestand. Becker würde ein ganzes Bataillon von Einsprüchen und Hilfegesuchen abschicken.

Als Reichmann wieder durch die Grenzstation gedriftet war, sah er im Rückspiegel den dicken Beamten breitbeinig auf der Straße stehen.

GRENZERFAHRUNGEN

Am nächsten Morgen zogen sich Reichmann und Brunsendorf vernünftige Klamotten an. Nicht ihren Sonntagsstaat, aber doch Kleidung, mit der man beim ersten Kontakt mit dem Gegner nicht den Eindruck hinterließ, von einer Resterampe zu kommen.

Den Briefkasten, den Brunsendorf von seinem Tor abgeschraubt hatte, und das nötige Werkzeug hatten sie in einer Schubkarre verstaut, die Reichmann schob.

Ein ausdauerndes Röhren und Brummen lag in der Luft. Radlader knurrten über den Boden, Presslufthämmer ratterten, Bagger durchwühlten mit ihren Schaufeln die Erde. Ein riesiger Betonmischer parkte hinter dem Grenzzaun, es wuselten mehr Bausoldaten und Arbeiter herum als auf einer Playmobil-Baustelle. Auch etliche Kleintransporter und Kastenwagen von Firmen aus den umliegenden Dörfern parkten im Gelände, vermutlich wollte man sich mit dieser Auftragsvergabe die Unterstützung in der Region sichern.

Man hatte bereits vier Wellblechcontainer und ein mobiles, zweigeschossiges Hauptgebäude am Rande der Zufahrtsstraße aufgestellt. Gerade wurde ein Schlagbaum montiert, direkt daneben stand ein Pförtnerhäuschen mit einem schwer gesicherten Zugang.

Auf den Gebäuden knatterten stramm zwei große Fahnen der Europäischen Union im Wind, dazwischen hatte man eine nicht minder stattliche Flagge der Bundesrepublik Deutschland gehisst.

Reichmann und Brunsendorf näherten sich der Grenzstation, nickten dem Mann im Pförtnerhäuschen höflich zu und begannen, den Briefkasten an ihrem Ortsschild zu befestigen, das ungefähr fünf Meter vor der Grenzlinie stand. Zum Schluss hefteten sie noch mit Klebeband ein Schreiben an die metallene Postbox, in dem sie bei der Post anfragten, ob Briefe, die sie abschicken wollten, von hier aus mitgenommen werden konnten.

Reichmann ging zum Pförtnerhäuschen und trat in einen engen Korridor, der zum Schalterfenster führte und an den Eingang eines schwer gesicherten Fußballstadions erinnerte. In die Stahldrehtür konnte man nur einzeln treten. Grenzwertiger Individualismus der anderen Art, den zwei Kameras filmten. Brunsendorf wartete vor dem Zugang. Der dicke Grenzer, den Reichmann schon am Vortage wahrgenommen hatte, schlurfte näher und nahm auf einem Bürostuhl hinter dem Schalterfenster Platz, neben dem auf einem Metallschild ein fettschwarzer Bundesadler prangte. Man musste kein Experte für die Deutung des Vogelfluges sein, um zu erkennen, dass ein Bundesadler für sie ein unheilvoller Vorbote war.

»Guten Tag … mein Name ist Manfred Reichmann.«

»Grüß Gott. Hauptgrenzjäger Rubel, ich bin der Kommandant der Grenzschutzabteilung Klein Krams und dieser Grenzübertrittstelle. Sie wollen eine Ausreisemaßnahme tätigen? Könnte ich bitte Ihren Lichtbildausweis als Identitätsnachweis sehen?«, sagte er schroff und sein Schnurrbart mit grauen Streifen bebte bei den Worten. Während er sprach, musterte er Brunsendorf, der kurz hinter den stählernen Türflügeln stand, von wo er das Gespräch verfolgen konnte, als drohe von ihm Gefahr.

»Eigentlich wollten wir uns bei Ihnen nur nach ein paar Dingen erkundigen …«

Rubel schaute ihn missbilligend an.

»Entschuldigung. Aber ohne korrekten Identitätsnachweis kann keine Auskunft erfolgen.«

»Wenn es nicht anders möglich ist … bitte.«

Reichmann griff in die Gesäßtasche seiner Hose, zog seine Brieftasche heraus, reichte dem untersetzten Mann seinen Ausweis und musterte ihn, während der das Dokument prüfte. Seine Schroffheit passte nicht zu ihm, er sah eher verträglich aus, wie der typische Schrebergärtner von nebenan, bei dem Gemütlichkeit und Grillanzünder Trumpf waren, mit ADAC-Plus-Mitgliedschaft. Der Hauptgrenzjäger Rubel war braungebrannt, röstfein wie ein Mallorca-Dauerrentner. Er war kein Typ mit Ecken und Kanten, zumindest nicht äußerlich. Alles an ihm war rund: der Kopf mit einem kreisrund geschorenen Haarkranz, Körper und Gliedmaßen. Es sah aus, als hätte ein Aerodynamiker einen Kürbis konstruiert.

Rubel schaute lange. Rubel schaltete langsam. Rubel handelte, indem er ein Schreiben und dann eine Liste aus einer Ablage zog und die Blätter studierte. Dann … schließlich …

»Herr … Manfred Reichmann, die Gültigkeit dieses Dokumentes ist unwirksam geworden, daher muss laut Pass-Vollstreckungsgesetz unverzüglich eine Einzugsmaßnahme erfolgen. Sie sind kein Bürger der Europäischen Union mehr und nicht berechtigt, diesen Ausweis mit sich zu führen.«

In einer Art Reflex und mit wenig staatsmännischer Geste versuchte Reichmann, durch das Schalterfenster nach dem Ausweis zu greifen, aber Rubel war schneller und brachte das Dokument außer Reichweite.

»Also ... wenn ich mich recht erinnere«, sagte Reichmann, bemüht, seine Wut zu bremsen, »dann habe ich für den Ausweis bei der Ausstellung bezahlt ... also müsste er eigentlich mir gehören.«

Hauptgrenzjäger Rubel zog die unterste Dienstschublade seines Schreibtisches auf, packte den Ausweis hinein, drehte einen Schlüssel herum, steckte ihn in seine Hosentasche und vollstreckte somit die laut Pass-Vollstreckungsgesetz vorgesehene Einzugsmaßnahme.

»Es ist durchaus richtig«, sagte Rubel, »dass bei der Ausstellung des Dokumentes eine Bezahlung erfolgt ist, aber der Zugriff auf das Dokument wird aufgrund der derzeit gültigen Vorschrift durchgeführt, die in der Mitteilung des Innenministeriums Nr. 373/2008 Sb. erfasst ist, mit der auch die Liste der Grenzübergänge für den Fall einer vorübergehenden Wiedereinführung des Grenzschutzes an den europäischen Binnengrenzen bekannt gemacht worden ist. Auf dieser Liste ist auch die Auflistung der Grenzstation EU/Klein Krams erfolgt. Bis zur endgültigen Klärung der Ausreisebestimmungen darf außerdem keine Ausreise von der laut Meldeliste zugehörigen Bürger der ...«, jetzt stockte Rubel und strich über eines seiner Schulterstücke, »von Personen, die laut Meldeliste Klein Krams zuzuordnen sind, stattfinden.«

Reichmann sortierte die Sätze in seinem Kopf. Auf gut Deutsch hieß das: Er, Johanna, Brunsendorf und Lorberg hingen in Klein Krams bis auf weiteres fest. Aber was war mit den Gästen oder Besuchern? Maria zum Beispiel.

»Und … was ist mit Besuchern, die nur zu Gast sind und wieder zurückkehren möchten? EU-Bürger also, die einfach nur ihren Aufenthalt beenden wollen?«

Rubel trommelte mit den Fingern der rechten Hand auf einem dicken Gesetzbuch herum und ließ nach einem Räuspern die nächste Nominalschlange los:

»Wenn die Feststellung der Zugehörigkeit zur Europäischen Union unzweifelhaft erfolgt ist, kann die Erteilung einer Ausreisegenehmigung bezüglich des Hoheitsgebietes der Europäischen Union durchgeführt werden. Beim Grenzübertritt aus Klein Krams sind alle Personen oder Güter genau zu überprüfen, um Gefahren abzuwehren.«

Brunsendorf, der das Gespräch mitverfolgt hatte, atmete auf, weil Maria die Grenze zumindest Richtung EU passieren konnte. Trotzdem beschlich ihn ein mulmiges Gefühl. Würde sie je wieder nach Klein Krams zurückkehren können?

»Danke … Herr Rubel«, sagte Reichmann. »Aber was ist mit Bürgern der EU, die nach Klein Krams einreisen wollen?«

»Über diesen Sachverhalt ist derzeit noch eine – völlig ergebnisoffene – Entscheidungsfindung im Gange. Sie können in einer Woche wieder hier vor Ort vorstellig werden, dann kann ich Ihnen rechtsverbindliche Informationen und über diese Hinweise eventuell hinausgehende Auskunft zu den Ein- und Ausreisebestimmungen geben. Unter Umständen.«

»Unter Umständen?«

Rubel pustete die Backen auf und blickte durch das kreisrunde Schalterfenster wie ein Kugelfisch durchs Bullauge eines Schiffes.

»Unter Umständen kann ich Ihnen dann Auskunft geben …«, sagte der Beamte in kühlem Dienstton.

Reichmann fragte nicht, was mit Bewohnern der Republik passierte, die sich gerade auf EU-Territorium aufhielten, um Rubel nicht unnötig auf Holger Lorberg aufmerksam zu machen.

»Ich danke Ihnen, Herr Rubel.«

Der Grenzer drückte auf einen Knopf, daraufhin summte etwas hinter Reichmann.

»Sie können jetzt die Tür des Zutritts-Kontroll-Eingangs so weit drehen, dass Sie wieder zurück auf das heimische Territorium gelangen. Eins noch: Auf den Versuch illegaler Grenzübertritte und Grenzverletzungen aller anderen Art wird mit aller Härte reagiert werden. Auf Wiedersehen.«

Reichmann griff sich die Schubkarre und stapfte schweigend mit Brunsendorf in den Ort zurück.

»Es ist eine Frechheit, dass er dir deinen Ausweis abgenommen hat … Und es ist übrigens clever, einen Typen wie Rubel dorthin zu setzen«, sagte Brunsendorf, als sie die Siedlung fast erreicht hatten, »das erweckt auf den ersten Blick den Anschein, als handele es sich um eine ganz normale Grenzstation mit einem harmlosen, leicht vertrottelten Beamten. Falls Besucher oder ein Kamerateam kommen, wird so nicht der Eindruck erweckt, sie nehmen hier einen Haufen Rentner unangemessen hart in die Mangel.«

Sie wollten sofort Schorsch Becker von den neuen Entwicklungen unterrichten und ihn dringend nach Klein Krams bitten, um Gegenmaßnahmen zu prüfen – aber das war deutlich schwieriger als gedacht. Das Handy der Reichmanns hatte keinen Empfang mehr. Auch ihre Festnetztelefone waren tot, die Anbieter setzten ihre Ankündigungen prompt um. Zum Glück half Maria mit ihrem Mobiltelefon aus. Sie konnte als Einzige weiter telefonieren und Nachrichten schreiben, allerdings war per SMS die Mitteilung gekommen, dass sie einen Auslandstarif zu zahlen habe.

Der Nachtwind blies in die cremefarbenen, durchsichtigen Vorhänge am Fenster, und die Schatten des Windrades wanderten über die Bettdecke. Der laue Wind trug den Geruch des Fliederstrauches in das Schlafzimmer unter dem Dach. Plötzlich fiepte ein Geräusch in die stille Harmonie. Maria fuhr erschrocken hoch und schälte sich aus Brunsendorfs Armbeuge. Eine SMS. Das aufleuchtende Display strahlte eindringlich in das Schlafzimmer. Sie tastete nach dem Handy, las und schüttelte den Kopf. Brunsendorf grunzte im Halbschlaf.

»Ist nichts Schlimmes«, sagte sie leise, »erzähle ich dir morgen … mein Liebling.«

Er drückte sie an sich und gab ihr einen Kuss. Was immer in der Kurznachricht stehen mochte, sie hatte dafür gesorgt, dass sie ihn Liebling nannte. Das hatte sie bisher noch nie gemacht. Gerade jetzt tat es besonders gut, wo sich die Anzeichen mehrten, dass sie zurückkehren musste.

Maria schmiegte sich an ihn. Was hätte es genutzt, ihm jetzt schon zu sagen, dass gerade ihr Sohn geschrieben hatte, in einer Deutlichkeit wie nie zuvor: *»Mama, ich hoffe es geht dir gut. Du fehlst uns und wir brauchen dich. Komm zurück. Philipp.«* Und was hätte es genutzt, Hans-Jürgen jetzt schon zu erzählen, dass sie morgen Klein Krams verlassen und Abschied nehmen würde. Brunsendorf nahm Maria in die Arme und küsste sie. Mit dem siebten Sinn des Liebenden spürte er, was bevorstand.

EIN ANWALT TRÄUMT

Die Laternen auf dem Marktplatz blinzelten genauso müde wie Schorsch Becker in die Nacht, als er abwesend den Schlüssel im Schloss der Kanzleitür herumdrehte. Feierabend. Der Tag und er waren geschafft, er fühlte sich, als sei sein Gehirnschmalz in einer heißen Pfanne ausgelassen, mit Sägespänen versetzt und wieder zurück in seinen Kopf gegossen worden. Nieselregen benetzte die Pflastersteine, die funkelten, als wären sie von der Stadtreinigung gebohnert worden. Müden Schrittes näherte sich Schorsch Becker seiner Wohnung, vorbei in einer Seitenstraße an der matt schimmernden Leuchtreklame des Orient-Expresses, der Imbissbude, die so gerne ein Restaurant sein wollte. Der Mann, der die kleine Außenstelle des Morgenlandes verließ, zog einen exotischen Schweif durch die Abendluft, der in der Kleinstadt wirkte, als habe jemand ein Stück bunte Tapete in einer Leichenhalle angeklebt.

Der letzte Sinkflug des Tages führte Schorsch geradewegs auf seine Endlagerstätte: Er sackte auf seine vier Buchstaben, wie er es nannte, das Sofa. Seine Finger griffen nach der Fernbedienung. Das TV-Gerät, das Flaggschiff seines Home-Entertainments, schmetterte einen alten Hollywood-Schinken in die Wohnstube. Mit Fanfaren und heldischen Posen kämpften bärtige Männer um Troja. Eine Unmenge von Kriegern verlor das Leben und Georg Becker das Duell mit der Müdigkeit. Er dämmerte leicht weg.

Eine riesige Streitaxt lärmte auf einem Helm herum, Becker zuckte von dem Krach zusammen. Sein rechtes Augenlid fuhr langsam hoch und feierte ein Comeback: Die Griechen rumpelten gerade das berühmte Trojanische Pferd vor die Stadtmauer. Das hölzerne Ungetüm ragte in die Nacht,

Becker erkannte eindeutige Parallelen: Er fühlte sich innerlich genauso leer wie der prominente Hohlkörper, sein Kopf kam ihm nach dem kraftraubenden Tag vor, als wäre er aus Holz geschnitzt.

Die hellenischen Helden ritten wenig später in dem grobschlächtigen Monstrum heimlich in die belagerte Stadt und die Weltgeschichte ein. Leben kehrte in Becker zurück: Er schaute, stutzte, straffte sich. Eine Idee elektrisierte ihn und schwirrte durch seinen Kopf, als hätte Hermes, der Götterbote, sie dort persönlich abgelegt. Das war es! Sie brauchten als kleinerer, unterlegener Gegner eine Kriegslist. Etwas, das für Bewegung sorgte, den Würgegriff lockerte oder sogar zu einer Lösung führte!

Becker überlegte, sortierte, sondierte die Lage – der Stratege in ihm war erwacht.

Im Bett, kurz bevor Morpheus endgültig das Kommando übernahm, meinte er, auf den richtigen Einfall gekommen zu sein. Er entschwebte zufrieden mit dem Entschluss in den Schlaf, noch am Feinschliff seiner Idee zu arbeiten. Erst wenn sie spruchreif war, würde er sie den Klein Kramsern unterbreiten.

Sie knieten sich in den täglichen Marathon von tausenden Handgriffen. Es hatten sich auf ganz pragmatische Art Zuständigkeiten für gewisse Bereiche entwickelt. Brunsendorf beispielsweise war der Kaninchen-Beauftragte. Johanna wiederum hatte die geschicktesten Hände, war außerdem am versiertesten im Umgang mit Tieren und molk deshalb das Milchschaf el Friede und die Milchziege, die noch keinen Namen hatte. Sie hatte eigentlich mit Jeremiah einen Namen suchen wollen. Falls sie ihn noch in einem Alter wiedersah, in dem er für so etwas einen Nerv hatte. Reichmann war oft mit Schriftkram beschäftigt und zudem der Bienen- und Hühner-Sachverständige, der »Hühner-Gott«. Am Abend fielen sie todmüde ins Bett, um dann in aller Herrgottsfrühe die nächste Etappe ihrer Landtour zu starten.

Ganz oben auf der Agenda standen Buttern und Brotbacken. Nur: Man sah ihren Broten zwar mit viel Wohlwollen an, worum es sich ungefähr handeln sollte, aber geschmacklich war die Teigmischung verbesserungswürdig.

»Das wird schon«, sagte Reichmann, als sie die bröseligen Brotstücke mit Schafbutter bestrichen und aßen.

»Ja. Für den Anfang ist das wirklich in Ordnung«, merkte Brunsendorf an und bestrich einen Brotbrocken auf seinem Teller mit einem Stück Butter, »wir werden vorerst vielleicht nicht die goldene Brezel gewinnen, aber wir werden nicht verhungern.«

Dann spülten sie die Mahlzeit mit einem guten Schluck Buttermilch runter und mit einem Schlückchen Heidelbeerschnaps nach, der sich schwer auf ihre müden Sinne und Glieder legte. Sie lernten jeden Tag dazu, in dieser neuen Welt der schwieligen Hände und der glücklichen Tieraugen. Johanna allerdings wirkte immer öfter, als verrichte sie lediglich Pflichtaufgaben.

Brunsendorf hatte es sich auf seiner Terrasse bequem gemacht, als ein Gewitter herunterkrachte. Nur manchmal wehte der Wind etwas Feuchtigkeit in sein Gesicht. Ein Blitz zuckte in die Landschaft. Die Regentropfen sorgten für eine einschläfernde, plätschernde Sinfonie, die die Nerven beruhigte.

Die stetige Beschäftigung und die körperliche Arbeit sorgten bei Brunsendorf für zwei wichtige therapeutische Effekte: Seine Schlafstörungen, die ihn jahrzehntelang gequält hatten, waren verschwunden. Und sie halfen, den Abschiedsschmerz etwas zu lindern.

Er schleppte sich ins Bett und war froh, dass sich auch an diesem Abend, als er sich todmüde und mit schmerzenden Muskeln hingelegt hatte, schnell angenehme Schwere einstellte und sein Körper auf dem Laken in die Nacht verabschiedete. Nur die Gedanken arbeiteten noch, sie flogen zu Maria.

Er gab sich seinen Träumen hin: Eine Zeitmaschine katapultierte ihn zurück in die Vergangenheit, zurück in die Maria-Ära. Brunsendorf wälzte sich im Halbschlaf wie ein alter Wal auf einer Sandbank. Vier Tage waren jetzt vergangen, seit sie fort war, und es kam ihm oft so vor, als wäre sie gerade erst zur Tür rausgegangen. Dann wieder, wenn seine Sehnsucht aufloderte wie ein trockener Eukalyptuszweig im Lagerfeuer, erschien es ihm, als wäre sie schon vier Wochen weg, und er fühlte sich, als hätte man ihm das Herz rausgerissen, aufgespießt und mit einem Flammenwerfer bearbeitet.

Nur wenige Meter entfernt ruderte auch Johanna in schwerer See. Ihr Innenleben wogte auf und ab wie eine Rettungsinsel auf dem Ozean. Sie zog einen nicht unerheblichen Teil ihrer Schaffenskraft aus der Hoffnung, dass die Tiere und die spannende Welt des Landlebens Jeremiah gefallen würden, sorgte sich aber zunehmend, ob ihre Tochter und ihr Enkel überhaupt einreisen durften. Sie wäre gerne härter gewesen, unempfindlicher und kämpferischer, aber es gelang ihr nicht. Denn anders als den beiden Männern, die wegen ihrer genetischen Codierung auch der Ehrgeiz schwer in Trab brachte, dieses Duell mit der EU zu gewinnen – es denen da draußen richtig zu zeigen! –, waren ihr vor allem Herzensangelegenheiten wichtig. Um das Seelenheil stand es nun einmal schlecht.

Beide Lager hatten sich in den vergangenen Tagen in Stellung gebracht, wenn auch auf völlig unterschiedliche Art und Weise. In Klein Krams setzten sie auf den Schwerpunkt Agrarpolitik, eine Allianz mit Hühnern, Schafen und Ziegen, ihre Belagerer auf ein Sicherheitspaket mit Horst Rubel hinter dem Schalterfenster und Patrouillengängen.

Immer noch unklar waren die Ein- und Ausreisebestimmungen, bis zu einer Regelung waren sie luftdicht eingeschweißt. Rubel hatte sich auch nicht zu einer Öffnung des eisernen Vorhangs erweichen lassen, als Schorsch Becker als juristischer Beistand seine Klienten besuchen wollte. Nein hieß nein: Auf hoher See, vor Gott und vor dem Grenzbeamten waren alle gleich. Beckers Einreise-Versuche waren zu einem Drama in mehreren Akten geworden, dreimal war er an Rubel gescheitert. Den fleischgewordenen Prellbock hatten weder die Drohung, der Öffentlichkeit mitzuteilen, dass den Klein Kramsern Rechtsbeistand verwehrt wurde, noch humanitäre Gründe erweichen können.

Am Vormittag machten sich Reichmann und Brunsendorf auf den Weg zur Grenzstation, um beim täglichen Gang zum Briefkasten nachzufragen, ob inzwischen eine Entscheidung für die Ein- und Ausreise getroffen worden war. Die sieben

Tage, die sie sich gedulden sollten, wie Rubel bei ihrem ersten Zusammentreffen gesagt hatte, waren um.

Zwei neue weiße, doppelstöckige Container waren hinter dem Grenzerhäuschen aufgestellt worden. Eine Kompanie, die den Dienst an der Grenze verrichtete, hatte hier Quartier bezogen.

Der schmale, freigeschnittene und mit einer Walze planierte Postenweg an der Grenze – an einigen Stellen sah er aus wie ein lauschiger Naturlehrpfad, der nur eben mal an einem Stahlzaun entlang führte – verlief wegen des unwegsamen Terrains an der Kante des Förderlochs nicht. Dafür sorgten an den Rändern des Tagebaus zwei große Flutlichtmasten – die an Strahler eines Fußballstadions erinnerten oder an beleuchtete Wasserlöcher in afrikanischen Touristenregionen – dafür, dass weite Teile dieses Grenzabschnittes auch in der Nacht taghell waren.

Reichmann trat in den Sicherheitstrakt. Wieder wartete Brunsendorf einige Meter entfernt, so dass er die Unterhaltung mitverfolgen konnte. Hauptgrenzjäger Rubel informierte sie in feinstem Rubel-Deutsch über die Reisebestimmungen.

»Da wir trotz der Verschärfung der Situation unseren humanitären Verpflichtungen nachkommen, bin ich bevollmächtigt, Ihnen mitzuteilen: Sie haben die Möglichkeit einer Antragstellung von Kurzzeitvisums für die Einreise auf das Territorium der Europäischen Union. Für die Visums müssen die laut Gebührenordnung fälligen Gebühren entrichtet werden. Für die Durchführung der zur Lebenserhaltung notwendigen Besorgungsgänge sieht der Gesetzgeber einen Zeitraum von vier Stunden vor, das ist die maximale Dauer eines Kurzzeitvisums«, sagte Rubel kühl wie ein Gletscher.

»Vier Stunden?«, sagte Reichmann mehr zu sich selbst als zu Rubel, der die rhetorische Frage trotzdem beantwortete.

»Das ist korrekt. Die dafür laut den gesetzlichen Bestimmungen zu erhebenden Gebühren sind unverzüglich, das heißt direkt vor Ort bei der Erstellung des Visums zu entrichten«, gletscherte Permafrostboden Rubel.

»Und welchen Preis sieht der Gesetzgeber für die Visa vor?«

Jetzt rede ich schon Rubel-Deutsch, dachte Reichmann, aber wenigstens habe ich nicht auch noch Visums gesagt.

»Befristete Visums für Staatsangehörige aus dem Nicht-EU-Staat Klein Krams für die Einreise auf das Territorium der Europäischen Union können hier vor Ort gegen eine Gebühr von 59,40 Euro, inklusive einer Bearbeitungspauschale von 5,60 Euro, einer speziellen Auslands-Versicherungsgebühr von 30,75 Euro und zuzüglich einer Ausstellungsgebühr von vier Euro gefertigt werden.«

Brunsendorf und Reichmann mussten nicht lange rechnen, bei mehr als 63 Euro pro Grenzübertritt würden sie sich auf wenige Ausreisen beschränken müssen, sonst wären sie bald pleite.

»Und was ist mit Besuchern, die zu uns wollen?«

Rubel schaute, als wäre es eine Frechheit zu glauben, jemand wolle nach Klein Krams kommen, in ein Gebiet, das so lebensfeindlich war wie die Polartundra.

»Dafür sieht der Gesetzgeber vorerst keine Zeitbegrenzung vor. Ein zeitlich begrenzter Rahmen ist also vorerst – es gibt zu diesem Sachverhalt noch derzeit laufende Beratungen – nicht für EU-Bürger bei der Einreise nach Klein Krams anzuwenden. Auch in diesem Fall ist aber bereits jetzt dieselbe Gebührensatzung zur Anwendung zu bringen wie bei der Ausreise von Klein Kramser Staatsbürgern. Ich weise Sie aber ausdrücklich darauf hin, dass es sich bei dieser Regelung um einen vorläufigen Stand handelt. Und es gibt derzeit noch keine Versicherungen für EU-Bürger, die sich bei … Ihnen da … drüben aufhalten«, sagte Rubel.

Reichmann atmete etwas auf, vor allem wegen Johanna, immerhin war ein Besuch von Romy und Jeremiah möglich.

Rubels Stimme unterbrach Reichmanns Gedanken, der Hauptgrenzjäger hielt noch einen Nachschlag parat.

»Mit einem Kraftfahrzeug dürfen Sie nicht ohne weiteres in das Territorium der EU oder in umgekehrter Richtung … einreisen, dafür wäre eine spezielle Versicherung und ein zeitlich befristetes Kfz-Kennzeichen für den Aufenthalt nötig. Für diesen Sachverhalt hat der Gesetzgeber noch keine Novellierung vorgenommen. Bis zu einer Regelung dürfen sich also keine Klein-Krams-Kfz auf dem Gebiet der EU aufhalten.«

Rubel sprach vom Gesetzgeber, als handele es sich um eine Person, vermutlich um einen mit allen Paragrafen gewaschenen Gesellen mit kantigen, entschlossenen Gesichtszügen, immer die Hand an der Gesetzesnovelle. Der Hauptgrenzjäger langte nach einem Schriftstück. Der Anflug von Milde war verflogen, er hatte sich wieder im Griff und sagte mit der Herzlichkeit einer Bahnhofsvorhalle:

»Der amtliche Lichtbildausweis kann zur Feststellung Ihrer Identität und zur Beantragung eines Visums angewendet werden, muss aber bei der zuständigen Zollstation in Verwahrung genommen werden.« Der kugelförmige Beamte reichte ihnen ein Blatt mit den Bestimmungen und der Gebührenordnung und fragte: »Herr Reichmann … Sie sind der Bürger von Klein Krams, der das Amt des Staatschefs innehat?«

»Ja … das bin ich.«

»Ich bin befugt, dem Staatschef des Territoriums Klein Krams die Mitteilung zu überbringen, dass die Kontaktaufnahme mit dem zuständigen Amt für Auswärtige Angelegenheiten erfolgen kann mit der Zielstellung, dass Verhandlungen über eine Lösung der Situation eingeleitet werden …« Rubel schaute in seine Unterlagen. »Dazu könnte – falls es die Umstände erfordern – eine Reise nach Brüssel erfolgen.«

Reichmann versuchte, der verschwurbelten Rede, der staatlich geregelten Anarchie der Amtssprache zu folgen.

»Sollten es die Umstände erfordern, würde ich nach Brüssel reisen, allerdings ist auch ein Treffen in Klein Krams möglich. Danke, Herr Rubel, für die Auskünfte. Wir werden darüber in der Dorfversammlung beraten«, sagte Reichmann und nickte höflich.

»Noch keine gesetzliche Regelung ist allerdings in der Frage der Zollbestimmungen erfolgt. Sie können aber hier vor Ort diesbezüglich wieder vorstellig werden. Bis zu einer Regelung gelten die üblichen Beschränkungen, Einfuhrverbote, Gebühren und Freimengen für Nicht-EU-Staaten«, sagte Rubel, stützte sich auf seinen Schreibtisch, reichte Infoblätter durch das Schalterfenster und geriet irgendwie wieder auf einen emotionalen Schlingerkurs, denn er erkundigte sich fast fürsorglich, ob es »sonst noch Fragestellungen« gäbe. Sein Packeis taute wohl ein ganz kleines bisschen auf, in sein Klimadiagramm kam Bewegung: War in Rubel menschliches Leben möglich?

»Nein«, sagte Reichmann und verabschiedete sich freundlich.

»Mann«, sagte Brunsendorf lachend, als sie die Grenzstation hinter sich gelassen hatten, »du bewegst dich ja schon verdammt sicher auf dem diplomatischen Parkett … selbstverständlich ist auch ein Treffen in Klein Krams möglich«, äffte er seinen Freund nach.

Georg »Schorsch« Becker hatte im vierten Anlauf Rubels Skylla und Charybdis passiert. Nachdem die nötigen Regelungen und vor allem DAS nötige Formular vorlagen, öffnete sich tatsächlich die Drehtür.

»Ich habe übrigens einen Antrag auf doppelte Staatsbürgerschaft gestellt und auch, dass ich kostenlos einreisen darf«, sagte Becker, als sie sich begrüßt hatten, »das hält Rubel und seine Hintermannschaft auf Trab, zeigt, dass wir am Ball bleiben. Es sieht hier inzwischen aus wie auf einem Playmobil-Bauernhof«, sagte Becker angesichts der Ställe und Koppelzäune, die sie zusammengezimmert hatten, und lachte, »und vermutlich beherrscht ihr auch bereits alle Schritte des Bauerntanzes. Guten Tag, ihr beiden Neubauern in eurer Immenhof-Idylle.«

»Du kannst dich gerne zu einem Praktikum anmelden«, sagte Reichmann.

»Wenn du dich gut schlagen solltest, ernennen wir dich vielleicht am Ende zum Vize-Staatsbaumeister der Republik Klein Krams«, fügte Brunsendorf hinzu, bevor sie sich in die Arme fielen. Eine kurze, stramme Umarmung, eine Art gemeinsames Einrasten.

Sie gingen zur Terrasse und bewirteten ihn mit selbstgemachtem Brot und Butter.

»Ich sehe, die Lebensmittelherstellung auf dem Ökobauernhof läuft gut«, sagte Georg Becker, während er das Brot so dick mit Butter bestrich, als wolle er auf eine Schiffswand eine Schutzschicht auftragen, »sehr, sehr gut. Würzig. Verhungern werdet ihr nicht, da brauche ich mir also keine Sorgen zu machen. Und ihr könnt mich selbstverständlich auch in Naturalien bezahlen.«

»Anders geht es gar nicht, du wirst irgendwann mit einer Ziege auf dem Beifahrersitz nach Hause fahren müssen … Übrigens: Wir haben noch nicht mal das Beste aufgefahren«, sagte Reichmann.

Sie lachten, Becker schaute zu Johanna, die ebenfalls lächelte, aber hinter der Fassade ernst blieb. Er sah es an ihren Augen.

»Es beruhigt mich doch sehr«, sagte Becker, um vorsichtig den schwierigen Teil des Gespräches einzuleiten, denn er brachte keine guten Neuigkeiten mit, »dass ihr noch größere Köstlichkeiten habt. Sorgen machen mir aber andere Dinge. Ich habe zwar Widerspruch eingelegt, aber ihr werdet wohl längere Zeit von der Außenwelt abgeschnitten bleiben, was

Telefon und Internet betrifft. Und dann ist da noch etwas: Schaut es euch am besten selber an … oder auch nicht … und legt es zur Seite, wenn es euch zu blöd ist.«

Becker griff bei seinen letzten Worten in seine Tasche und legte ein paar Zeitungen auf den Tisch. Sie griffen nach den Gazetten, die aus den vergangenen Tagen stammten und in denen mehrere Artikel über Klein Krams standen.

Der Wind im Blätterwald hatte sich eindeutig gedreht, er wehte ihnen mit Orkanstärke ins Gesicht. Klein Krams wurde als zwielichtiger Ort eingestuft, es wurde offen angezweifelt, ob dort Recht und Gesetz herrschten – oder die Anarchie Orgien feierte. Lediglich eine Umweltorganisation sprang ihnen mit besonnenen Worten bei, »warnte vor einer Vorverurteilung« und merkte an, dass die Existenz der Republik auch den Abbau weiterer Braunkohle-Lagerstätten verhindere und damit den Ausstoß von CO_2 durch Stromerzeugung mit fossilen Brennstoffen.

Diese Worte aber gingen unter in dem Kreuzfeuer aus Vorwürfen und Bedenken, es war, als würde man mit einem Fön gegen einen Wirbelsturm ankämpfen.

Reichmann legte die Zeitung aus der Hand, schob den Papierhaufen von sich weg in die Mitte des Tisches, atmete tief durch und sagte: »Danke, Schorsch. Ich denke, es ist schon richtig, dass du uns darüber informierst … Ich fürchte, damit werden wir wohl erst mal leben müssen.«

»Das Geschmiere muss uns, offen gesagt, egal sein«, meinte Brunsendorf trotzig und machte sich daran, die Fußballergebnisse zu lesen.

»Ich wollte euch damit nicht unnötig belasten, aber das scheint mir kein Zufall zu sein, sondern sieht ganz nach einer Medien-Offensive aus«, sagte Becker. »Ich habe euch die Zeitungen mitgebracht, damit ihr wisst, dass ihr in Zukunft unter ganz genauer Beobachtung steht.«

»Das sind schon sehr schwere Geschütze, die man da draußen auffährt«, sagte Johanna bedient.

Becker hatte das Gefühl, etwas Aufmunterndes sagen zu müssen.

»Es sollte angesichts des ganzen Theaters aber nicht untergehen: Ihr habt euer eigentliches Ziel, nämlich Klein Krams vor der Vernichtung zu bewahren, bereits so gut wie erreicht. Auch wenn ihr euch das vielleicht mit all seinen Konsequenzen so nicht vorgestellt habt: Mehr Anerkennung und Sicherheit für den Erhalt eurer Heimat geht kaum. Jetzt sollten wir aber die Rahmenbedingungen so angenehm wie möglich gestalten. Ich suche gerade nach einer Möglichkeit, um für eure Handys einen günstigen Auslandstarif zu organisieren, so dass ihr zumindest erreichbar seid. Aber was ich schon die ganze Zeit fragen wollte: Wo ist eigentlich Holger Lorberg?«

»Wir wissen es nicht«, sagte Reichmann, »in Klein Krams ist er seit dem Bau des Grenzzaunes nicht gewesen und auch vorher schon eine ganze Weile nicht. Wir hatten gehofft, du hättest etwas von ihm gehört.«

»Nein, aber ihr werdet ihn bald wieder hier begrüßen können, da bin ich mir sicher. Sie werden ihn umgehend finden und zurückbringen. Ich würde euch gerne noch etwas fragen.«

»Nur zu«, erwiderte Reichmann.

»Bitte versteht das nicht falsch, aber seid ihr euch sicher, dass ihr das hier durchziehen wollt? Es wäre keine Schande, ein Angebot der EU, falls es wieder eins geben sollte, anzunehmen und auch kein Eingeständnis einer persönlichen Niederlage.«

Becker betrachtete aufmerksam ihre Gesichter. Niemand sagte etwas. Dann ergriff Reichmann das Wort.

»Das ist richtig, Schorsch«, erwiderte er, »wir würden das auch nicht als Niederlage ansehen. Es geht aber nicht nur um uns, es geht auch darum, ein Zeichen zu setzen. Vom ersten Gegenwind lassen wir uns doch nicht gleich umpusten.«

Becker räusperte sich und sagte dann leise, mit einem konspirativen Unterton: »Ich habe noch eine andere Idee … die allerdings noch nicht ganz ausgegoren ist. Ich erzähle sie euch beim nächsten Mal.«

Er ließ sich trotz Nachfrage nicht dazu erweichen, seinen Einfall preiszugeben.

Auf dem Weg zur Drehtür, durch die Passanten in die EU geschleust wurden, griff Becker in seine Hosentasche und schaltete sein Mobiltelefon ein. Das Gerät fiepte, er schaute auf das Display und las eine Nachricht, sah sich nach den Klein Kramsern um, schaute noch einmal auf sein Mobiltelefon und lief dann zurück.

»Romy hat mir eine SMS geschrieben«, rief er, »sie wollte sich am Nachmittag auf den Weg zu euch machen.«

Johannas Gesichtszüge hellten sich schlagartig auf.

Der Rest des Tages war ein aufgeregter, heiterer Countdown für Romys und Jeremiahs Besuch. Johanna knetete Teig. Sie sah Jeremiah schon mit seinen viel zu großen Zähnen in den Kuchen beißen, die Augen geschlossen, so groß war das Stück. Sie bereitete das Gästezimmer vor, zog frische Bettwäsche auf.

Es war inzwischen Abend geworden. Johanna wanderte gegen acht Uhr auf den Gramberg und schaute, ob Romys kleiner, roter Wagen auf der Landstraße Richtung Grenzstation fuhr. Aber der schmale graue Streifen, der sich durch das Land zog, blieb leer, auch die nächste Stunde und auch noch weit nach Mitternacht, bis sie schließlich in einen unruhigen Schlaf fiel.

ZURÜCK IM KAFF

Sie hatten ihn aus den hinteren Reihen des Publikums beobachtet, gut getarnt vom gedämpften Licht im Saal: ein an allen Fluchtpunkten postiertes Quintett des Geheimdienstes. Dass sie Lorberg erst jetzt festnahmen, lag daran, dass man bei der zuständigen Stelle der So-Ko-Kl-Kr wegen eines Observierungsfehlers davon ausgegangen war, dass sich alle Klein Kramser Staatsangehörigen innerhalb der Enklave befanden.

Holger Lorberg, der ein neues weißes Hemd und eine schwarze Hose aus gutem Stoff trug, saß links neben der Moderatorin im Hauptstadtstudio. Die Fragen waren heute deutlich kritischer als sonst – das musste an der PR-Offensive der EU liegen. Eine andere kritische Frage, die er sich selber in den vergangenen Wochen gestellt hatte, konnte er inzwischen positiv beantworten: Er wusste nun, dass er kameratauglich war, dass er nicht schräg oder lächerlich auf der Mattscheibe wirkte. Er wusste aber auch, dass es nur eine Frage der Zeit war, bis er angesichts der Entwicklungen rund um Klein Krams festgenommen werden würde. Er war durch Medienberichte im Bilde, obwohl man die neuen Reisebestimmungen noch nicht an die große Glocke gehängt hatte. Mehr als die allernötigsten Hintergrundinformationen gab es nicht in den Zeitungen, aber die waren ausreichend, um zu wissen: Es konnte nur ein Versehen sein, dass sie ihn noch nicht geschnappt hatten. Diesen einen Auftritt in der Öffentlichkeit aber wollte er noch einmal genießen.

Als die Podiumsdiskussion vorbei war, nahmen ihn die fünf Fahnder in Zivilkleidung ohne großes Federlesen auf dem Weg in den Backstage-Bereich fest. Sie waren schnell, dezent und professionell, ohne Aufsehen zu erregen. Lorberg, der sich nicht widersetzte, fand sich in einem Polizeiwagen wieder. Sie fuhren ihn in seine Pension, wo er seine Sachen holen durfte. Er packte konsterniert seine Klamotten, Bücher und seinen Laptop in einen tarnfarbenen Armee-Seesack, dann geleiteten sie ihn zum Streifenwagen und die Überführung begann.

Im Morgengrauen erreichten sie die neue Außengrenze der EU. Die Sonne kletterte langsam den Horizont hinauf, der Tag begann bereits schwach zu leuchten, als sie sich der Grenzstation näherten, wo Rubel mit Gefechtsblick an seinem Schalter saß. Er war eingenickt, bis ihm per Anruf mitgeteilt wurde, dass der Transport gleich ankommen würde. Es zog sich hin wie eine Papstwahl, bis Rubel richtig wach war, der Kreislauf kam einfach nicht in Gang. Er kochte sich einen starken, dampfenden Kaffee, dann stieg weißer Rauch auf, er war einigermaßen dienstfähig.

Als Lorberg vor ihm stand, leierte der Hauptgrenzjäger die nötigen Informationen herunter, nahm die Personalien auf für das Protokoll und legte den Ausweis des Delinquenten mit spitzen Fingern zu Reichmanns Dokument. Den Wagen würden sie später überstellen.

»Was ist mit dem Ausweis? Bekomme ich ihn nicht zurück?«, blaffte Lorberg im letzten Vorstadium des Polterns. Rubel erklärte ihm die Gesetzeslage und die gültigen Ein- und Ausreiseregelungen, seine Dienstsprech-Maschine funktionierte trotz der frühen Stunde tadellos.

»Ich muss aber länger raus als vier Stunden. Ich habe einen Job da draußen«, warf Lorberg ein.

»Die Genehmigung von Ausnahmeregelungen sieht der Gesetzgeber nicht vor. Auch die Erteilung einer Arbeitserlaubnis ist nach meinem Kenntnisstand derzeit nicht möglich«, fügte Rubel zufrieden an.

»Das ist doch total unsinnig.« Lorberg schnaufte, er konnte sich nur mühsam beherrschen. So ein Wahnsinn: Auf der Fahrt im Auto hatten die Beamten rumgefaselt, dass die Grenzanlage auch dazu da sei, um »unerlaubten Grenzverkehr und Schmuggel zu verhindern«. Mann, dass klang, als hätten die Klein Kramser jede Nacht containerweise Alkohol, Drogen und wer weiß was noch über die Grenze geschafft. Lorberg stemmte die Hände in die Hüften und schüttelte den Kopf. Seine Halsschlagader schwoll an wie der Yukon bei der Schneeschmelze. Rubel schaute ihn genüsslich an: Einen Choleriker hatten sie also auch noch im Dorf.

Holger Lorberg griff nach seinem Seesack und verließ die Grenzstation.

Auf der Straße waren plötzlich Motorengeräusche zu hören, die sich in der morgendlichen Stille näherten. Kaum zu glauben, dass ausgerechnet jetzt jemand hier vorbeikam. Den Wagen kannte er doch, dachte Lorberg, japanisches Fabrikat, schon einige Jahre auf dem Kühler – die Klapperkiste musste fast volljährig sein. Die kleine, rote Schrottkarre rollte im Schritttempo auf die Grenzstation zu. Der Motor schepperte wie ein Sack Nüsse.

Der Wagen stoppte. Am Steuer saß eine Frau, Mitte dreißig, die hellbraunen Haare zu einem Dutt zusammengebunden, die schmale Nase, der hohe Haaransatz, den er jetzt durch die Frontscheibe erkennen konnte … es war … Romy Reichmann. Sie stieg aus und ging zum Schalterfenster.

Rubel kullerte durch den Raum und griente fleischig wie ein Halloween-Kürbis, als er seinem Ziel entgegenrollte. Sie sprachen kurz, dann ging Romy zum Auto, griff nach einer Reisetasche und weckte Jeremiah, der sich auf der Rückbank in eine Decke gekuschelt hatte. Er öffnete die Augen gar nicht, sondern tippelte verschlafen an der Hand seiner Mutter zum Schalter. Sie reichte Rubel ihren Ausweis und mehrere Geldscheine.

Rubel kontrollierte auch Jeremiahs Kinderreisepass genau: acht Jahre, ja, das kam hin. Er verglich das Passbild mit seinem aus dem Tiefschlaf gerissenen Gegenüber. Er war ihr Sohn, das erkannte jeder Blinde. Der große Vorteil einer Grenzkontrolle war, dachte Rubel, dass man die Gelegenheit hatte, alle Leute genau an- und ihnen in die Augen schauen zu können. Er tippte Daten in einen Computer. Wenig später ruckelten zwei Dokumente aus dem Drucker, die er Romy aushändigte.

»Nach den neuesten Bestimmungen hat Ihr Visum vier Stunden Gültigkeit, in dieser Zeit müssen Sie wieder auf das Territorium der Europäischen Union zurückkehren«, knarzte Rubel.

»Vier Stunden?«, fragte sie irritiert.

»Ja. Diese Regelung ist heute null Uhr zur Inkraft-Tretung gekommen.«

Da hatte sie ja mit ihrer Autopanne in doppelter Hinsicht Pech gehabt. Romy schaute auf ihre Uhr. Als sie durch den Gang nach Klein Krams gingen, bemerkte sie Holger Lorberg, der einige Meter von der Grenzstation entfernt wartete.

»Ich glaube es nicht, Holger Lorberg! Das kann doch kein Zufall sein, dass wir uns um diese Uhrzeit hier über den Weg laufen. Hast du mich hier abgepasst?«, fragte sie und lachte.

Loberg versuchte sich trotz seiner Wut an einem freundlichen Lächeln. Sie drückten sich und küssten sich auf die Wange. Er nahm die Tasche und hängte sich seinen Seesack über die Schulter. Jeremiah reichte Lorberg müde die Hand. Der Junge hatte während der kurzen Unterhaltung sofort die Chance genutzt und seinen Kopf an die Hüfte seiner Mutter gelegt, um weiterzuschlafen.

»Wir sind gleich da, mein Spatz«, flüsterte sie, »einmal noch tapfer sein. Dann macht Oma etwas Schönes zum Frühstück, vielleicht Marmeladenbrötchen. Und bestimmt gibt es heißen Kakao.«

Jeremiah tippelte an Romys Hand zum Dorf, das noch knapp einen Kilometer entfernt war, jetzt aber so weit weg wirkte, als müssten sie bis zum Horizont laufen. Romy schaute flüchtig auf die Infoblätter, die ihr der Grenzbeamte in die Hand gedrückt hatte, schüttelte den Kopf und zog die Augenbrauen hoch.

»Sie haben sogar eine Reisewarnung verfasst«, murmelte sie leise. Jeremiah hatte ihre Worte genau gehört und schaute sie fragend an. Romy versuchte, schnell das Thema zu wechseln.

»Lieb von dir, dass du die Tasche trägst, Holger … und übrigens, du siehst sehr gut aus.«

Sie meinte, was sie sagte, das Kompliment entsprang nicht der Höflichkeit, und sie wusste jetzt auch, warum er attraktiver wirkte als früher: Das Make-up in der Maske und der Erfolg ließen ihn aussehen, als habe er eine Woche auf einer Beauty-Farm verbracht.

»Danke. Du auch. Sehr sogar.«

Sie sah ihn überrascht an. So kannte sie Holger gar nicht, als hätte er einen Knigge-Intensivkurs gemacht.

»Danke, sehr charmant … aber was treibst du hier um diese Uhrzeit … und ist alles okay, wenn ich das fragen darf?«

Er ließ sich Zeit mit der Antwort, um den Tragegurt der Tasche auf der Schulter zu richten.

»Ich bin gerade festgenommen und nach Klein Krams überführt worden. Ich bekomme keine Arbeitserlaubnis für das EU-Territorium, insofern ist die Frage wohl beantwortet, ob alles okay ist.«

»Das tut mir sehr, sehr leid für dich«, sagte sie bedauernd, »das ist schon ganz schön komisch, wie sich das alles entwickelt hat. «

Während Lorberg nicht ohne einen gewissen Stolz, solch spektakuläre Erlebnisse bieten zu können, von der Festnahme erzählte, waren sie vor dem Haus ihrer Eltern angekommen.

Sie verabschiedeten sich umarmend voneinander und wünschten sich gegenseitig einen guten Start in den Tag, was immer er auch bringen würde.

»War schön, dich mal wiederzusehen, Holger«, rief Romy ihm noch hinterher.

Als Lorberg vor seinen heruntergekommenen vier Wänden stand, wurde ihm mit aller Wucht bewusst, dass dies nun auf unabsehbare Zeit sein Aufenthaltsort sein würde. Selten, eigentlich nie, hatte der Spruch »My home is my castle« weniger gepasst.

JEREMIAH UND ROMY

Jeremiah war in der Küche auf die Eckbank gekrabbelt. Der Ausflug war dermaßen aufregend gewesen, mit einer Panne mitten auf der Autobahn und einem Lkw-Fahrer, der schließlich ihren Keilriemen reparieren konnte, ihm sein Führerhaus zeigte – und dann, man konnte es kaum glauben, wohnten Oma und Opa plötzlich auch noch in einem anderen, einem eigenen Land. Die anderen Kinder würden Augen machen, wenn er das erzählte. Republik Klein Krams, das war We-ka, Weltklasse.

Es roch nach Kaffee und Kakao, irgendwie nach Oma und Opa, fand Jeremiah, er folgte dem einfachen Prinzip »immer der Nase nach«, denn auf dem Tisch stand ein gewaltiges Stück Himbeerkuchen, das er vertilgte, bis von Oma Johanna Nummer zwei angeliefert wurde.

Johanna strich ihm über den Kopf und gab ihm einen Kuss auf die kurzen, stoppeligen Haare. Johanna hatte immer versucht, Klein Krams auch zu einem sicheren, unbeschwerten Zufluchtsort für Romy und Jeremiah zu machen. Die Beziehung zu Jeremiahs Vater war früh gescheitert.

»Oma??! Dein Kuchen ist We-ka.«

»We-ka?«

»Ja, das heißt Weltklasse. Sagen wir immer so.«

»Du hast natürlich völlig recht«, sagte Johanna, »der Kuchen ist wirklich We-ka … der Belag ist fruchtig wie eine Obstplantage und der Boden leicht und luftig wie ein fliegender Teppich.«

Jeremiah lachte und hippelte mit den Füßen, dann fragte er:

»Habt ihr eigentlich etwas Schlimmes gemacht, Opa?«

»Nein. Warum fragst du?«

»Weil am Ortseingang Bullen stehen und ein Zaun um das Dorf gebaut wurde … und Holger Lorberg wurde festgenommen und hierher zurückgebracht.«

»Nein, wir haben nichts Schlimmes angestellt, und Holger Lorberg auch nicht … und die Herren in Uniform nennt man Polizisten, Jeremiah.«

Der Kleine nickte.

»Gut. Aber das war vorher nicht so … dass es eine Grenze mit Polizisten gibt.«

Reichmann überlegte, wie man einem Achtjährigen erklärte, was geschehen war.

»Also, Jeremiah, es ist so, dass wir jetzt in einem anderen Land leben. Deshalb gibt es auch eine Grenze … und Holger Lorberg wurde zurückgebracht, weil es nicht mehr so einfach für uns ist, die Grenze zu passieren. Deshalb versuchen wir, uns selber zu versorgen und unsere eigene kleine Landwirtschaft aufzubauen.«

Der Kleine hatte gespannt zugehört und nickte.

»Ist das so wie Siedler von … von … Catan?«

»Ja. Das ist ein bisschen wie beim Spiel Siedler von Catan.«

Johanna hielt es für das Beste, das Thema zu wechseln.

»Wollt ihr euch vielleicht kurz hinlegen?«, erkundigte sie sich. »Ihr müsst ja todmüde sein.«

»Das ist ganz lieb, Mama, aber wir sollten die kurze Zeit so gut wie möglich nutzen. Wir mussten ja das Auto draußen stehen lassen und müssen auch zehn Minuten Fußweg zurück zur Grenze einrechnen.«

»Das habt ihr gut gemacht. Es ist ein merkwürdiger Spagat … auf der einen Seite will man sich sehen … und auf der anderen füllt man denen mit seiner Sehnsucht auch noch die Taschen«, sagte Reichmann.

Johanna warf ihm einen vorwurfsvollen Seitenblick zu, sie hatte keine Lust, diesen Moment mit harschen Statements aufzuladen … oder besser gesagt zu verderben. Ihr war außerdem etwas anderes an Romys Bemerkung aufgefallen.

»Was meinst du mit ›die kurze Zeit‹, Romy? Ihr könnt ruhig länger bleiben.«

»Das würden wir gerne … aber nach vier Stunden läuft unser Visum ab. Länger dürfen wir nicht einreisen«, sagte Romy bedauernd. »Wusstet ihr das nicht?«

Reichmann schüttelte den Kopf. Ärger stieg in ihm hoch. Er atmete tief durch und riss sich zusammen, vor Jeremiah mochte er sich nicht aufregen. Reichmann sah Johanna an, die ihre Enttäuschung mühsam herunterschluckte. Sie hatte sich auf ein paar gemeinsame Tage gefreut.

»Sie haben sogar eine … eine Warnung … nach Klein Krams zu fahren, ausgesprochen«, plapperte der Kleine.

»Eine Reisewarnung?«

»Ja … frag Mama.«

»Ja, das stimmt, Papa … ich wusste gar nicht, ob ich euch das zeigen sollte. Es ist eigentlich solch ein Schwachsinn …«, sagte Romy müde. Es war ihr deutlich anzumerken, dass es ihr unangenehm war, diese Nachricht zu überbringen.

Sie zog die Informationsblätter aus dem Seitenfach ihrer Tasche und legte sie auf den Tisch. Reichmann nahm sie sich und las.

Reisen sind im gesamten Gebiet von Klein Krams wegen der unklaren Rechts- und Versicherungslage mit erheblichen Risiken verbunden. Das Auswärtige Amt rät dazu, in Klein Krams besondere Vorsicht walten zu lassen und die Sicherheitslage in den Medien zu verfolgen und einen Aufenthalt am besten zu vermeiden.

Johanna wartete nicht ab, bis Manfred zu Ende gelesen hatte. »Ich gehe jetzt melken«, sagte sie. »Möchtest du mitkommen, Jeremiah? Wir brauchen auch noch Namen für ein Schaf und eine Ziege. Wollen wir uns die zusammen ausdenken?«

»Au ja, Omi«, rief er und rutschte von der Sitzbank. Er hüpfte seiner Großmutter in die Arme und klammerte sich fest. Die Schafe und Ziegen hatten das Holzflugzeug, in das man sich hineinsetzen und gezogen werden konnte, als Attraktion Nummer eins im Handumdrehen verdrängt.

Jeremiah leckte mit der Zunge über seinen Milchbart.

»Sind es Männer oder Frauen, Oma?«

»Das Schaf ist ein Mann, also ein Bock. Die Ziege ist eine Frau, man kann sie auch Zibbe oder Zicke nennen.«

»Dann können wir den Bock … Zeus nennen… das ist der Göttervater. Ich lese gerade griechische Sagen … Und sie nennen wir el Ziege, das passt zu el Friede.« Er lehnte sich zurück, ließ die Hände aber hinter dem Nacken seiner Oma verschränkt und schaute erst die Ziege und dann Johanna an. »Nein. Dann nennen wir sie Hera, das ist Zeus' Frau. Das müsste damenhaft genug sein.«

Er zwinkerte mit den Augen. Johanna lachte und nickte.

»Ja. El Ziege wird wahrscheinlich nichts dagegen haben, wenn sie jetzt Hera heißt.«

Sie tauften die Tiere, indem sie ihnen etwas Wasser aus der Tränke auf die Stirn tupften. Es war ein bittersüßer Moment, der jäh gestoppt wurde.

9.15 Uhr ... der Countdown lief – die vier Stunden Besuchszeit vergingen wie im Fluge.

»Soll ich dir noch fünf Minuten die Füße massieren auf der Couch in Uropa Wilhelms Atelier«, fragte Johanna Jeremiah, »und dabei erzählst du mir, wie es im Fußballverein läuft?«

»Ja«, rief der Kleine und rannte in das große Zimmer.

Romy und Reichmann saßen sich allein in der Küchensitzecke gegenüber.

»Papa, was ich noch fragen wollte ... Ist wirklich alles in Ordnung bei euch?«

Reichmann sah seine Tochter nachdenklich an. »Ja. Es ist alles so weit okay ... aber es sind eben ... aufregende Zeiten.«

Romy nahm einen großen Schluck von ihrem Kaffee. »Wollt ihr euch das alles hier nicht noch mal überlegen?«

Reichmann atmete tief ein, stand auf, ging an das Küchenfenster und schaute in die Ferne. Er sah auf den Tagebau, das Kraftwerk und die Schlote, die den Horizont zersägten.

»Ich weiß ... Aber wir haben ... zumindest aus meiner Sicht ... zur Zeit keine Alternative, Romy. Wir wollen hierbleiben, Klein Krams ist unser Leben und ... wir haben der Umwelt gegenüber auch eine Verantwortung.«

Romy strich sich müde über die Nasenwurzel.

»Das kann ich verstehen, Papa, aber was den Umweltschutz betrifft: Die Tagebaue, die sie nach dem Abbau der Kohle wieder geflutet und zu einer Seenlandschaft umgestaltet haben, sind richtig klasse. An vielen Ecken ist es Natur pur. «

Reichmann hätte sich von seiner Tochter moralische Unterstützung gewünscht, dennoch, ihr Argument war nicht von der Hand zu weisen.

»Ja, das sind sie, da hast du völlig recht, Romy, und das ist auch gut so. Es gibt aber fantastische Möglichkeiten, Strom durch erneuerbare Energien zu erzeugen. Nur werden die durch die Braunkohle-Lobby gebremst.«

»Ich weiß genau, was du meinst. Es geht immer um Profit – die Braunkohlekonzerne torpedieren die Energiewende. Und um es noch einmal deutlich zu sagen: Ich finde toll, was ihr macht, und es ist auch nicht so, dass mir das nicht großen Respekt abnötigt, ich habe mir nur Sorgen gemacht.«

»Dann ist es ja gut, wenn unser heroischer Kampf ein bisschen honoriert wird.«

»Trotzdem will ich sagen, man könnte diesen Kampf für die Umwelt auch anders fortsetzen. Sich bei Umweltprojekten engagieren, ein Stück Regenwald kaufen – es gibt sehr viele Möglichkeiten, ohne sich hier bis zur Selbstaufgabe zu opfern.«

»Ja. Aber wir wollen unsere Heimat, die auch deine ist, retten. Und können auch ein Zeichen setzen.«

»Sicher, Papa?«

Romy schaute auf die Uhr und sprang auf. O Mann! Allerhöchste Zeit zum Aufbruch, sie hatten nur noch zwölf Minuten.

Sie holten Jeremiah und schnappten hastig ihre Sachen. Der Kleine klammerte sich im Flur an das Bein seines Großvaters, damit der ihn während des Laufens herunterkitzeln musste, ein Abschiedsritual, das sie »Frucht runterschütteln« nannten, aber es war nicht die richtige Zeit dafür, diese Tradition zu pflegen.

»Nicht … Jeremiah, mein Junge … heute geht es nicht, tut mir leid.«

Reichmann rupfte den Kleinen in all der Eile resolut von seinem Schienbein. Sie warfen sich in ihre Jacken und stürzten aus dem Haus, sich noch auf der Dorfstraße wild rudernd die Ärmel sortierend, als absolvierten sie irgendein eigenartiges Gesellschaftsspiel und im weiteren Sinne war es das ja auch.

Johanna hatte trotz des überstürzten Aufbruchs ein großes Stück Himbeerkuchen für die Reise eingepackt. Reichmann trug die Tasche und hechelte ein paar Meter hinterher die Landstraße hinunter.

»Hier, Jeremiah … Verpflegung für die Fahrt«, japste Johanna. Sie verabschiedeten sich, dann griff Romy nach Jeremiahs Hand und ging mit schnellen Schritten die letzten Meter zur Grenze.

Der junge Beamte, der aussah, als hätten sie einen Teenager zum Wehrdienst eingezogen, schaute sehr lange abwechselnd auf seine Uhr und in die Unterlagen, als wollte er es spannend machen, vielleicht brauchte er aber auch nur etwas länger. Dann trat er aus der Tür, zeigte auf den Kuchen und sagte etwas. Romy zuckte bedauernd mit den Schultern, schaute zu ihren Eltern und winkte ihre Mutter heran.

»Lebensmittel dürfen wir nicht mit hinausnehmen«, sagte Romy und gab Johanna das Päckchen mit dem Kuchen zurück. Jeremiah schaute, als habe man ihm seine Zuckertüte weggenommen.

»Kann eine Ausnahmegenehmigung erteilt werden?«, fragte Reichmann, der dazugetreten war, »wenn es sich um eine Art humanitäre Hilfe handeln würde … der Kuchen ist ja Reiseproviant?«

Der Grenzbeamte schüttelte den Kopf, Vorschrift war nun mal Vorschrift. Die Debatte war beendet – es machte keinen Sinn, wegen eines Stückes Kuchen eine Staatskrise auszurufen. Der Grenzer gab Romy eine Quittung, sie konnten den Grenzübergang passieren.

Die Reichmanns winkten lange, verstört und wütend, weil jetzt nicht mal mehr ein Stück Kuchen den Ort verlassen konnte.

Mit dem unangenehmen Gedanken, nur noch maximal für drei Tage etwas zu essen zu haben, alle Konserven und selbst die allerletzten Hinterbänkler in der Vorratskammer eingerechnet, fiel Holger Lorberg in einen tiefen Schlaf. Er wachte erst auf, als es klopfte, die Klingel war seit langem defekt. Er verzog genervt den Mund. Jetzt war er schon am abgeschottetsten Ort der westlichen Welt gelandet – obwohl, eigentlich gehörten sie ja nicht mehr dazu –, aber nicht mal hier, hinter einem eisernen Vorhang, konnte man in Ruhe ausschlafen.

Er raffte sich trotz des inneren Widerstandes auf, ging ins Erdgeschoss und riss wütend die Haustür auf, vor der Reichmann und Brunsendorf standen. Er erwiderte ihren Gruß kaum, auch die Einladung zur kurzfristig angesetzten Dorfversammlung am späten Nachmittag quittierte er mit einem bemerkenswerten Minimum an Mimik, dafür teilte die krachend zugeschlagene Tür unmittelbar darauf mit, was er von der Sache hielt.

Dorfversammlung statt TV-Studio, seine speckige Bude statt Aufenthalt in einer gepflegten Pension, dachte Lorberg, als er sich kurz vor sechs auf den Weg zum Gemeinschaftshaus machte. Hühnergegacker, das hämisch über einen Zaun quoll, statt der Chicks auf Aftershow-Partys – er war innerhalb weniger Stunden von hundertzwanzig auf null abgestürzt, ach was, er war im tiefsten Minusbereich gelandet.

Bevor er Reichmann zu Wort kommen ließ, musste Lorberg erst einmal seinem Unmut Luft machen. »Das ganze Szenario hier erinnert mich an die ›Truman Show‹«, sagte er, »diesen Hollywood-Blockbuster, in dem der Hauptdarsteller in dieser künstlichen Welt lebt und sie nicht verlassen darf.«

»Ja«, sagte Brunsendorf, der den Film kannte, »das stimmt, es gibt gewisse Ähnlichkeiten … und wenn man so will, auch zu dieser komischen anderen Sendung, in diesem Container, wo sie die Leute filmen und keiner ohne weiteres raus darf.«

»Das sind Zustände wie im Kalten Krieg«, wetterte Lorberg, »das ist Kanonenboot-Diplomatie, demnächst legen sie Seuchenmatten am Grenzübergang aus. Wir können froh sein, dass Vogelgrippe und Aids schon durch sind, sonst würden sie uns das auch noch unterjubeln, vor allem dieser Rubel … dieser Querschläger der Evolution.«

Als Reichmann den schwierigen Juniorpartner über die aktuellen Entwicklungen ins Bild gesetzt hatte, sagte Lorberg völlig überraschend sogar Danke und fügte in freundlichem Ton hinzu: »Wir werden ja sehen. Ich werde jetzt erst mal alles sacken lassen und mich um das Haus kümmern. Ich melde mich, wenn ich eure Hilfe brauchen sollte.«

Lorbergs Gemütslage war weiter eine große Blackbox, unmöglich einzuschätzen, Prognosen über das Aprilwetter waren deutlich einfacher. Er stand auf, grüßte und verließ den Raum. Nur raus hier, ein bisschen alleine sein. Das Paradoxe ist, dachte er, als er mit großen Schritten, verschränkten Armen und hochgezogenen Schultern durch das Dorf ging, dass ein Ende der Republik vermutlich auch sein Ende als gefragter Talkgast und Kolumnenschreiber nach sich zöge. Er wäre dann wieder ein ganz normaler freier Journalist.

Zumindest ein bis zwei Wochen, entschied Lorberg, werde ich die Lage beobachten, die Zähne zusammenbeißen und das Spiel mitspielen. Zur Not muss ich mich danach hier verabschieden und mich rückbürgern lassen. Ich werde nicht den Rest meines Lebens in einer Art Freigehege verbringen. Von einer Abriegelung des Gebietes samt fehlender Reisefreiheit und Arbeitserlaubnis hatte niemand etwas gesagt, als über die Autonomie abgestimmt worden war.

SÜDSEE-TRÄUME

In den Tagen danach lief der Betrieb hüben wie drüben wie gewohnt weiter. Über Klein Krams kreiste gelegentlich ein Helikopter, der offenbar den Luftraum überwachen sollte. Holger Lorberg nannte den Hubschrauber »Puck«, weil er wie die berühmte Stubenfliege immer drumherum summte. Die Lufteinsätze der EU waren, was die Waffengleichheit betraf, ungefähr so, wie mit einem Maschinengewehr auf einen Floh zu schießen, denn sie hatten nicht mal einen Drachen in Klein Krams. Der, den sie mit Jeremiah gebastelt hatten, war im vergangenen Herbst von seiner Schnur abgerissen und in die Weiten des Tagebaus entschwunden.

Für Aufregung sorgte ein Vorgang, den sie die »Diensthund-Affäre« nannten. Rubel hatte »Aida« nachkommen lassen, eine betagte Schäferhündin, die mehr repräsentative und, was Rubel betraf, partnerschaftliche Aufgaben als eine praktische Verwendung hatte. Die ältere Dame pflegte einen ausgesprochen unbedarften Umgang mit den Aus- und Einreisevorschriften: Sie nutzte einen günstigen Moment, um sich nach Klein Krams abzusetzen – Helmuts Geruch lockte sie an wie das Licht die Motten. Brunsendorf entdeckte erst, was ihm die Kraft der Evolution ins Haus getrieben hatte, als Helmut und Aida nach vollzogenem Akt schläfrig im Korb lagen. Die Überläuferin blinzelte ihn friedlich an, Helmut gähnte zufrieden.

Brunsendorf sah mit dem Feldstecher zur Grenze. Rubel tigerte unruhig am Zaun auf und ab. Sollte er noch eine Weile schmoren. Der Meinung war auch Lorberg, der gerade bei Brunsendorf vorbeischaute, um sich Kartoffeln zu borgen.

»Wir sollten eine Lockerung der Reiseregelung für die Rückgabe fordern«, sagte er bissig, »oder eine internationale

Tierschutzorganisation davon in Kenntnis setzen, dass bei der EU Hunde für Grenzprovokationen missbraucht werden.«

Rubel empfing Brunsendorf mit einem schalen Grinsen, er erinnerte an einen Kleingärtner am Gartenzaun, der dabei ertappt wurde, als er vom Nachbargrundstück Obst klaute.

»Aus der ungenehmigten Einreise Ihres Diensthundes wollen wir keine Staatsaffäre machen, Herr Rubel«, sagte Brunsendorf generös, »zumal er sich nicht länger als die gesetzlich vorgeschriebenen vier Stunden bei uns aufgehalten hat. Aus versicherungstechnischen Gründen wäre es allerdings gut, wenn Ihr Hund in Zukunft nicht mehr illegal die Grenze passiert. Wie Sie wissen, genießen Tiere bei uns nicht mehr den allgemein üblichen Versicherungsschutz. Beim nächsten Mal müssen wir auch die übliche Gebühr für Tiere in Höhe von 19,99 Euro einfordern. Ob die Angelegenheit Nachwehen haben wird, müssen wir abwarten.«

Aida versuchte, die Krise einfach wegzuwedeln und rannte ins Grenzerhäuschen. Rubel machte ebenfalls, dass er in seine Hütte kam.

Lichtblicke kamen per Post. Brunsendorf leerte an dem Tag, der für unerwartete Aufregung sorgen sollte, den Briefkasten. Er traute seinen Augen kaum, als er die Klappe der Box geöffnet hatte. Statt des üblichen Vakuums fand er dort gleich zwei Sendungen vor. Er griff die beiden großen, schweren Umschläge, die äußerlich unterschiedlicher kaum sein konnten, und lief schnell zurück ins Dorf.

Unterwegs musterte er gespannt das ockerfarbene Kuvert mit grellbunten Briefmarken, auf der springende Delfine, Palmen und weiße Strände zu sehen waren, neben einem Pulk Poststempel. Der halbe Globus flog vorüber. Adelaide, Kalkutta, Paris. War es wieder das geschäftliche Angebot eines Fantasten?

Sie versammelten sich wenig später in der Küche der Reichmanns, sogar Holger Lorberg war gekommen. Sie öffneten zunächst den schlichten, unfrankierten Umschlag und betrachteten ungläubig das dicke Heft, das zum Vorschein kam: Es hatte sich tatsächlich in die Postbox eine Sportzeitung mit den aktuellen Ergebnissen verirrt.

Sie rätselten, wer der unbekannte Gönner sein könnte. Der Postbote, der auch den zweiten Brief gebracht hatte? Der Solidaritätsakt eines Unbekannten? Ein Versehen?

Reichmann öffnete den DIN-A3-Umschlag, das Briefmesser durchschnitt ratschend das Papier der braunen, versteiften Hülle. Er zog vorsichtig den Inhalt heraus, bunte Faltblätter und ein Schreiben, in dessen Briefkopf ein großes, farbenfrohes Hoheitszeichen prangte. Reichmann begann vorzulesen. Aus Bingo, einem selbstständigen Südsee-Atoll, war zwar nicht die offizielle Anerkennung der Republik Klein Krams eingetroffen, aber das Angebot zur »bilateralen Kooperation«. Bingo war überhaupt der erste Staat – wenn auch eine Art Light-Version –, der ihnen Hilfe anbot. Ja, Reichmann erinnerte sich, dass er auch einen Brief mit der Bitte nach offizieller Anerkennung oder Aufnahme von Staatsbeziehungen nach Bingo geschickt hatte: Der ungewöhnliche Name, identisch mit einem beliebten Lotteriespiel, war ihm schon damals aufgefallen. Das Atoll hatte sich auf einer langen Liste von Ländern und selbstständigen Gebieten befunden, die er im Internet gesucht hatte. Der Brief war ein wärmender Lichtstrahl aus einer fernen Welt, machte allerdings trotz aller Freude auch deutlich, dass der Rest der Welt sich in Schweigen hüllte. Kein Schreiben, nicht mal ein vorformulierter Gruß oder irgendeine Absage. Nur ein winziges, einsames Atoll in der Südsee, ein Zwergstaat, reichte ihnen die Hand.

Die Insulaner aus Übersee schickten auch Informationsmaterial, Südsee-Fotos, die atemberaubend schön waren – als hätte der Fotograf die Strände geweißt, die Palmen frisch gestrichen und am Computer noch einmal alles nachkoloriert. Auch ein Foto des Staatschefs lag bei. Mutalasi Tolofoni hatte einen riesigen Kopf – kein Wunder, wenn man sich sein Aufgabengebiet anschaute. Ihm musste eine Menge durch den Kopf gehen: Er füllte neben dem Amt des Ministerpräsidenten auch das des Außenministers, des Ministers für internationale Beziehungen, des Ministers für Koordinierung der Entwicklungshilfe aus und war außerdem Vorsitzender der Bingo-Rugby-Union und des nationalen Schachverbandes.

Reichmann ging an den Bücherschrank und nahm den zweiten Band eines gewaltigen Nachschlagewerkes heraus. Tatsächlich gab es einen ausführlichen Eintrag über Bingo. Die isolierte Südpazifik-Insel, die bei der letzten Volkszählung 654 Einwohner hatte, war ein Mikrostaat, der mit dem Verkauf von Briefmarken und Internet-Toplevel-Domains Geld verdiente. Bingo bot Klein Krams sogar die Austragung eines Fußball- oder Rugby-Länderspieles an – dass Klein Krams nicht einmal eine Kleinfeld-Fußball-Seniorenmannschaft zusammenbekommen würde, von einem Rugbyteam ganz zu schweigen, war bedauerlich. Sie hätten sonst jenseits der sechzig sogar noch ein Länderspiel machen können, ein eigenes Paninibild fast in Reichweite und vermutlich wäre Reichmann Trainer, Betreuer, Vorsitzender des Fußball-Verbandes und Abwehrchef in einem gewesen – eine Art Mutalasi Tolofoni des Kleinfeld-Fußballs.

»Also, du könntest dir mal eine Scheibe abschneiden bei Mutalasi Tolofoni! Was der für Funktionen hat und so alles wuppt«, sagte Brunsendorf zu Reichmann. »Und dann ist er auch der Chef des Schachverbandes. Wir könnten den Insulanern vorschlagen, Fernschach mit uns zu spielen.«

»Das ist eine sehr schöne Idee, also das mit dem Schach spielen«, erwiderte Reichmann. »Was deinen Anwurf betrifft:

Ich bin eben einfach nicht ämtergeil, sondern arbeite für mein Volk gerne im Verborgenen, auch wenn manch einer das nicht zu würdigen weiß. Ein kleines Lob, dass ich Bingo überhaupt angeschrieben habe, wäre ganz schön.«

Reichmann wischte die Anerkennung, die er daraufhin bekam, mit einer gespielt generösen Geste weg und sagte: »Wollen wir für die Bingolaner heute Abend einen Antwortbrief verfassen und den Eröffnungszug gleich mitschicken? Wir könnten ihn vielleicht an die Mail-Adresse schicken, die auf dem Briefkopf steht.«

»Und wie willst du die Mail abschicken? Wir haben kein Internet«, sagte Lorberg, der sich mit diesem Problem herumschlagen musste, und gab die Antwort gleich selber: »Wir speichern alles auf einem Stick. Ich muss sowieso noch ein paar Texte schreiben. Wenn Schorsch Becker kommt, bitten wir ihn, die Mail zu versenden.«

Lorberg wollte auf dem Stick auch gleich noch ein paar Nachrichten und Beiträge an Zeitungen speichern, um unter den neuen, schwierigen Umständen nach Wegen für eine Zusammenarbeit zu suchen.

Sie beschlossen, sich gegen acht auf Brunsendorfs Terrasse zu treffen und dort erst einmal die Mail zu verfassen.

Brunsendorf, der sich mit den schwarzen Steinen in großer Bedrängnis befand, als er am späten Abend noch eine Partie gegen Reichmann spielte, versuchte die Situation auf dem Spielfeld zu entschärfen, aber er war nicht bei der Sache, sondern bei Maria: Die Sportzeitung, der Farbtupfer aus der Südsee und der gemeinsame Abend hatten seine Stimmung nur vorübergehend gehoben. Er wurde wieder von der Sehnsucht nach ihr gequält, die von Tag zu Tag schlimmer wurde.

»Irgendwann wird es einen Schachzug geben, der nach Klein Krams benannt wird«, versuchte Reichmann, dem die düstere Stimmung seines Freundes nicht entgangen war, ihn aufzuheitern.

»Wenn ich so auf unsere landwirtschaftliche Arbeit schaue, wird es vermutlich ein Zug mit dem Bauern sein. Dabei geht es darum, sich aus der Umklammerung des übermächtigen Gegners zu befreien.« Sie prosteten sich zu.

Fünf Minuten und zwei Züge später setzte ihn Reichmann matt. Die Partie und der Abend waren beendet.

LISTIGKEIT KENNT KEINE GRENZEN

Der Geländewagen – groß, schwarz, stark – walzte sich über die Landstraße: Ein paar Pferdestärken weniger – das Wort erinnerte ihn sofort an das Trojanische Pferd – hätten es auch getan, aber er hatte den Jeep von einem befreundeten Kollegen übernommen.

Becker bog in einen Feldweg, der im Gegensatz zu der achsfressenden Buckelpiste die reine Erholung für Mensch und Material war. Er stoppte den Wagen auf einer Anhöhe, die zwei Kilometer von der südwestlichen Landesgrenze entfernt aus dem Boden wuchs wie ein Pickel aus der Erde, wuchtete sich aus dem Wagen, saugte die Landluft ein wie ein rückfälliger Raucher den ersten Zigarettenqualm und musterte Klein Krams.

Die Häusergruppe sah von hier oben, wo von der Grenzanlage nur ein Stück des Zaunes zu sehen war, wie ein ganz normales, friedliches Kaff aus, nicht wie ein widerborstiger Flecken Erde, der sich mit einem mächtigen Staatenbund anlegte. Becker ließ seinen Blick über das Staatsgebiet schweifen: vom Gramberg über die Dächer und die Gebäude hin zu den Weiden und Wiesen. Klein Krams Süd, wenn man so wollte, während die meisten Häuser im Westend lagen. Die bewohnten Gebäude waren inzwischen in der Unterzahl. In den verlassenen Gehöften zeigte die Natur, wozu sie ohne Heckenschere und Rasentrimmer in der Lage war: Die Vorgärten sahen wild und verwuchert aus wie der Bart eines Trappers.

Er glich das Relief der freien Republik mit dem Anforderungsprofil seiner Idee ab.

Ja, es konnte funktionieren.

Er feilte auf der Fahrt ins Dorf an seinem Plan, um ihn zu einem richtigen Coup zu entwickeln, verwarf Einfälle, strich Gedanken und suchte nach entscheidenden Argumenten, um den Klein Kramsern sein Vorhaben, in das er sich immer mehr verliebte, schmackhaft zu machen, falls sie nicht anbeißen wollten.

Horst Rubel sah aus wie ein vertrockneter, lieblos gestalteter Halloween-Kürbis, als Becker vor das Schalterfenster trat, grüßte und das Geld durch die Luke reichte. Der Hauptgrenzjäger raffte sich zu einem »Guten Tag« auf, den er bisher nicht gehabt hatte, genauso wenig, wie er derzeit keine guten Morgen und keine guten Nächte hatte. Er schlief schlecht, seine jugendlichen, wenig altersgerechten Kameraden und die Langeweile machten ihm zu schaffen: Zunächst hatte er auf seinem Bürostuhl die Stunden gezählt, dann die Minuten, jetzt war er schon bei Sekunden angelangt. Becker reichte ihm seinen Ausweis, den Rubel lethargisch entgegennahm und den Passierschein auszufüllen begann.

»Eine Frage habe ich noch: Wie verhält es sich mit Besuchern aus dem Nicht-EU-Gebiet, wenn sie einreisen wollen?«

In Rubels Nachrichtenzentrale wurde die Frage sofort in das News-Center durchgestellt. Die Neugier pumpte den schlaffen Hauptgrenzjäger wie eine Art Soforthilfe Stück für Stück auf, er sah jetzt aus wie ein wohlgeratener Halloween-Kürbis.

»Wenn Sie eine ausführliche Schilderung Ihres Anliegens tätigen würden, könnte es durch die Präzisierung effizienter zu einer Informations-Vornahme meinerseits kommen«, gab Rubel erneut eine eindrucksvolle Kostprobe seiner Amtssprachen-Kenntnisse ab.

Becker lachte in sich hinein, er musste seine Mundwinkel mit aller Kraft fixieren, damit sie nicht zuckten und den Hauptgrenzjäger auf die richtige Fährte lockten.

»Das geht leider nicht«, flüsterte Becker, vorsichtig witternd, dass niemand sie belauschte.

Rubel nickte konspirativ in die Redepause, neigte den Kopf schräg zum Schalterfenster und war ganz Ohr. Plötzlich zuckte der Beamte zusammen.

Das Klingeln des Telefons sägte in die Stille wie das Riff einer E-Gitarre. Rubel streckte die Hand nach dem Hörer aus, bremste seine Finger dann aber kurz vor dem Zugriff, sichtlich hin und her gerissen zwischen Pflicht und Kür. Die Amtsperson siegte, er riss den Hörer an sein Ohr.

»Ah ... Ah ...«, keuchte Rubel, »... nicht doch, nicht jetzt ...«

Becker hatte schon Angst, der plötzliche Druckabfall würde sich negativ auf seine Neugier auswirken.

»Das klären wir später in Ruhe, ich bin in einer Besprechung«, fauchte Rubel und warf den Hörer auf.

»Kommen wir doch mal zur Vervollständigung der Anfragestellung«, schwurbelte der Grenzbeamte und war wieder ganz der Alte.

Becker verdeckte die Lippen mit der Hand und raunte: »Also ... weil Sie ja inzwischen sozusagen ein Freund der Republik sind: Es sind Unterhändler im Anmarsch auf Klein Krams.«

Rubels Schaltzentrale ratterte und schickte eine Eilmeldung an das Großhirn. »Aus Regionen, die nicht zum Territorium der Europäischen Union zugehörig sind?«, rief er.

»Nicht so laut, Herr Rubel, bitte.«

Rubel hob entschuldigend die Hände: Wie hatte er sich so gehen lassen können? Jetzt, unmittelbar, bevor die entscheidenden Informationen in seine Hände gelangen würden.

»Zu welchem Zweck soll der Grenzübertritt erfolgen?«

Becker wandte den Blick in die Ferne, überlegte, pustete unschlüssig durch und schüttelte dann den Kopf.

Rubel nickte. Es war im Grunde egal, dass der Anwalt nicht weitersprechen wollte, er wusste genau, dass sich hier etwas anbahnte: Er war ja nicht blöd.

»Ich werde meinerseits Erkundigungen vornehmen«, antwortete er leise, »in Kürze werde ich die Informationen zur Übergabe bereit machen.«

Rechtsanwalt Becker nickte dankbar. Er wusste: Auf Horst Rubel war Verlass.

Nachdem Becker seinen Vorschlag unterbreitet hatte, schauten die Klein Kramser ihn an, als habe er in voller Wintermontur eine Sauna betreten.

Als der Anwalt um ein Treffen im Gemeinschaftshaus gebeten hatte, hatten sie alle gehofft, es gäbe vielleicht eine Organisation oder einen Staatenbund, die ihnen zur Seite stehen wollte.

Und nun das: Schorsch warb für eine Kriegslist, einzig und allein seinem Minutenschlaf vor der Glotze geschuldet. Hätten sie etwa, falls eine Reportage über die ADAC-Lufthilfe zu sehen gewesen wäre, mit dem Rettungshubschrauber in die Freiheit entschweben sollen? Schräg, sehr, sehr schräg … trotzdem fast noch realistischer als sein Plan: Sie sollten einen fremdländisch aussehenden Unbekannten empfangen, damit die EU annahm, sie verhandelten mit mächtigen ausländischen Interessenten über eine Kooperation. Womöglich über eine strategische Partnerschaft. Ein Bluff der ganz frechen Sorte, Karo einfach, als Grand Hand verkauft. Der Geräuschpegel im Dorfgemeinschaftshaus war nach Beckers Monolog auf den Nullpunkt gesunken.

»Also, was haltet ihr davon?«, fragte er erwartungsvoll.

»Also ... ehrlich«, sagte Reichmann und begann zu grinsen. Becker konnte nicht recht deuten, ob die Heiterkeit ein Zeichen der Anerkennung war, weil er die Idee für so genial hielt, oder ob er dachte, es handele sich um einen Witz.

»Ist das jetzt ... ganz ernst gemeint?«

Reichmann schaute Brunsendorfs an, dessen Blick sagte: Das ist doch die reinste Donquichotterie.

»Vollkommen ernst gemeint«, bekräftigte Becker und zählte ein paar Kriegslisten auf, mit denen Außenseiter ihren Kopf aus der Schlinge gezogen hatten: von den Bewohnern einer mittelalterlichen Stadt in ihrer Gegend bis zu den Römern, die vor Unterernährung kaum stehen konnten, aber die Belagerer ihrer Stadt mit Broten bewarfen ... und siegten.

Reichmann stellte sich Horst Rubel im Hagel ihrer selbstgebackenen Brote vor, wie er panisch aus seinem Grenzerhäuschen flüchtete, und musste unwillkürlich wieder lächeln.

»Ich finde die Idee gar nicht schlecht«, sagte Johanna, »wir haben schließlich nichts zu verlieren. Und du meinst, das kann funktionieren?«

Becker hätte ihr am liebsten einen Kuss gegeben.

»Sonst wäre ich nicht hier«, sagte er euphorisiert. Seine Augen funkelten angriffslustig.

»Okay, Schorsch, mal angenommen«, sagte Brunsendorf, »wir starten diesen Bluff. Wie sollen wir anstellen, dass es echt aussieht?«

»Also passt auf: Ihr macht einen ausgiebigen Rundgang mit einem ... oder mehreren fremdländisch aussehenden Besuchern über das Gelände, tut so, als würdet ihr unauffällig etwas vermessen und macht ein bisschen Spökes ... vielleicht Baukarten betrachten, ein paar Pflöcke einschlagen, so dass der

Anschein erweckt wird, ihr besprecht bereits ein Projekt. Ich werde dafür sorgen, dass in Brüssel die Nachricht ankommt, dass ihr mit einem globalen Schwergewicht, das großes Interesse an Klein Krams hat, verhandelt … wobei wir davon ausgehen können, dass uns Rubel die Mühe abnimmt und die Verantwortlichen bei der EU in Kenntnis setzt. Und dann werden wir ja sehen, ob man in Brüssel Gefahr laufen will, sich einen dauerhaften Unruheherd zu schaffen, die Exklave eines geostrategischen Gegenspielers im tiefsten Hinterland womöglich.«

Das klang tatsächlich so, als könne es funtionieren. Aber wer sollte den oder die Gesandten spielen?

»Ich hatte an den Besitzer aus dem Imbiss Orient-Express am Markt gedacht …«

»Nein«, sagte Brunsendorf, »bei der Einreise werden die Papiere kontrolliert. Beim Al Hischlam weiß sogar Horst Rubel sofort, dass wir hier bluffen. Es muss jemand sein, der nicht von hier ist: Ein richtiger falscher Gesandter sozusagen.«

Becker nickte. »Aber versprecht mir eins: Wenn ich es schaffe, einen oder sogar zwei geeignete Kandidaten zu finden, dann seid ihr dabei?«

»Ich bin dafür«, sagte Reichmann, »aber wir müssen erst abstimmen.«

Vier Hände reckten sich in die Höhe. Selbst Lorbergs Zustimmung war für seine Verhältnisse ein bemerkenswerter Reflex gewesen.

»Danke. Eure Entschlossenheit freut mich«, sagte Becker und fuhr fast schon beschwörend fort, »macht euch klar, wichtig für das Gelingen des Coups ist, dass ihr selbstbewusst auftretet und an den Plan glaubt. Das hat sich auch bei den anderen Kriegslisten gezeigt: Sie müssen mit Überzeugung durchgezogen werden. Also: Ab sofort will sich ein geopolitisches Schwergewicht mit euch verbünden. Ihr seid vielleicht nur der Ball im Spiel der Mächtigen, aber mit dem Ball werden die Tore erzielt … und wenn das den Großen erst mal klar ist, werden sie euch auch in ihren eigenen Reihen behalten wollen.«

Becker hatte bei den letzten Worten mit seiner rechten Hand auf den Tisch geklopft, als wolle er sie eintakten.

Sie klärten auf dem Weg zur Grenze noch, dass Becker als ihr juristischer Beistand die Delegation über das Staatsgebiet geleiten würde – schließlich mussten Verträge über die bilateralen Beziehungen aufgesetzt werden.

Der Anwalt machte sich mit den besten Wünschen auf den Weg zur Station, wo Rubel schon auf ihn lauerte.

»Herr Becker«, schmetterte er, senkte die Stimme aber sofort zu einem eilfertigen Wispern, »die Erkundigungsmaßnahmen meiner Person wegen ihrer Anfragestellung haben schnelle Früchte getragen: Auch Nicht-EU-Bürger dürfen zu den gleichlautenden Bestimmungen einreisen, sofern gegen sie keine anderslautenden Sachverhalte vorliegen.«

Becker verbarg seine Freude, schraubte seine Mundwinkel fest und sah ihn dankbar an.

»Das ist nicht der Fall. Im Gegenteil, Herr Rubel, vielen Dank.«

IM ORIENT-EXPRESS

Im Orient-Express lag der Geruch eines Kichererbsen-Gerichtes in der Luft, dessen Name so verbuchselt klang, als habe der Erschaffer von Luigi Lallentare seine Hand im Spiel gehabt. Es war schon später Abend, als Schorsch Becker die Außenstelle des Morgenlandes betrat. Er war extra kurz vor Ladenschluss gekommen, um Ihker Al Hischlam, den Inhaber, allein anzutreffen. Es roch so gut, dass der Anwalt beschloss, das Kulinarische mit dem Nützlichen zu verbinden.

»Ein Falafel, bitte«, sagte Becker und musterte sein Gegenüber. Obwohl er sich von Zeit zu Zeit einen Kurzurlaub in der arabischen Welt gönnte, war er mit ihrem Erschaffer nie über den üblichen Bestellungstalk hinausgekommen: Manchmal schickte der Imbissmann, der fast akzentfrei Deutsch sprach – auch wenn sein inneres Übersetzungspogramm sich öfter mal für putzige Varianten entschied – noch die Frage über den Tresen, wie es Becker ginge. Die Gespräche verpufften aber immer nach wenigen Worten wie die heiße Luft, die sich in den ballonartigen Broten befand, die es zum Essen gab. Da musste man erst etwas von ihnen wollen, dachte Becker, um sich seine Mitmenschen mal richtig anzuschauen, erst die Geschäftsbeziehungen sorgten für Interesse.

Al Hischlam hatte die grauen Haare nach hinten gekämmt. Unter der hohen Stirn begannen scharfe, energische Gesichtszüge, die von ein paar Zigaretten und ein paar Schnaps zu viel etwas sackig geworden waren. Er erinnerte an einen Barden, allerdings an einen, dessen Auftragsbücher leer, dessen Weinglas aber öfter mal voll war. Trotzdem war er eine respektable Erscheinung, dachte Becker, als Ihker Al Hischlam freundlich das Essen vor ihm abstellte. Aber was war, wenn der Gastronom zu ehrlich war, zu gesetzestreu, wenn sein abgerocktes

Äußeres trog? Becker straffte sich, schob das letzte Stück Falafel auf die Gabel und den defätistischen Gedanken zur Seite, genau deshalb, wegen der verzwickten Lage, musste er es ja versuchen.

Er trat an den Tresen, stellte den leeren Teller ab und sagte leise:

»Herr Al Hischlam, ich bin Georg Becker, könnte ich Sie vielleicht unter vier Augen sprechen?«

»Ich weiß, wer Sie sind … ja.«

Ein ängstlicher Schatten flackerte in den Augen des Imbissmannes auf, sein Gesicht erhitzte sich wie der Samowar, der am Rande des Tresens vor sich hin köchelte. Die Stirn stand in Furchen wie eine Reliefkarte des Marianengrabens. Kein Wunder, dachte Becker, ich bin nun mal als stadtbekannter Anwalt der Vorbote für Ärger.

Der Gastronom dimmte das Licht, stellte die Lamellen der Jalousien auf undurchsichtig und schloss die Ladentür: Mehrere Schlösser rasselten schwer wie Ankerketten, als verkaufe er nicht Chicken-Nuggets, sondern Goldnuggets und serviere das Essen im Bernsteinzimmer.

»Ich muss Sie bitten«, sagte Becker leise, jedes Wort mit einer inneren Goldwaage abwägend, »das, was ich Ihnen jetzt mitteile, unter vier Augen zu behalten …«

»Das … versichere ich Ihnen«, sagte Al Hischlam.

Becker begann vorsichtig zu erzählen, von Braunkohle, Baggern, Bauern und Bonzen … aufmerksam nach Reaktionen im Gesicht seines Gegenübers suchend, der ihn genauso forschend ins Visier nahm. Sie tasteten sich ab wie zwei Boxer. Als Becker zum eigentlichen Grund seines Besuches kam und der Imbissbesitzer um Hilfe bat, einen exotisch aussehenden, in der Gegend unbekannten Kandidaten für ihren Coup zu finden, zog der seine buschigen Augenbrauen hoch. Becker spürte, wie sich die Atmosphäre veränderte. Al Hischlam nahm einen Löffel und schob im Neonlicht der Theke an ein paar Auberginen herum, wobei er die Gesichtsfarbe einer großen Auberginenscheibe annahm.

»Und Sie verscheißern mich nicht?«

»Nein. Ganz und gar nicht.«

Ihker Al Hischlam legte den Kopf nachdenklich in den Nacken und ließ den Blick unbestimmt durch den Laden schweifen, bis er am Fernseher hängenblieb, als wäre das Gerät ein Teleprompter.

»Also … zum Ersten: Wenn ich den Klein Kramser Menschen helfe, dann mache ich das absolut anonym, ich habe genug Ärger. Die Parole heißt: Du kennst mich nicht, ich kenn dich nicht, wenn es ernst werden sollte … obwohl es sich nicht mal um etwas Illegales handelt, wenn ich das richtig durchschaue?«

»Nein, es ist nichts Illegales.«

»Egal. Ärger kann es trotzdem ausreichend geben, wenn man es sich mit solch einem … einem …«

»Moloch?«, schlug Becker vorsichtig vor.

»Ja … wenn man sich mit solch einem Moloch anlegt.«

»Ja. Den kann es in der Tat geben. Die Arme solch eines Apparates sind lang … und unergründlich.«

»Also gut. Zum Zweiten: Ich würde helfen, weil ich auch dagegen bin, dass uns unsere Heimat unter dem … Allerwertesten weggebaggert wird. Und weil ich Respekt davor habe, dass sich jemand gegen die Obrigkeit wehrt und sich nicht ins Bockshorn jagen lässt.« Er machte eine Pause, die sich mit Spannung auflud wie der Moment der Olympia-Stadt-Vergabe. »Und zum Dritten«, sagte Al Hischlam dann, als versteigere er seine Antwort meistbietend, »ich hätte gerne als … eine Art Gegengefallen eine ganz kleine Rechtsberatung bei einer Angelegenheit, in der es … passenderweise … auch um das Abbaggern der Heimat geht.« Beckers fragenden Blick registrierend, fuhr er fort: »Das Haus hier soll … unter die, wie nennt man es … Abrissbirne kommen«, der Gastronom formte mit den Händen eine Birne, »es sollen neue Wohnungen entstehen. Ich habe einen Vertrag, dass das Haus mir gehört, finde ich jedenfalls … Andere sehen das anders. Aber ich will bleiben … das hier ist mein Klein Krams sozusagen, und ich möchte Sie als Anwalt haben, weil Sie der Beste hier sind.«

Becker kannte den Fall, eine verworrene, langwierige Geschichte, die sich bis in die Zeit nach seinem Renteneintritt hinziehen konnte. Ein Klein Krams genügte ihm eigentlich vollauf. Die Euphorie entwich. Er verwandelte sich – wie immer bei solchen Gesprächen – in eine nüchterne Verhandlungsmasse.

»Haben Sie denn einen möglichen Kandidaten, der in Klein Krams den Gesandten spielen könnte?«

»Ja. Sonst würde ich Sie nicht weiter aufhalten … und auch ich habe gleich Feierabend, da hätte ich Sinnvolleres zu tun. Ich habe einen geeigneten Kandidaten, falls er Ja sagt.«

»Um wen handelt es sich?«

»Um Hikmam Omarpour. Meinen Schwager. Er ist Mitinhaber eines großen Import- und Exporthandels, Obst, Fleisch, Mineralwasser, Joghurt … alles Mögliche … die Firma hat sogar Vereinbarungen mit Ministerien mehrerer Länder. Ich kann ihn anrufen. Er könnte morgen hier sein … falls er einverstanden ist.«

Er sah Becker vielsagend an.

»Okay. Ich übernehme Ihren Fall bis zu meiner Rente in anderthalb Jahren. Aber nicht länger … sofern sich der Kandidat als geeignet erweist.«

Der Chef des Orient-Expresses reichte ihm die Hand, Becker schlug ein.

»Gut«, sagte Al Hischlam und wandte sich den Auberginen und Saucen zu, die er mit Folie abdeckte, »kommen Sie morgen wieder, so gegen Mittag.«

Als Becker den Orient-Express verließ, fiel sein Blick auf das grüne, leuchtende Schild mit dem Notausgang-Symbol. Er hoffte, dass es ein gutes Omen für ihre Aktion war.

Becker eilte am nächsten Tag gegen zwölf Uhr über den Marktplatz und betrat nach einem zügigen Endspurt über die drei Treppenstufen den Orient-Express. Al Hischlam benahm sich distanziert: Nichts mehr zu spüren vom Land des Lächelns, wie Schorsch Becker den Laden auch manchmal bezeichnete, weil er noch nie erlebt hatte, dass er nicht mit einem freundlichen Gesichtsausdruck empfangen worden war. Becker bestellte irritiert und nahm Platz. Sein Essen, ein Teller mit Fleisch und Salat mit Buffet-Ausmaßen, wurde reserviert serviert. Wenn das bärbeißige Verhalten Tarnung sein sollte, dann war der Wirt in seiner ungewohnten Unfreundlichkeit schon fast wieder auffällig, dachte Becker.

Er rollte die Serviette aus, die mit farbenfrohen orientalischen Insignien bedruckt war, und nahm das Besteck heraus. Sein Blick blieb an der Innenseite des Tuches haften: Becker las die Buchstaben und Ziffern, die mehr in das Papier gerissen als geschrieben waren. Das war keine Werbung ... jemand hatte mit einem Filzstift einen Namen und eine Telefonnummer auf den Bauch zweier sanddornfarbener Kamele gekritzelt. Er sah zum Tresen. Der Gastronom kniff unauffällig ein Auge zu, mit einem Lächeln, fein wie eine Spinnwebe. Becker atmete auf, der Dampf seines Mittagessen wehte über den Tisch und Becker nach seiner Mahlzeit durch die Ausgangstür. Die Telefonzelle am Rande des Marktes roch wie ein voller Aschenbecher. Er wählte die Nummer.

Als das Telefonat beendet war, musste der Anwalt grinsen: Sollte er den Zettel jetzt aufessen, wie man es aus Agentenfilmen kannte?

Ein Kaffeebecher wurde von einem Windstoß auf die Fahrbahn getrieben, als sich Schorsch Becker am frühen Abend dem verwahrlosten Autobahnparkplatz nördlich der Kleinstadt näherte: Ein Ort, der eindeutig mehr zur panischen Flucht als zum Verweilen einlud. Flankiert von notdürftig in die Botanik gesetzten Haufen sollte der Rettungsplan Gestalt annehmen – denn hier war Becker mit Hikmam Omarpour verabredet. Er legte sich die passenden Worte zurecht und bemerkte die respektable Limousine erst, als sie langsam vorüberstrich. Ausländisches Kennzeichen, eine pechschwarze Karosse – das musste er sein. Omarpour, der ihn aufforderte, im Fond des Straßenschiffs Platz zu nehmen, war seinem Schwager ziemlich ähnlich, kam allerdings etwas weniger rockig rüber. Aber wie ein wirklicher Weltmann wirkte er nun auch nicht. Das gab einen Abzug in der B-Note, aber egal, dachte Becker, sie konnten sich kein monatelanges Casting leisten.

Becker und Omarpour waren sich schnell einig. Der Import-Export-Spezialist würde sich einen Nachmittag Zeit nehmen, seine Rolle als Laienschauspieler mimen, sich zurückziehen und für den Fall, dass ihn jemand befragen oder in die Mangel nehmen würde, den Ahnungslosen spielen – und Becker dafür seinen Schwager als Anwalt vertreten.

»Sie fragen sich sicher trotz der Gegenleistung, warum ich Ihnen helfe«, sagte Omarpour, obwohl sich Becker eher gefragt hatte, was man bei solch einer Aktion anzog, um glaubwürdig zu wirken. »Im Prinzip mache ich es aus dem gleichen Grund wie Sie.«

»Der wäre?«

»Ich will einfach mal wieder aus der Langweile des Alltages ausbrechen … mutig sein und etwas wuppen … und nicht nur noch bei der Hotelreservierung nach den Sternen greifen.«

Becker quittierte die Worte mit einem lauten, erleichterten Lachen. »Ja«, erwiderte er, »da würde ich nicht widersprechen.«

DELEGATION GOLF

Sie hatten der Operation intern schnell den Arbeitstitel Delegation Golf und ihrem Gast den Namen Mr. Petrodollar gegeben.

So wie Herrn Omarpour hatte sich Rubel jemanden aus der Golfregion auch vorgestellt. Zumindest auf dem Kopf: Dort thronte eine traditionelle weiße Kopfbedeckung, die allerdings im Gegensatz zu seinem restlichen Outfit stand, da kämpften die Klassiker mehrerer Kulturen. Grauer Anzug, edle italienische Schuhe – es sah vermutlich nach internationalem orientalischen Businesslook aus. So recht schlau waren sie nicht geworden, in welches Land dieser Erde er denn nun wirklich gehörte, als Omarpour am frühen Nachmittag mit seiner Limousine in einer Staubwolke zum Stehen kam und sich von seinem Fahrer die Tür öffnen ließ: Mr. Petrodollar hatte ja mehr Pässe als die Grenzstation Soldaten.

Horst Rubel stellte mit einem öligen Lächeln die Einreisepapiere aus, dann wurden Hikmam Omarpour und der Anwalt Becker, der ihn begleitete, von der Dorfbevölkerung zum Staatsbesuch empfangen.

Rubel staunte: So herausgeputzt hatte er das Quartett von nebenan noch nie gesehen: Zweireiher, Hüte, weiße Hemden. Frau Reichmann, die First Lady, stand in einem wirklich heißen Kleid am Grenzposten. Selbst der depressive Journalist hatte ein hellblaues Leinen-Hemd an – wenn auch ungebügelt und mit mindestens einem Knopf zu weit offen, aber immerhin. Fehlten nur noch eine Militärparade mit Ehrenformation, das feierliche Hissen der Staatsflagge und Böllerschüsse. Vor allem aber Frau Reichmann gab eine exzellente Figur auf der internationalen Bühne ab: Rubel ließ den Feldstecher noch einmal genüsslich über bella Johanna gleiten.

Der kleine Tross schlenderte gemächlich Richtung Dorf und dann auf den Gramberg, immer wieder zu Panorama-Blicken anhaltend. Mit einem Fernglas nahm das Sextett vom Gipfel die Republik aufmerksam unter die Lupe – genau wie Rubel, der registrierte, was sich drüben tat.

Er ließ den Blick über den Gramberg tanzen und verharrte dann auf dem Picknicktisch mit der Decke: Es gab Kuchen, natürlich selbstgebacken, etwas anderes blieb ihnen ja gar nicht übrig. Der Hauptgrenzjäger konnte nicht erkennen, welche Sorte – vermutlich aber war es ein Obstkuchen. Er notierte »mit Blechkuchen zugange«, denn die So-Ko-Kl-Kr hatte ihm den Auftrag erteilt, die Vorgänge auf dem Nicht-EU-Territorium Klein Krams präzise zu dokumentieren.

Selbstverständlich war es Chefsache, die Observation zu übernehmen. Rubel war auf eines der drei tarnfarbenen Dienstfahrräder gestiegen und auf eine Anhöhe geradelt, als sich der Gesandte mit der gesamten Klein Kramser Mischpoke in ein abglegenes Gebiet der Republik verzogen hatte. Nun stand der Hauptgrenzjäger schon seit einer geraumen Weile auf einer Anhöhe hinter einem Busch, sein keuchender Atem, nach der Fahrrad-Tortur hatte sich gelegt. Er nahm das Treiben ins Visier. Sie hatten große Papierblätter in der Hand – vermutlich Baupläne, vermaßen offenbar das Gelände und schienen sich Schritt für Schritt näher zu kommen. Die weiße Kopfbedeckung von Herrn Omarpour – garantiert die erste dieser Art überhaupt im Dorf, könnte er wetten – wedelte fröhlich im Wind. Jetzt schlugen sie sogar Markierungspflöcke in den Boden, in so großen Abständen, dass man im Zwischenraum ohne Schwierigkeiten einen Palast errichten konnte. Oder eine Moschee. Rubel spitzte die Ohren: Aus Groß Krams wehten Fetzen von Glockengeläut herüber.

Er sah auf seine Stoppuhr: Omarpour und Becker blieben noch 58 Minuten, dann war ihre Aufenthaltszeit abgelaufen.

Dass sich ihr Zeitfenster langsam zuzog, schien die da drüben aber nicht zu stören: Staatsbesuch und Gastgeber flanierten über die Wiesen, als sei es ein Schlosspark und als hätten sie die Welt draußen vergessen. Vielleicht hatten sie das auch, dachte Rubel, in den vergangenen Tagen hatte er öfter den Eindruck gehabt, als wären sie mit ihrem eigenen Planeten auf Solotournee im Kosmos unterwegs.

Johanna Reichmann strahlte, als sie kurz vor ultimo zur Grenzstation gingen, sie hatte so viel Spaß gehabt wie schon lange nicht mehr. Hikmam Omarpour hatte sich als charmanter, unterhaltsamer, mit allen Wassern der Konversation gewaschener Salonlöwe entpuppt. Wenn es nach ihr ginge, konnte jede Woche eine Delegation kommen. Es mussten ja keine fingierten Besuche sein. Als potenzielle Gäste fielen ihr die Engländer ein, deren bilaterale Beziehungen mit der EU gerade nicht unkompliziert waren – diplomatisch formuliert. Oder Wilde Flocke und Wandernder Büffel konnten mal vorbeischneien.

Als Johanna Hikmam Omarpour an der Grenze mit den Worten verabschiedete, »ich würde mich freuen, wenn wir uns bald wiedersehen«, war es kein Textstück aus dem Drehbuch ihres Rollenspiels, sondern ein ehrlich gemeinter Wunsch. Für Rubel dagegen waren ihre launigen Worte eine kodierte, informationsgeschwängerte Bemerkung, die sofort in sein Protokoll wanderte. Genau wie eine Beschreibung des Abschiedszeremoniells, ein Stakkato aus Händeschütteln und Schulterklopfen.

Omarpours Fahrer startete die dunkle Karosse, die er während des Besuches gewienert hatte und die wieder so steril blinkte, als käme sie aus einem Kreißsaal. Der orientalische Gesandte fuhr mit Schorsch Becker im Schlepptau zur Grenzstation, Rubel kam, sah und stempelte, dann waren Becker und Omarpour draußen und der Hauptgrenzjäger drin: in seinem

Element, als er seine Beobachtungen für Brüssel verfasste. So wie die Klein Kramser drauf waren, sinnierte Rubel, wandelten sie ihre Republik in ein Scheichtum um oder zwackten ein Stück ab, um ein Emirat zu gründen. Der Hauptgrenzjäger fand seinen Gedanken so klug, dass er beschloss, ihn als persönliche Bemerkung in das Beobachtungsprotokoll zu schreiben.

HERMAN VAN ROMP TRÄUMT SCHLECHT

Herman von Romp drehte widerwillig das Bierglas in seinen Händen, die schwächliche Blume war längst an den Rändern angetrocknet und sah aus wie ein Schimmelfilm. Nicht einmal das Bier nach dem Feierabend schmeckte ihm heute, vor allem aber schmeckte ihm dieser ganze Furor mit der Enklave Klein Krams nicht und seit den Mittagsstunden lag ihm die Angelegenheit mit dem ominösen ausländischen Besucher schwer im Magen. Verhandelten die abtrünnigen Senioren tatsächlich mit gewichtigen Partnern über eine Kooperation? Womöglich mit einem Staat? Versuchte jemand, durch die Kuhbläke einen Fuß in die Tür zum vereinten Europa zu bekommen?

Van Romp tauschte das Bier gegen einen Cognac, den er sich eigentlich nur in besonders schönen und nicht bescheidenen Momenten gönnte, aber egal. Er trat an die Fensterfront des Boardinghauses, das zum weitläufigen Immobilienbestand der EU gehörte, knöpfte die beiden obersten Knöpfe seines Hemdes auf und krempelte die Ärmel hoch. Schon etwas besser.

Man musste anerkennen, dass die ulkige Rentnerband ein zäherer Gegner war als gedacht, sinnierte van Romp. Er ließ die Neige der braunen Flüssigkeit im Glas kreisen und wenig später die Zahnbürste in seinem Mund. Zahnpasta landete auf dem Spiegel und verströmte eine gewisse Symbolik, wie er fand, als er das Glas polierte: Der Fleck Klein Krams musste weg, bevor dieser Fliegenschiss zu einem geostrategischen Ärgernis mutierte.

Es war an der Zeit, dachte Herman van Romp, während er sich unter die Bettdecke lavierte und ihm die Augen unweigerlich zufielen, professionell mit der Situation umzugehen und beizudrehen, bevor der Sturm größeren Schaden anrichtete. Diese Weisheit kannte er aus seiner Zeit als Segler.

Wasser peitschte ihm ins Gesicht, unter ihm wankte der Schiffsboden wie eine Rüttelplatte, dann segelte Herman van Romp über Bord in die dunkle Masse des Meeres. Wild mit den Armen rudernd, hielt er sich über Wasser. Die Wellen schlugen über seinem Kopf zusammen. Noch einmal gewann er für einen Moment Oberhand über das Meer. Lichter blinkten in der Ferne. Er strampelte. Klippen wankten näher … nein, es waren keine Klippen … es war die Kante … des Tagebaus … dann verlor er das Bewusstsein.

Licht blendete ihn, ein Schatten legte sich über sein Gesicht. Was? War? Das? Einer dieser alten Klein Kramser Knacker, es musste Manfred Reichmann sein, küsste ihn … oder nein. Er beatmete ihn … die Lippen des Seniors waren riesig wie … ein rosa Schlauchboot. Palmenwedel fächelten am Himmel … die Sonne brannte … Plötzlich schreckte er hoch, saß senkrecht im Bett. Herman van Romp schnaufte zittrig, heilfroh, dass der üble Traum vorbei war.

Er trank vorsichtig einen Schluck Mineralwasser. Es schmeckte nicht nach Salz, stellte er erleichtert fest. Die Bilder des Traumes rüttelten ihn noch einmal durch. Er gab nichts auf Traumdeutung oder ähnlichen Hokuspokus, Herman van Romp besaß die gesunde Abneigung des Pragmatikers gegen Wünschelrutengänger und Wahrsager. Aber dieser Traum …

ausgerechnet jetzt, wo eine Entscheidung in Sachen Klein Krams gefällt werden musste. Er trat ans Fenster: Die Sterne funkelten am Himmel wie eine endlose, imaginäre Landkarte. Er wusste, dass es Kollegen gab, die gelegentlich Astrologen um Rat fragten. Warum eigentlich nicht? Er konnte ja anonym bei einem dieser Telefon-Astrologen anrufen und sich den Traum deuten lassen.

Das Traum-Service-Portal von Mr. Dreamcatcher kam van Romp in dem esoterischen Wirrwarr, das ihn im Internet ansprang, am seriösesten vor. Er meinte auch, den Namen schon einmal von einem Mitstreiter gehört zu haben. Matt wählte er die Nummer.

»Guten Abend, ich bin Mr. Dreamcatcher«, röhrte eine Stimme wie aus einem Whiskyfass. Sie klang nach Sportwetten, Kettenrauchen, Single-Existenz, Single-Malt und unsolidem Lebenswandel.

»Guten Abend.«

»Mit wem spreche ich?«

»… ich bin«, erwiderte van Romp und ärgerte sich, dass er sich nicht vorher ein Pseudonym zugelegt hatte. Um etwas Zeit für die Namensfindung zu gewinnen, fügte er an: »Ich bin sehr froh, dass ich Sie erreicht habe …«

»Dito. Also ich bin Mr. Dreamcatcher … Es ist wichtig für eine vernünftige Traumdeutung, dass ich ihren Namen kenne. Zumindest Ihren Vornamen.«

»Ich heiße … Johan.«

Zum Glück war van Romp noch Johan Cruyff eingefallen, die holländische Fußball-Legende.

»Aha … joah … Joohaan«, schnarrte Mr. Dreamcatcher aus dem Hörer und hatte offenbar kraft seiner telepathischen Fähigkeiten sofort erkannt, dass kein Johan am anderen Ende der Leitung war. »Na dann erzählen Sie mal … Jo-han.«

Van Romp schilderte den Traum, der ihn noch einmal

durchschüttelte und aufschäumte wie einen Milch-Shake. Noch einmal robbte er mühsam auf das schützende Eiland.

»Sie kannten die Besitzer der Insel?«

»Kennen ist übertrieben ... die Eigentümer sind mir bekannt.«

Es knisterte, als präpariere Mr. Dreamcatcher mit einer Wünschelrute die Leitung, vielleicht hatte er den Hörer auch an der obligatorischen Warze geschubbert, die einfach zum Interieur eines Traumdeuter gehören musste.

»Präziser bitte, Joa-han. Wie gut bekannt? In welchem Verhältnis standen Sie zu Ihren Rettern?«

»Das ... möchte ich ehrlich gesagt nicht näher ausführen.«

»Bitte präzisieren Sie Ihre Angaben, sonst kann ich den Traum nicht seriös deuten.«

Van Romp schnaufte müde, rollte mit den Augen und hoffte, dass Mr. Dreamcatcher nicht auch das durch irgendeine telepathische Standleitung sehen konnte.

»Okay. Sagen wir es so: Wir können nicht besonders gut miteinander.«

»Handelt es sich um eine Feindschaft?«, knarzte es.

Van Romp kam sich vor wie bei einem dieser Gesellschaftsspiele, bei dem ein Begriff umschrieben und erraten werden musste.

»Nein ... ist keine persönliche ... Es sind eher ... Differenzen in der ... Lebensplanung.«

Es raschelte wieder in der Ohrmuschel.

»Aha. Na gut. Kommen wir zur Quintessenz Ihrer Angaben. Ich ziehe mich jetzt für einen Moment zur Besinnung zurück, so lange spiele ich die Entspannungsmusik ›Flöte, Meer und die Vögel‹ ein.«

Noch bevor van Romp etwas erwidern konnte, quäkte eine Säusel-Melodie aus der Leitung, die ihn so lange folterte, dass er schon befürchtete, Mr. Dreamcatcher sei in den Urlaub gefahren. Dann endlich schmetterte Mr. Dremacatcher in den Hörer: »Sind Sie bereit … für die Offenbarung?«

Natürlich war van Romp bereit.

»Einlenken, Joho-han. Löse den Konflikt, bevor es zu spät ist. Drehen Sie bei, bevor der Sturm Sie hinwegrafft wie ein morsches altes Segel. Lass die Hose runter und damit gut.«

»Die Hose … runter?«

»Meine Güte, Mann. Im metaphorischen Sinne natürlich.«

»Also Sie meinen … eine Art … Versöhnung.«

»Ich meine keine Art Versöhnung … Was soll das denn sein, eine Art Versöhnung? Um es klarzustellen: Ich meine eine porentief reine Versöhnung, ohne doppelten Boden und gekreuzte Finger hinterm Rücken.«

»… ja, okay. Aber sind Sie ganz sicher, dass das …?«

»Mr. Dreamcatcher verkauft keine Vermutungen, er ist sich immer ganz sicher.«

Dann verabschiedete sich Dreamer, allerdings nicht, ohne van Romp noch eine Flatrate für seine Traumdeutungen, eine Jahreskarte und zwei CDs anzubieten (»Traumreise« und »Traumreise XXL«).

Draußen dämmerte ein schaler Morgen. Möwen kreisten vor dem Fenster. Herman van Romp wankte müde zurück ins Bett, in der Hoffnung, dass ihm kein Traum mehr in die Quere käme.

Am frühen Vormittag wachte er auf. Um 180 Euro ärmer, aber um die Erkenntnis reicher, dass er wusste, was der Volksmund damit meinte, dass der Morgen klüger ist als der Abend. Der EU-Grande trat ans Fenster, ein Schwall Sonne schoss ihm ins Gesicht und ließ vor seinen Augen Sterne glitzern.

Sie hatten Omarpour überprüft. Er hatte seine Hände in mehr Projekten, als ein Kamel Flöhe hatte. Aber selbst wenn das Ganze nur ein bühnenreifer Bluff war: Es war trotzdem jederzeit möglich, dass ein großer Gegenspieler Interesse an einer Partnerschaft mit den Senioren hatte. Klein Krams war ein politischer Gefahrguttransport. Und was war eigentlich, wenn die Alten mal ins Gras ihrer sandigen Scholle bissen und das Kaff irgendeinem windigen Patron – mit denen der Erdball bestens bestückt war – vermachten? Das musste alles nicht sein: Sie brauchten keinen Unruheherd, der unnötig Geld und Personal band.

Er duschte, brachte sich in Form und rauschte nach Brüssel, um endlich einen Fleck von der Weste der EU zu entfernen, der kurz davor war, fest einzutrocknen.

In Klein Krams konnte man froh sein, dass van Romp in der Nacht, in der Mr. Dreamcatcher zum Schutzpatron eines widerspenstigen Vier-Seelen-Dorfes aufgestiegen war, nicht von Karthago geträumt hatte, das dem Erdboden gleich gemacht worden war.

Das Gemurmel im Sitzungsraum »Metropolitan II a« ebbte schnell ab, als Herman van Romp das Kabinett betrat. Er verschloss sorgfältig die Tür und gab jedem der drei Ressortchefs die Hand. Eine vertrauensbildende Maßnahme, die ihm angebracht schien angesichts des Themas. Er brauchte die Zustimmung der drei Bosse nicht für einen Kurswechsel in Sachen Klein Krams, aber einen einsamen Alleingang gegen den Willen seiner Granden würde er nicht starten.

»Meine Herren«, eröffnete van Romp die Zusammenkunft, »um es deutlich zu sagen: Ich denke, es ist an der Zeit, dem Spuk in Klein Krams ein Ende zu bereiten. Wir sollten den verrückten Rentnern ein Angebot machen, das ihnen die Rückkehr in die EU ermöglicht, dieses Kleinkleckersdorf trotzdem vor der Abbaggerung verschont und uns die Möglichkeit gibt, unsere Ressourcen sinnvoller einzusetzen. Es ist schon genug

Manpower, Material und Geld in die Bewachung dieses Kaffs geflossen.«

Das handverlesene Trio traute zunächst seinen Ohren nicht, dann malmten Wangenknochen und Gedanken.

»Das heißt«, erwiderte Francoise-Pierre Gomberville, der zuständige Mann für die So-Ko-Kl-Kr, »wir, die Europäische Union, sollen vor einem Kuhdorf in die Knie gehen, das genauso viele Einwohner hat, wie in diesem Raum Leute sind?«

Van Romp schritt auf seinem Lieblingstrampelpfad zur Glasfront.

»Nein. Wir wollen nicht auf die Knie gehen, sondern den außen- und innenpolitischen Konsequenzen, die diese Irrfahrt der Verrückten noch haben könnte, ausweichen.«

»Wegen des eigentümlichen Besuchers, der in das Dorf gekommen ist? Das kann sonstwer gewesen sein ... Wie kommt es zu dem Sinneswandel, quasi über Nacht?«

Van Romp sah misstrauisch Gomberville an. War »quasi über Nacht« eine Anspielung ...? Nein, Gomberville konnte unmöglich wissen, dass ein Alptraum und ein Telefon-Wahrsager die Auslöser für die Kehrtwende waren.

»Der Besucher war nur der Anlass, sich mit Klein Krams und möglichen Risiken zu befassen, und eines davon ist die strategische Partnerschaft des Kaffs mit einem ausländischen Schwergewicht.«

»Die Zeit spielt für uns«, warf Gomberville in selbstsicherem Ton ein.

»Ja und nein«, entgegnete van Romp, »je mehr Zeit vergeht, desto verzweifelter werden sie, dass ist richtig ... aber das kann auch zu einer Kurzschlussreaktion führen. Was machen wir denn, wenn sie sich tatsächlich jemandem an den Hals schmeißen, den wir überhaupt nicht auf unserem Territorium gebrauchen können, weil sie ihn für ihren letzten Strohhalm halten?«

In den folgenden Minuten wogten Argumente für und gegen den »Klecksit« durch den Raum, ganz langsam gewann van Romp die Oberhand.

»Mal angenommen, wir würden ihnen dieses Angebot unterbreiten. Wie soll das funktionieren, ohne dass wir bei diesem Einknicken unser Gesicht verlieren?«, erkundigte sich Frannz Dünnkerk, der Leiter des Ressorts für besondere Aufgaben.

»Wir machen es so: Eine humanitäre Organisation tritt als Vermittler auf, ich habe da schon jemanden an der Hand, wir verhandeln pro forma, schließen ein Abkommen, und am Ende stehen wir noch als generös da, weil wir auf das Flehen der alten Säcke eingegangen sind.«

»Begeistert bin ich nicht«, knurrte Gomberville, »aber gut: Ein gewisses Bedrohungspotenzial gibt es in der Tat, wenn die dort mal freidrehen auf ihrer Scholle. Und die Kosten summieren sich mittlerweile zu einem stattlichen Betrag.«

Dünnkerk nickte, so sah er das auch.

»Wie steht es mit Ihnen, Jörgensen?«

»Wenn wir es tatsächlich schaffen, das Ganze als generösen Gnadenakt aussehen zu lassen, sollten wir uns wichtigeren Angelegenheiten zuwenden als diesem Nest«, sagte Frithjof Jörgensen, der Boss der Rechtsabteilung.

»Gut, ich danke Ihnen«, sagte van Romp, bevor er die Aufgaben verteilte. Er selber würde mit »Senior Watch International«, dessen Chef er von der Universität kannte, die Vorgehensweise absprechen, Jörgensen sollte den Vertrag ausarbeiten und Dünnkerk einen Besuch dieses Reichmanns organisieren. Es konnte ruhig ein bisschen Pomp geben, einen Staatsbesuch light sozusagen mit Presse und allem Pipapo – sie konnten das durchaus als Verhandlungserfolg verkaufen.

BRÜSSEL RUFT

Der tägliche Gang zum Briefkasten war zu einer Mischung aus Frühsport und Kontrollrunde geworden. An diesem Tag schoss Rubel wie eine Kanonenkugel aus seiner Hütte. Hinter ihm trat ein gutgekleideter Mann aus der Tür. Rubel hielt sich nicht lange mit der Einleitung auf, sondern stellte Reichmann Herrn Gregor Freylassing aus der Schweiz vor, den Vorsitzenden der Menschenrechtsorganisation »Senior Watch International«. Reichmann musterte den großgewachsenen Mann, der in einem eleganten Anzug vor ihm stand. Er war vielleicht fünfzig, also selber noch nicht im tattrigen Alter, aber es musste ja kein Neunzigjähriger an der Spitze einer Senioren-Rechte-Vereinigung sitzen. Eine Tierschutz-Organisation wurde ja auch nicht von einem Delfin oder einer Eule geführt. Und es konnte tatsächlich sein, dass Schorsch Becker auch »Senior Watch International« angeschrieben hatte bei seinem breitangelegten Hilferuf, den er wie einen Schuss aus einer Schrotflinte abgefeuert hatte.

Freylassing war nicht gekommen, um nur warme Worte herauszulassen: Der Funktionär hatte Konkretes aus Brüssel im Gepäck, das machte er unmissverständlich klar, als er in Schwyzerdütsch um eine Unterredung bat.

»Möchten die Herren vielleicht in unserem Besprechungsraum beraten?«, spritzte Rubel aufgeregt dazwischen. »Ich könnte selbstverständlich etwas Dienstgebäck zum Verzehr zur Verfügung stellen.«

»Ich halte das für eine gute Idee«, schwyzerdütschte Freylassing und fügte hinzu, »ich würde außerdem auch einen Schluck aus der Dienst-Kaffeekanne nehmen.«

War es eine Falle? Klickten die Handschellen, wenn er den Grenzposten betreten würde, die militärische Intimzone des

Gegners? Reichmann zögerte, aber gab es einen Grund, übervorsichtig zu sein? Nein, er wollte sich ein gewisses Grundvertrauen in das Gute im Leben nicht zerstören lassen, obwohl es in letzter Zeit ein wenig streng zu ihnen gewesen war. Als könne er seine Gedanken lesen, stellte Rubel klar, dass Reichmann für diesen »Einreise-Vorgang« kein Visum benötigte, und winkte ihn persönlich durch.

Im Besprechungsraum im zweiten Stockwerk servierte Rubel ein Gebäcksortiment mit Schokoladenstücken in der Form des EU-Wappens, als müsse man nachdrücklich darauf hinweisen, dass der Staatenbund auch Schokoladenseiten hatte.

»Der geht aufs Haus«, sagte Rubel gewichtig, als er den Kaffee eingeschenkt hatte und knallte bei seinem Abgang die Hacken zusammen.

Das Vermittlungs- und Verhandlungsangebot, das Freylassing nun unterbreitete, klang so surreal, dass Reichmann die Finger beider Hände ineinander verknotete und fest zusammendrückte, um zu testen, ob er träumte. Die rotblau anlaufenden Fingerkuppen sprachen eindeutig dafür, dass er sich in der Realität befand. Der Druck entwich in einem innerlichen Seufzer, lang und schwer wie ein Lastenkahn. Verhandlungen böte die Europäische Union als Reaktion auf den Hilfeschrei der Klein Kramser an, überbrachte Freylassing seine Botschaft.

Was zum Teufel hatte Becker denen denn geschrieben? »Auch eine vollständige Lösung des Konfliktes ist möglich«, vergewisserte sich Reichmann, »ohne dass Klein Krams abgebaggert werden muss?«

Der Schweizer nickte und reichte Reichmann ein Schriftstück, das sich als Vertragsvorentwurf entpuppte.

»Ja. Dazu bekämen sie die Rückbürgerung mit allen Rechten und ihre Pensionsansprüche. Die Voraussetzung ist allerdings, dass sie sämtliche Autonomierechte abtreten. Vollständig … und dass mit diesem Verzicht auch alle geplanten oder bereits vollzogenen Bündnisse und Kooperationen mit potenziellen Partnern, egal welcher Art, null und nichtig sind.«

Das war der entscheidende Punkt, das dreiste Täuschungsmanöver mit Omarpour musste diesen Stimmungsumschwung ausgelöst haben, sagte sich Reichmann. Wenn man so wollte, dann musste der Bluff jetzt weitergeführt und zu seinem Happy End gebracht werden, und das hieß, dass sie nicht zu billig zu haben waren. Äußerlich blieb er ruhig und signalisierte lediglich ernsthaftes Interesse, auch wenn der Seelenspagat zu einer Zerreißprobe wurde.

»Vielen Dank für Ihr Angebot, Herr Freylassing. Das klingt alles sehr gut, aber ich muss mich natürlich erst mit der Dorfgemeinschaft abstimmen.«

»Ja, das haben wir uns schon gedacht. Würde Ihnen ein Tag Bedenkzeit genügen? Ich könnte in dieser Zeit – für den Fall der Fälle – bereits Ihren Besuch in Brüssel vorbereiten, damit dort gegebenenfalls die Vereinbarung unterschrieben werden kann.«

»Ein Tag würde genügen, vorausgesetzt, wir schaffen es in dieser Zeit, uns mit unserem Anwalt zu beraten.«

Offenbar hatte man es sehr eilig bei der EU: Nach dem Gespräch durfte Reichmann sogar von Rubels Dienstapparat Schorsch Becker anrufen, um ihn einzuladen.

Die Dringlichkeitssitzung hielten sie auf der Terrasse ab: Brunsendorf, Johanna und Lorberg wurden die Knie weich wie ein Zwei-Minuten-Ei, als Reichmann ihnen erzählte, was passiert war. Kein Wunder: Er war gegangen, um den meistens leeren Briefkasten zu überprüfen und kam mit einem Angebot der Europäischen Union zurück, dass man eigentlich nicht ablehnen konnte. Zumindest, wenn es echt und ernst gemeint war – aber selbst Schorsch Becker, der herbeigeeilt war und es ja wissen musste, zweifelte daran nicht. Allerdings hatte das Angebot einen Haken: Die Laufzeit der Bestandsgarantie für

Klein Krams sollte nur fünf Jahre betragen, danach würden sie wieder den normalen gesetzlichen Regelungen unterliegen. Laufzeit klang merkwürdig: Als wären sie ein müdes, fossiles, besonders viel Dreck schleuderndes Kraftwerk – dabei waren sie eigentlich das Gegenteil.

»Ich denke, das Angebot ist ein großer Schritt in die richtige Richtung«, sagte Brunsendorf, »immerhin haben wir fünf Jahre gewonnen, in denen viel passieren kann. Danach allerdings geht der Spuk mit großer Sicherheit von vorne los. Deshalb sollten wir versuchen, einen unbefristeten Vertrag auszuhandeln, was den Bestandsschutz des Dorfes betrifft.«

»Sie haben ja nicht gesagt, dass es ihr letztes Angebot ist, oder?«, erkundigte sich Lorberg vorsichtig. Es war ihm anzumerken, dass er die Chance, in die Freiheit zurückzukehren, auf keinen Fall vermasseln wollte.

»Nein.«

»Dann bin ich auch für Nachbessern. Du kannst ihnen ja sagen, dass du an einer einvernehmlichen Lösung interessiert bist, wenn sie uns aber nicht entgegenkommen wollen, müssen wir zwangsläufig – obwohl das nicht unser Ziel ist – nach anderen Partnern suchen, da bleibt uns gar nichts anderes übrig.«

»Das stand auch schon in dem Brief an die Senioren-Rechtler«, sagte Becker mit unverhohlenem Stolz, »das scheint sie ganz schön umzutreiben in ihrem Brüssel.«

»Mit dieser Strategie sind sie bei den autonomen Gebieten im vergangenen Jahrhundert auch immer gut gefahren, hab ich bei den Recherchen mehrmals gelesen«, sagte Lorberg. Sie legten per Abstimmung fest, dass Reichmann Nachverhandlungen führen sollte.

»Was ich nicht verstehe: Warum jetzt plötzlich diese Eile, warum haben sie uns nicht so lange ausgeräuchert, bis sie es zu einem günstigeren Preis bekommen hätten?«, fragte Brunsendorf.

»Das hatten sie mit Sicherheit auch vor«, erwiderte Schorsch Becker, »aber sie befürchten wohl wirklich, dass sie plötzlich eine andere Großmacht mitten auf ihrem Territorium haben könnten.«

Bereits am frühen Nachmittag machte sich Reichmann auf den Weg zur Grenzstation, um das Ergebnis ihrer Abstimmung zu überbringen. Es sprach für die hohe Priorität des Falls, dass Rubel sofort wie ein Wachhund aus seiner Hütte geschossen kam und dass Freylassing auf die Antwort gewartet hatte.

Er sei autorisiert zu verhandeln, sagte Reichmann, allerdings müsse man über die Laufzeit der Bestandsgarantie sprechen. »Die Versammlung hat beschlossen, dass wir auf unbefristete Zeit die Zusicherung bekommen, dass Klein Krams nicht abgebaggert wird. Vielleicht ist es das Beste, vor Ort persönlich über diese Angelegenheit zu verhandeln.«

»Gut«, sagte Freylassing, »ich werde Ihre Anwort weitergeben. Ich würde Sie bitten, sich auf eine Reise vorzubereiten, es könnte alles recht schnell gehen.«

Es ging sogar sehr schnell: Es dauerte nicht einmal vierundzwanzig Stunden, bis sie wieder von der EU hörten – man hatte die Offerte überarbeitet –, die Laufzeit war nun Verhandlungsbasis. Hauptgrenzjäger Rubel stand vor dem Haus der Reichmanns, entschuldigte sich mehrfach für das ungenehmigte Betreten der Republik Klein Krams und bat ihn zu einer erneuten Verhandlungsrunde, dieses Mal aber in Brüssel. Wenn es recht sei, ölte der Hauptgrenzjäger, dann könne er in einer Stunde an der Grenzstation die Reise beginnen.

Es war merkwürdig, dass ihnen Rubel auf ihrer Türschwelle gegenüberstand, genauso komisch wie die Tatsache, dass sie über Nacht mit ihren Widersachern nun auf Augenhöhe verhandelten.

Reichmann und Johanna gingen an den großen Schrank im Schlafzimmer und kramten den guten Koffer hervor, der bereits eine Staubschicht angesetzt hatte, so lange war er schon nicht mehr zum Einsatz gekommen. Sie packten Hemden und seinen Anzug ein, den grauen Dreiteiler, das Eleganteste, das Reichmann besaß.

Die Klein Kramser brachten Reichmann gemeinsam zur Grenze, wo ein Militär-Jeep wartete. Nach dem langen Einschluss erschien es Reichmann fast schon surreal, in einem Zug zu sitzen. Möglich wurde die Tour durch ein Ausnahmevisum, für dessen Ausstellung die Genehmigungen des Tourismus- , des Innen- und des Verteidigungsministeriums eingeholt worden waren. Er reiste auf großem Formular, aber leider nur er allein: Man habe wegen der Eile nicht rechtzeitig eine zweite Reisegenehmigung beschaffen können, hieß es, aber vielleicht wollten sie nicht vorzeitig zu viel Frischluft an die Dorfbevölkerung lassen.

Von dem sanften Geruckel des ICE wurde Reichmann müde. Er formte seine Hand zu einer Unterlage, die irgendjemand mal Sportreporterkissen getauft hatte, und dämmerte weg. Er kuschelte sich wohlig in seinen Sitz, der nach Reise roch, aber nicht nach Reisenden. Irgendwoher wehte der schwache Duft von Parfüm herüber und vermischte sich mit dem Essens-Smog einer Reisestulle. Er saugte die Luft tief ein, genoss den Geruch der Freiheit und düselte endgültig weg.

Der Zug stoppte in *Bruxelles-Central,* wo ihn auf dem Bahnsteig Freylassing, umgeben von einem ganzen Pulk von EU-Mitarbeitern, in Empfang nahm. Vor dem Bahnhofsgebäude wartete eine Limousine, länger als Brunsendorfs Terrasse, an deren Kühlerhaube sogar Staatsfahnen von Klein Krams wehten. Man hatte offenbar vor, sich an das Protokoll zu halten. Die für den Fall zuständige Behörde befand sich in einem der typischen, riesigen Klötze aus Glas und Stahl. Reichmann näherte sich mit seinem Geschwader der funkelnden Vorderfront. Er konnte sich in den Scheiben näherkommen sehen und musste an einen Stammeshäuptling denken, den man aus der Pampa zu Verhandlungen in die Zivilisation bugsierte. Reichmann trat durch eine Drehtür in das prächtig illuminierte Foyer. Sie führten ihn in einen großen Konferenzraum, hier hing sogar eine große Fahne von Klein Krams, so viel Folklore musste sein. Von Lallentare, auf den Reichmann heimlich gehofft hatte – aus rein menschlichen Gründen –, keine Spur. Sie nahmen an einem runden Edelholztisch Platz, groß wie der Anstoßkreis eines Fußballfeldes.

»Sie sind also der Architekt der Republik Klein Krams?«, fragte einer der EU-Verhandlungspartner, der sich mit Christian Rothenschütz vorgestellt hatte, nicht ohne Anerkennung. Er war ein kleiner, drahtiger deutscher Landsmann mit aristokratischen Äußerem und sollte neben van Romp und einem Geschwader von gut gekleideten Funktionären die Gespräche führen.

»Nein … es ist ein Gemeinschaftsprojekt«, antwortete Reichmann, und die Tastatur der Protokollschreibmaschine klackerte.

Rothenschütz kam zum Angebot der EU, das nachgebessert worden war: Zehn Jahre sollte Klein Krams nun vor den Klauen des Braunkohlekonzerns sicher sein.

»Zehn Jahre sind natürlich eine Verbesserung«, sagte Reichmann, »aber immer noch sehr kurz in dieser schnelllebigen Zeit. Wir möchten deshalb für Klein Krams eine unbefristete Garantie.«

Ein leises Raunen ging durch die Menge.

»Das ist nicht möglich«, erklärte van Romp.

Ein zähes Ringen folgte, in dem sie sich schließlich auf fünfzehn Jahre als Mindesthaltbarkeitsdatum für das Dorf einigten. Das Territorium der Republik würde seinen Status als autonomes Gebiet verlieren, es wurde aber vertraglich zugesichert, dass es anderthalb Dekaden lang »nicht zum Zwecke der Braunkohleförderung devastiert« werden durfte.

Der modifizierte Vertragsentwurf lag kurz darauf vor. Reichmann bemühte sich, seine freudige Aufregung nicht zu offen zu zeigen, noch war schließlich nicht alles in trockenen Tüchern.

»Ich danke Ihnen für Ihr Entgegenkommen. Ich denke, dass dieses Angebot auch ohne erneute Rücksprache akzeptabel ist«, sagte er. Dann setzte er mit einem dicken schweren Füller, auf dem Edelsteine vermutlich im Wert eines Kleinwagens funkelten, seine Unterschrift unter den Kontrakt. Er fühlte sich, als hätte er einen Jumbo-Jet nach schweren Turbulenzen endlich sicher auf der Erde abgesetzt.

»Ab wann können wir uns wieder ohne Visum auf dem Gebiet der EU bewegen?«

»Diese Regelung … gilt«, sagte von Rothenschütz und sah auf seinen Zettel, »nach meiner Kenntnis … sofort.«

Er überreichte Reichmann weihevoll dessen Personalausweis, als wäre es eine Oscar-Trophäe.

»Bitte gestatten Sie mir noch eine Frage, Herr Rothenschütz.«

»Ja. Bitte.«

»… wie geht es Herrn Lallentare?«

»Das kann ich Ihnen nicht sagen. Er hat sich ein anderes Betätigungsfeld gesucht.«

»Darf ich fragen, welches?«

»Er ist für die Antragsbearbeitung von außereuropäischen Kulturinitiativen zuständig, Spezialgebiet indigene nordamerikanische Völker.«

Von Rothenschütz senkte den Blick wie ein Sportwagen, der seine Schlafaugen einklappte, eben noch Fernlicht, dann zappenduster, und gab unmissverständlich zu verstehen, dass er dieses Thema nicht weiter ausführen wollte. Er würde Theodor Deickmann viel zu erzählen haben, dachte von Rothenschütz, wenn er ihn übermorgen im Golf- und Country-Club »Grünphase« beim Meisterturnier sehen würde. Schwere Zeiten gerade für den Konzernchef der Braunkohle AG, aber immerhin war die Kuh vom Eis, wenn der Autonomiestatus erst einmal aufgehoben war.

Reichmann saß um exakt 20.04 Uhr auf dem Bett eines Nachtzuges, der ihn zurück in die Heimat bringen würde. Er hatte vor der Abfahrt Schorsch Becker und Maria angerufen und sie nach Klein Krams eingeladen – er wusste, dass Hans-Jürgen einem Wiedersehen mit ihr entgegenfieberte.

»Das will ich sehen«, hatte sie in den Hörer gerufen, »und euch auch.«

Manfred Reichmann, ehemaliger Erster Mann der ehemaligen Republik Klein Krams, streckte die Füße aus und schaute aus dem Fenster. Draußen zog die Landschaft vorüber wie ein unendliches Gemälde: Städte, Wälder, Dörfer, in rötliches Dämmerlicht getaucht, rauschten an ihm vorüber und später, als er langsam einschlief, die Bilder dieses Tages, der in der Rangliste der aufregendsten Tage seines Lebens einsam an der Spitze stand. Auf den Gesichtern der Leute, die ihn am Bahnhof der Kleinstadt in Empfang nahmen, lag ein Siegerlächeln.

Die Jubeltraube, ein Gemenge aus Armen, Händen und Köpfen, die sich auf dem Bahnsteig bildete, hätte jeder Football-Mannschaft nach dem Gewinn des Super-Bowls gut zu Gesicht gestanden. Großer Bahnhof am Ende seiner ersten und einzigen Staatsreise.

»Unglaublich, der Coup mit Omarpour würde es in jedes Best-of der Kriegslisten schaffen, wenn wir das öffentlich machen«, sagte Brunsendorf lachend.

Der kleine Konvoi rollte mit ächzenden Achsen nach Klein Krams, wo sie das glückliche Ende feiern wollten: Der Kreis hatte sich geschlossen.

BINGO

Als wäre der erste Vormittag, den sie wieder im Schoß der Europäischen Union verbrachten, nicht schon aufregend genug, erwartete sie bei der Ankunft in Klein Krams die nächste Überraschung. Mutalasi Tolofoni, der ballonköpfige Pfundskerl des Südsee-Atolls Bingo, musste sofort geantwortet haben. Und das, obwohl die Bingolaner am anderen Ende der Welt selber große Sorgen hatten. Ein Kriegsschiff war in ein schützenswertes Korallenriff direkt vor dem Atoll gefahren und hatte 4000 Quadratmeter des UNESCO-Welterbes zerstört. Vielleicht wollten sie die Klein Kramser mit dem Bericht über ihre eigenen Schwierigkeiten sogar trösten. Und sie schickten ihre Eröffnung für ein Fernschach-Länderspiel (Bauer, e2-e4).

Auf den Briefmarken schrien Palmen und Papageien förmlich nach Reise, Aufbruch und Abenteuer, obwohl auf einer Marke ein Kugelfisch glubschte, der aussah wie Rubel, der ja das personifizierte Gegenteil von Bewegungsfreiheit war. Aber Rubel war gestern, heute begann die Zukunft und morgen, spätestens morgen, wollten sie ihren Freunden in der Südsee antworten. Der Abend sollte allerdings eine ganz neue Alternative eröffnen, das Schachduell mit den Insulanern fortzusetzen.

Der Tag entwickelte sich ohne Umwege zum Beweis für die Volksweisheit, dass man Feste feiern sollte, wie sie fallen. Schwerelos, unbelastet, von allen inneren und auch äußeren Zwängen befreit. Sie hatten sich spontan im Gemeinschaftshaus – in dem sie vor nicht einmal einem halben Jahr zu diesem großen Abenteuer aufgebrochen waren – zusammengesetzt, bis der Platz nicht mehr ausreichte und die kleine Party, die sich zunehmend zu einem Volksfest auswuchs, auf den Dorfplatz verlegt wurde. Es gab Gemüseeintopf, einen Kessel

Buntes ihrer kulinarischen Bodenschätze sozusagen, dazu selbstgebackenes Brot und zur Feier des Tages die edelsten Jahrgänge ihres Heidelbeerschnapses. Ihr Nationalgetränk löste die Zungen noch schneller als sonst, denn freudetrunken waren sie ohnehin schon.

Manfred Reichmann hielt eine kurze Ansprache, seine Schlussworte als Staatsoberhaupt der Republik Klein Krams. Demut sei angebracht, weil es das Schicksal so gut mit ihnen gemeint hatte. Es sollte ihnen eine Verpflichtung sein, sich für den Umweltschutz, die Schonung der Ressourcen, den Erhalt des Planeten einzusetzen. »Wir haben fünfzehn Jahre Zeit, in denen wir es selbst mit in der Hand haben, für eine Änderung des gesellschaftlichen und politischen Klimas in Sachen Braunkohleförderung zu sorgen, für einen Strategiewechsel.«

Genug geredet, jetzt wurde gefeiert. Freunde und Bewohner aus Groß Krams kamen. Die Gäste passierten vorsichtig den hochgeklappten Schlagbaum, der in die Luft ragte wie Rubels mahnender Zeigefinger. Groß und Klein strömte in das Dorf, erleichtert, dass der Spuk vorbei war: Das Happy End lockte sie an wie der Honig den Bären, der Dorfplatz füllte sich wie ein Einkaufszentrum am Sonnabendvormittag. Emigranten, die Klein Krams fluchtartig verlassen hatten, sinnierten über ihre Rückkehr auf die heimatliche Scholle.

Später wurde getanzt. »Ich habe immer gewusst, dass wir hier noch mal unsere Hüften schwingen werden«, flüsterte Maria beschickert und biss Brunsendorf ins Ohr, als sie eng umschlungen tanzten.

In seinem Kopf kreisten die Gedanken, während sie sich auf der Wiese drehten: Es war völlig unklar, was aus der Verbindung mit Maria werden würde. Sie war in einer Art Übersprungshandlung in den Wagen gestiegen – an ihren Verpflichtungen in Schimanski-Land hatte sich aber nichts geändert. Immerhin war sie da. Brunsendorf schob den störenden

Realismus zur Seite und Maria weiter über die Tanzfläche, als gäbe es kein Morgen und ein Übermorgen schon gar nicht.

Schorsch Becker sah nachdenklich auf das bunte Treiben. Die schlechte Nachricht, die ihm per SMS geschickt worden war, arbeitete in ihm, aber er hielt sie zurück – obwohl der Heidelbeerschnaps wie ein Wahrheitsserum wirkte. Nein, nicht heute, er wollte ihnen nicht den Tag verderben, er konnte sie auch morgen davon in Kenntnis setzen, dass der Braunkohlekonzern ein ganzes Anwaltsgeschwader in Gang gesetzt hatte. Das Ziel: Den Vertrag mit der EU anfechten, kaum dass die Tinte getrocknet war. Auch die Information, dass von Rothenschütz einen Beratervertrag beim Energieriesen besaß, konnte noch einen Tag warten.

»Und nun«, fragte Reichmann seine Frau, »was machen wir nun damit, dass uns die Welt wieder offen steht?«

»Wir können Romy und Jeremiah endlich besuchen … und …«

»Ja?«

»Wir sollten eine Reise machen. Wir könnten mit dem Schiff nach Bingo fahren, mein Liebling. Euer Schachspiel muss ja kein Fernduell bleiben.«

»Bingo«, kicherte Reichmann beschickert.

In der Dämmerung schlenderte Reichmann auf den Gramberg, mit einem Lächeln im Gesicht, breit wie die Kante des Tagebaues. Er ließ den Blick über das Dorf schweifen, das sich an den Fuß des Hügels duckte. Helmuts Bellen und das dröhnende Lachen der Gäste schallten bis auf den Gipfel. Der Ort war aus einer Art Friedhofsruhe mit einem Paukenschlag erwacht. Polonaise statt Passkontrollen, Reisefreiheit statt Rubel.

Hier oben, in der Stille des Gipfels, wurde der Looping, den das Leben gemacht hatte, besser greifbar. Die Dämmerung legte sich auf das Land. Reichmann setzte sich auf die kleine Bank. Wir haben sicher viel richtig gemacht, dachte er, aber wir haben auch unerhörtes Glück gehabt. In Brüssel haben sie gerade ganz andere Sorgen, van Romp & Co. hätten uns sonst am ausgestreckten Arm verhungern lassen können. Noch war die Gefahr nicht gebannt, in fünfzehn Jahren würden die Karten neu gemischt werden. Aber sie hatten sich nicht einfach nur ergeben und gemeckert, sie hatten sich nicht ins Private geflüchtet, sondern sich in einen fast aussichtslosen Kampf gestürzt und noch dazu gewonnen. Ein Tausend-zu-eins-Außenseitersieg. Ein Krümel hatte einen Riesen ins Wanken gebracht.

Lange saß Reichmann, schloss die Augen und genoss den Triumph. Als er in die Ferne schaute, begannen die Schornsteine des Kraftwerkes wieder zu rauchen, befeuert mit der Kohle aus anderen Tagebauen.

INHALT

ISBN 978-3-359-01367-9

Covergestaltung: Verlag, Karoline Grunske
Druck und Bindung: buchdruckerei.de, Berlin

Die Bücher des Eulenspiegel Verlags erscheinen
in der Eulenspiegel Verlagsgruppe.

www.eulenspiegel.com